大魚讀品
BIG FISH BOOKS

让日常阅读成为砍向我们内心冰封大海的斧头。

一个人的朝圣 2

奎妮的情歌

[英]蕾秋·乔伊斯 著 | 袁田 译

Rachel Joyce

THE LOVE SONG of
MISS QUEENIE HENNESSY

图书在版编目（CIP）数据

一个人的朝圣.2/（英）乔伊斯著；袁田译.—北京：北京联合出版公司，2015.6（2021.3重印）
ISBN 978-7-5502-4920-2

Ⅰ.①一… Ⅱ.①乔…②袁… Ⅲ.①长篇小说—英国—现代 Ⅳ.①I561.45

中国版本图书馆CIP数据核字（2015）第125661号

北京市版权局著作权合同登记 图字：01-2015-3195号

The Love Song of Miss Queenie Hennessy by Rachel Joyce
Copyright © 2014 by Rachel Joyce
Published by agreement with Conville & Walsh through The Grayhawk Agency.
Simplified Chinese translation copyright © 2020 by Beijing Xiron Culture Group Co., Ltd.
All rights reserved.

一个人的朝圣2

作　　者：（英）蕾秋·乔伊斯
译　　者：袁　田
出 品 人：赵红仕
责任编辑：王　巍

北京联合出版公司出版
（北京市西城区德外大街83号楼9层　100088）
河北鹏润印刷有限公司印刷　新华书店经销
字数255千　880毫米×1230毫米　1/32　印张11
2015年6月第1版　2021年3月第21次印刷
ISBN 978-7-5502-4920-2
定价：45.00元

版权所有，侵权必究
未经许可，不得以任何方式复制或抄袭本书部分或全部内容
如发现图书质量问题，可联系调换。质量投诉电话：010-82069336

蕾秋·乔伊斯写给读者的一封信

哈罗德·弗莱的亲爱朋友：

　　《一个人的朝圣》首次出版时，有几个人问过我，会不会写一部续集。我很快向他们保证，不会的。我觉得关于哈罗德和莫琳，该说的每一句话我都说了，是时候让他们继续生活了，我不该在一旁观看记录。我没有考虑到的人是哈罗德的朋友——奎妮·轩尼斯：是她写了第一封信，启发了一段改变哈罗德·弗莱人生的步行之旅，而且，在某种程度上，也改变了我的人生。她一直保持沉默（这正是奎妮会做的事情），然后突然有一天，她一声大喊："我在这儿哪！"

　　时机不对。我的新书已经写了两万字，还在做一个广播节目。这个时候，我最不想做的就是去开始写别的东西。但后来，我和我的孩子们待在厨房里时，奎妮的故事悄然来到。它是那种灵光乍现的想法，但出现时一切就绪，于是你感觉它其实已经存在很久了。我告诉了孩子们，因为这个想法已经让我非常兴奋，没法憋在心里。然后，孩子们说了句"哦，很好啊，那午饭吃什么？"之类的话。

　　那一夜我几乎没合眼。脑子里全是奎妮的话以及她的故事。我不知道那些话里有没有哪句有意义，但我确凿地知道，我已经开启了什么东西的头，得继续留下，找出完整的故事。早晨再次翻阅《一个人的朝圣》时，我突然想起，实际上很久以前，我已经有了这个念头，要写出奎妮视角的故事——我已经尝试用她的声音写过一小段，就在《奎妮与礼物》那一章。我有过这一念头，但没有好好看到它。

　　过去的几年里，关于哈罗德·弗莱，我讲了很多。但有时人们也向我问起奎妮。我承认有几个读者问过，为什么？为什么非得让奎妮得那种毁容的癌症？我一直尽可能温柔地解释，但对于我来说，它还是一个情绪化的回答——因为我父亲就是这样的情况，我觉得自己必须忠于事实。但以此作答，也同样困扰着我，因为尽管我父亲的癌症到最后可怕得难以直视，那毕竟不是他。比如，当我现在想起他时，我想到的是得癌症之前的那个是我父亲的男人。我想到他的大笑，他在喊"你好吗，蕾秋？"，或是他搬着梯子走过窗前。奎妮也是一样。在成为书的结尾处我们在一间疗养院里发现的那个女人之前，她也有过声音，有过人生。我想找出所有那些。当奎妮从她自己的视角复述这个故事时，她从不使用"癌症"这个词，也几乎不提她的外貌。癌症不是她的旅程。她的旅程是一段修复之旅。通过讲述她的故事，她变得完整。

我的父亲在家中过世。他没有痛苦。所以为了写这本书，我和几位麦克米伦癌症慈善机构的护士相处了一段时间，并拜访了两间收容绝症晚期病人的疗养院。去之前我很担心。我会不会看到不该看的东西？会不会被吓到？我会不会出洋相然后大哭？但在两间疗养院和护士们的身上，我却被其内在的生命力所震撼。喜悦。安乐院里光线通明，充满欢笑。我遇到的护士们有无穷无尽的搞笑故事可讲。于是我开始着手写一本书，关于充满生命力的死亡。在我看来，你似乎没法真正记叙二者之一，而回避另一个，就好像如果你不去面对悲伤，就没法真正记叙快乐一样。我想，正是通过观看一件事的全貌，你才能看到它的本质。

在疗养院里，我们聊了很多关于死亡的事。也聊到我的父亲和他的死亡。在一次会面的最后，一位管理人员对我说，你得写这本书。我很可能哭了——因为那一天有很多情绪。但我之所以哭，还因为他是对的。

于是我创作了我自己的疗养院,圣伯纳丁。几个病人到位了,一开始在我脑海里还很模糊,但随着我的书写,他们逐渐有了色彩和形体。你可以这么理解,他们像是变成了奎妮的伴唱,她的和声。照顾这些病人的修女们的灵感则来源于一个修女团体,她们住在我们格洛斯特郡的村里,共有七人。我们第一次过来看房子时,我见到了其中一位——一个穿着乳白色长袍和黑色围裙走在大地上的身影——那幅画面有种格外祥和的感觉,以至于这些修女立刻成为我在这片住地的一部分经验。就在昨天,我打开大门取车,发现一个修女靠在我们花园的围墙上。她似乎在等待什么,也可能就是在擤鼻涕。我不知道,但不管是什么,她当时都很惬意。

为了找到奎妮的家,她的海边小屋,我和丈夫孩子回到特威德河畔贝里克,参观了诺森伯兰郡绝佳的海岸线。我又回去过两次。直到最后一次参观——就在我提交手稿之前的那个周末,我们又走了一趟,才发现恩布尔顿湾以及悬崖上的海滨木屋。奎妮的小屋是我在头脑里创造的,但如果你去过恩布尔顿湾,就会发现沙丘上刻有一组沙阶,或许曾经通往她的花园。

奎妮的海上花园就那么开始了。在研究过诺森伯兰的花园以及滨海小路之后,我的想象力才给她的海上花园种上花花草草,放进人形浮木。我很高兴她拥有那些东西。她用她生命中的人来填充她的花园,和我用我生命中的人来填充我的写作是一样的。而且顺便提一句,我的孩子们都很高兴看见我们的老边境猎狐犬(那只狗)回来了。

至于玛丽·安贡努修女,我喜欢这么去想,她是父亲借给我的。在他生命的最后几天,他看见他们的花园里有个男人。这个时候父亲已经非常虚弱,病得很重,但他让母亲扶他走向这个男人。

母亲没看见任何人，但他们还是一起走到那个地点。走了好几次。

让母亲震撼的是，父亲对花园里有个男人竟然很开心。有过几次——没有多久以前——他还会大吼大叫，很可能还会挥拐杖呢。

父亲并不虔诚。他到最后也没有找到宗教信仰。但他看到一个男人，这个人让他感到平和，他渴望和这个人待在一起。大约一天之后，他去世了，就躺在母亲用来搬动他的靠背长椅上。他没有蜷缩也没有闭眼。就那么停摆了。

当我对疗养院管理人员说起这件事时，他微微一笑，就好像这种事我们都应该知道一样。这很普遍。临终经验，他们是这么说的。它们无法被解释，却无疑发生。它们经常能缓解病人的痛苦，因此也助他走过死亡通道。它们似乎也和有时因药物引起的幻觉现象形成鲜明对比。我想多去想象一点父亲看到什么景象，于是虚构了玛丽·安贡努。

重翻《一个人的朝圣》并扭转角度回放一些章节对我来说十分特别。它也赋予莫琳一个不同的声音，还有戴维，以及找到奎妮爱上、其实更是莫琳爱上的那个哈罗德。对我来说，不仅仅是奎妮感觉被重新拼凑完整，他们也是。

还是要正式说明一下，我写的不是《一个人的朝圣》的续集，也不是一部前传。我写的这一本书，它和哈罗德·弗莱比肩而坐。他们真的应该那样出现——她坐在乘客座，他坐在驾驶座。肩并着肩。

我会把这本书称为，一个伴儿。

蕾秋·乔伊斯

哈罗德·弗莱就要来了,我想。我等了二十年,现在他就要来了。

第一封信

圣伯纳丁疗养院

特威德河畔贝里克

四月十一日,星期一

亲爱的哈罗德:

收到这封信,你可能会有些吃惊。我知道,我们最后一次见面距今已久,可近来我总想起过去的许多事。去年我动了一次肿瘤手术,但癌细胞已经扩散,医生也无能为力。我现在状况平稳,也还算舒适,只是,我想要感谢你许多年前给予我的友谊。请代我向你的妻子问好。如今我想起戴维,仍觉喜爱。

献上我最好的祝福。

奎·轩

第二封信

圣伯纳丁疗养院
特威德河畔贝里克

四月十三日

那我开始了

很久以前,哈罗德,你对我说过:"有很多东西我们不去看。"你指的是什么?我问。"就在我们眼前的东西。"你说。

当时我们坐在你的车里。你在开车,像往常一样,而我坐在乘客座。我仍记得,夜幕正降临,所以我们一定是在回啤酒厂的路上。远处,路灯点亮达特穆尔高原的蓝色丝绒裙边,月亮是一抹粉笔迹的朦胧。

真相就在我的嘴边,呼之欲出。我再也忍不住了。靠边停车,我几乎要大喊出来。听我说,哈罗德·弗莱——

你戴着驾驶手套指向前方："你看到没有？我们走过这条路多少回了？我还从来没注意过那个。"我朝你指示的方向看去，你大笑起来："真好笑，奎妮，我们竟错过这么多。"

就在我几乎要供认一切时，你却在赞赏一片扩建的屋顶。我打开手包按扣，拿出一块手帕。

"你感冒啦？"你说。

"你要薄荷糖吗？"我说。

时机又一次错失。我又一次说不出口。我们继续行驶。

这是我写给你的第二封信，哈罗德，这一次会不一样。没有谎话。我会坦白每一件事，因为那天你说得对。有太多事情你没有看到。有太多事情你还不知道。我的秘密已被我深埋二十年，趁还不算太晚，我必须一吐为快。我会告诉你一切，余下的终归寂静。

我看见外面特威德河畔贝里克的城垛。北海的一根蓝丝线穿过地平线。我窗边的树缀着浅色的新芽，在暮色中熠熠发亮。

那我们走吧，就你和我。

我们时日无多。

你只需等待!

你的信今天早上到了。我们当时在娱乐室里做晨间活动。每个人都昏昏欲睡。

露西修女问有没有人愿意和她一起玩新拼图,她是最年轻的义工。没人搭理她。"拼字游戏呢?"她问。

没有动静。

"解救小鼠的桌游呢?"露西修女说,"那个游戏很可爱哦。"

我坐在窗边的一把椅子里。窗外,冬日的常青树摆动战栗。一只海鸥形单影只地在空中努力保持平衡。

"吊小人猜字呢?"露西修女说,"有人玩吗?"

一个病人点点头,露西修女拿来纸,等她把一切摆放就绪,笔啊,一杯水啊什么的,他已经又打起盹来。

对我来说,疗养院里的生活有所不同。色彩,气味,一天如何度过。但我闭上眼睛,假装散热器的热度是阳光洒在我的手上,而午餐的味道是空气里的咸味。我听到病人们咳嗽,那不过是我海边花园里的风。我能想象出各种东西,哈罗德,只要我用心去想。

凯瑟琳修女拿着早晨的邮件大步流星地走进来。"派件喽!"她说。音量放到最大。"看看我这儿都有什么!"

"哦,哦,哦!"每个人都坐起身来喊。

凯瑟琳修女把几个棕色的信封递给一个名叫亨德森先生的苏格兰人。有一张卡片寄给一个新来的年轻女人(她是昨天到的。我不知道她的名字。)。一个大块头,他们叫他"珠母纽王"的,又收到一个包裹,尽管我已经在这里一个星期了,却从没见他拆过包裹。瞎眼的芭芭拉夫人从她邻居那里收到一张便笺——凯瑟琳修女大声朗读出来——上面写春天就要来了。名叫芬缇的大嗓门女人拆开一封信,信上通知她,如果她刮开锡箔框,就会赢得一份激动人心的奖品。

"还有,奎妮,给你的,"凯瑟琳修女拿出一个信封穿过房间,"表情别那么惊恐。"

我认得你的字。只瞥上一眼,脉搏就跳个不停。很好,我心想。二十年来我没有这个人的音信,然后他寄封信来就让我心力衰竭。

我盯着邮戳。金斯布里奇。脑海里立刻有了画面:浑蓝色的河口,泊在码头上的船只。我听到河水拍打塑料浮标的声音,还有索具摩擦船桅的咔嚓声。我不敢打开信封。我只是看啊看啊,回忆着。

露西修女冲过来帮我。她把她孩子般的手指塞到信封折口下面,沿着折痕推动,把信封拆开了:"要我朗读给你听吗,奎妮?"我试图说"不",但挤出来的"不"像个搞笑的怪声,被她误会成了"是"。她展开信纸,脸色渗出粉红。她开始读信:"是个名叫哈罗德·弗莱的人写来的。"

她尽可能放慢来读，但只有寥寥几个字。"*我很抱歉。祝好。哦，不过还有个附注，*"露西修女说，"他说，*等我。*"她乐观地耸耸肩。"嗯，不错啊。等他？我猜他是要来探望你吧。"

露西修女小心地折好信，把它放回信封里。然后她把邮件放在我的腿上，好像那里就是它的终结之地。一滴热泪从我的鼻翼滑下。我有二十年没听到你的名字被提起。我只把话语藏在脑海里。

"哦！"露西修女说道，"别沮丧啊，奎妮。没事的。"她从咖啡桌上的家庭装纸盒里抽出一张纸巾，仔细地擦拭我紧闭的那只眼角，我咧开的嘴，甚至我脸颊上的那滴东西。她拉起我的手，我却只能想到很久以前，在文具柜里，我的手在你的手心里。

"或许哈罗德·弗莱明天就来了。"露西修女说。

咖啡桌旁，芬缇还在刮她信上的锡箔框。"快点啊，你这个小捣蛋。"她咕哝着。

"你说的是'哈罗德·弗莱'吗？"凯瑟琳修女跳起来猛拍一声巴掌，就好像她闷住了一只大黄蜂。那是当天早上发生的最喧闹的一件事，每个人又都开始"哦哦哦"地碎碎念起来。"我怎么给忘了？他昨天打来电话。对。他是从公用电话亭打来的。"她讲着不连贯的短句，你在想办法讲清楚实际上并无意义的事情时，就会这样。"信号很差，他一直在笑。我一个字也听不懂。现在我想想看，他一直在说同一件事。关于等待。他说要告诉你他在走路。"她从口袋里抽出一张黄色的便利贴，飞快地展开来。

"走路？"露西修女说，暗示这种事她从来没做过。

"我想当然地以为，他问的是怎么从巴士站过来。我就告诉他向左转然后一直走。"

几个义工大笑，我点点头，仿佛他们是对的，仿佛他们笑得对，因为，你看，我太难表达我心里的惊愕了。我的身体感觉虚弱而滚烫。

凯瑟琳修女研究她的黄色便签纸。"他说要告诉你，只要他还在走，你就必须等下去。他还说他要从金斯布里奇动身。"她说着转向其他修女和义工，"金斯布里奇？有人知道那是哪儿吗？"

露西修女说她或许知道，但她很确定自己不知道。有人告诉我们，他以前有个老阿姨住在那里。然后其中一个义工说："哦，我知道金斯布里奇。在南德文郡。"

"南德文郡？"凯瑟琳修女面色苍白，"你觉得他的意思是，他正从那里一路往诺森伯兰郡走来吗？"她再也不笑了，其他人也不笑了。他们只是看着我，看着你的信，似乎颇为担忧和困惑。凯瑟琳修女折好便利贴，便使之消失在了她长袍的插袋里。

"中了！"芬缇大叫，"我赢了豪华游轮之旅！十四晚的航程，一切费用全包，乘坐祖母绿公主号！"

"你没有读小字的附属细则。"亨德森先生嘟囔着。然后，他更大声地说，"那个女人没有读小字细则。"

我合上眼睛。一小会儿后，我感觉到修女们用胳膊架起我，把我的身体抬进了轮椅。就像我还是小女孩时，在炉灶前睡着，父亲把我抱起来一样。"轻点，轻点。①"母亲会说。我紧攥着你的信，还有我的笔记本。我们穿过娱乐室来到走廊，经过窗户时，我看到深红色的光在我眼皮后面跳舞。我一路上都紧闭双眼，即便等我被放到床上，即便窗帘"嗖"一声滑过窗帘杆被拉上，即便我听到门

---

① 原文为德语"Stille, stille"。

"咔嗒"一声关上，都不敢睁开。我害怕如果睁开眼睛，眼泪的洪流就再也止不住。

哈罗德·弗莱就要来了，我想。我等了二十年，现在他就要来了。

不太可能的计划

"奎妮?奎妮·轩尼斯?"我醒来时,一个新来的义工正靠在窗边。他一度看起来像是由光组成的。

"睡觉的时候,"他说,"你在哭啊。"这时我才好好端详了他,发现他根本不是男的。他是个大骨架的高个子女人,一身修女装扮,戴着一顶头巾,穿深蓝色针织开衫。我赶紧伸出手来掩饰。但这个陌生人既没有盯着我看,也没有像人们通常那样,把眼光瞟到我的手指、脚上,或者任何一块脸以外的地方。她只是在微笑。

"你在为这个叫哈罗德·弗莱的男人烦心吗?"她问。

我记起你的消息。你正走路来看我。但这一次我看不见希望,我看到的只有距离。毕竟,我在英格兰的一端,而你在另一端。南方的风有种柔和,在这里它却狂野到能把你掀起来。这段距离有它的理由,哈罗德。我必须在我所能承受的范围之内,离你越远越好。

修女从窗边挪开身,带倒了窗台上的一小盆仙人掌。她说,她听说了你那让人振奋的消息。她知道你正从金斯布里奇往特威德河畔贝里克走来,而我只需等待。她俯身去解救地板上的仙人掌。"当然啦,我本人不认识弗莱先生,但看起来像是你对着虚空呼喊,然后有了回声。他真是个好人。"她对着仙人掌微笑着说,就好像刚为它赐福一样。"顺便一提,我是玛丽·安贡努修女。"她把音发成"安-贡-努",像法语。"很高兴遇见你。"

修女拉近椅子,坐在我的床边。她的手放在膝上,又大又红。一双洗洗刷刷的手。眼睛是清澈的亮绿色。

"但是你看看我。"我试图开口。但没什么效果。于是,我伸手拿来我的笔记本和HB铅笔。我写了一句留言给她:我怎么做?我要怎么等他?然后把铅笔扔到一旁。

我以为再也见不到你。尽管我已经自我放逐了二十年,背负着一块空缺的生命在生活,我以为你已经忘记我。寄给你第一封信时,我是为了把自己的后事安排妥当。我是为了给自己的过去蒙上一层盖布。我并不期待你回信答复。我当然更不期待你本人走路来亲自回答。要供认的、要赎罪的太多,要修补的太多,而我做不到。你以为我为什么要离开金斯布里奇,永不回头?如果你知道真相,恐怕你会恨我。但你必须知道真相,你看。没有真相,我们之间不存在会面。

我记起我第一次在啤酒厂的院子里发现你。然后我看到你儿子戴着我那副红色羊毛手套的画面,我也看到了莫琳,她在福斯桥路13号,你家花园里一篮洗净的衣物旁,眼神炽烈燃烧。不要走路过来,我心想。那个有滑稽名字的修女是对的:你是个好人。二十年前我有过机会开口,但我失败了。我失败了一次又一次。我有满腹的话语,却没有说出口。现在不要来。

我写道,太迟了。

玛丽·安贡努修女读了我笔记本上的留言,什么也没说。很长时间,她只是把双手夹在膝间待着,坐得那么笃定,我都开始以为她睡着了。然后她卷起袖管,就像一个修女要动真格了那样。她的手臂光滑,有日晒的痕迹。

"太迟?没有太迟这一说。在我看来,你对哈罗德·弗莱还有别的话要说。那难道不是你烦心的原因?"

好吧,确实是。我又哭了。

她说:"我有个计划。我们要给他写第二封信。别忘了,是你寄出的第一封信,挑起了这一团乱麻。所以现在必须得由你收尾。只不过这一次,别写那种他会从礼物卡上看到的短话。告诉他真相,完整的真相。告诉他到底是怎么一回事。"

我看向窗外。黑色游丝般的云片你追我赶,划过沉闷的天空。日光是一枚明晃晃的顶针,树木的黑枝微微颤抖。我想象你在英格兰的一端,沿着乡村小路行走的画面。我想象自己在另一端,坐在一间小房间里的床上。我思考我们之间的距离:铁轨,车道,马路,河段。我想象尖顶与塔楼,石板房顶和铁皮屋顶,车站,城市,小镇,村庄,田野。好多的人。坐在站台上的,坐在车里开过的,从巴士里盯着看的,还有跋涉在路上的。自从我离开金斯布里奇,就一直孤身一人。我在一间破败的海边木屋里安身,我在海边的一座花园里修心。我的生活圈很小,没什么可说。但往事仍在我心里,哈罗德。我从没有放下过。

"你不需要自己一个人写这封信,"玛丽·安贡努修女说,"我会帮忙。办公室里有一台旧手提打印机。"

我记得自己用了好久才讲清楚第一封信,好让她在笔记本电脑上打出来。我猜你注意到了我那一团糟的签名和信封上你的地址。把那封信投递进邮箱费尽周折,派一只信鸽都比那要快。

但玛丽·安贡努修女仍在讲话:"我们每天都做一点。你可以写笔记,我来打。我猜你不懂速记法吧?"

我点点头。

"好吧,就这么办。我们来写信,你和我一道,直到哈罗德·弗莱到达这里为止。我会以第一人称来写,假装自己是你。我会转抄所有的话。一个字都不会漏。你的信会在哈罗德·弗莱抵达的时候等着他。"

那你答应我,他见到我之前会先读到信?

"我向你保证。"

她的想法已经让人有点动心。我已经在编排开场白了。我觉得自己应该是闭上了眼睛,因为等我睁开眼时,玛丽·安贡努修女又换地方了,这次她坐在被单上我脚部微微隆起的旁边。她戴上了一副蓝色的胶框老花镜,让她看起来眼珠凸出,她拎起一个磨损的皮革手提袋,有公文包大小。钥匙用一条绳圈系在提手上。

她笑起来:"你睡着了。所以我溜去办公室,擅自借来了打字机。"她打开我的笔记本,翻到新的一页。她把它放回到我的腿上,旁边搁了支铅笔。

"你明白现在的状况吗?"玛丽·安贡努修女一边说,一边打开皮包的锁,取出打字机。这是一台乳白色的凯旋牌提帕打字机。我以前也有过一台同样型号的。"哈罗德·弗莱在走路。但换个角度看,尽管你人在这里,尽管你已经完成了旅行,你也在开始一段新的旅程。说起来是一回事,又不完全一样。你明白吗?"

我点点头。就算我人不在了，至少我的信会在。

玛丽·安贡努修女坐好，把打字机搁在她的膝上。"好啦，"她说，伸展着红彤彤的手指，"跳格键在哪里？"

接下来的早晨，我们都在工作，一直到午饭后，到黄昏降临。我一旦开始，就停不下来。我指着自己的字迹。你看得懂吗？

"完全看得懂。"她说。

我撕下写完的纸页，给每一页标号，然后玛丽·安贡努修女捡起来打字。我一直告诉自己，写到下一页就停，等到下一页，我又把它写满。我写了你目前读到的一切，玛丽·安贡努修女则噼里啪啦地在按键上敲打。我们仍在忙活。我在写字，她在打字。

"好，"她说，"这样很好。"

今晚，值班护士履行了我们晚间的例行程序。她用漱口水和裹上纱布的小棒给我清理口腔。她在我嘴唇破裂的地方涂上凝胶，还换了敷药。沙阿医生是姑息治疗的会诊医生，他问我有没有痛得更厉害，但我告诉他没有，还是老样子。我没必要让自己不舒服，他

说。如果我哪里有病痛，治疗的药物可以调整下。护士刚给我贴上新的止痛贴，露西修女就开始按摩我的手。她光滑圆滚的手指在我僵硬的指头上游走，放松了关节，缓和了疼痛的发作。她取来闪粉指甲油，给我涂指甲。

  睡梦中，我看到了你的儿子。"好的，戴维，"我说，"好。"我拿来一条毛毯，怕他冷，给他掖好。

谎

那晚睡得不好。因为戴维。戴维。他在我的脑子里。我睡不着。

每当我闭上眼,就看到他。他坐在我电暖气旁的扶手椅里。黑大衣。大吵大嚷着要东西。

我按铃喊人。

菲洛米娜修女:*怎么回事?*

我:我做噩梦了。

菲洛米娜修女:*喝下去。是吗啡。*

(抿一口,又一口。)

菲洛米娜修女:*放下你的铅笔,奎妮。放下你的笔记本。现在睡吧。*

最后一站

一夜不安稳，我睡到正午才醒。醒来时，来了个访客。她头上顶了只西柚。她还带来了她的马。他们俩一直等玛丽·安贡努修女端着打字机进来才离开。

我写给她看，我有奇怪的客人，她们不该来疗养院的，应该待在马戏团里，她笑了。"有人为了弄到你吃的药，愿意付大价钱呢。"她把老花镜后的眼睛斜向一边说道。

你的视力有问题吗？我拼出这些单词。

"才不是，"她说，"我这是在给你使眼色。你今天感觉如何？"

她头上挺括的小白帽泛着乳白色的光，系着腰带的黑色罩裙下的修女袍也是，凉鞋里套着白袜，袜子被魔术贴勒得有点皱。她从包里取出一袋新的A4纸，还有一支提派牌涂改液。"我看你又收到一条消息啊。"她指着床头柜上一张挨着你那封信的明信片说道。我完全不知道她在说什么。

我又失忆了，你看。我一觉睡醒就忘了走路这回事。

"哦，奎妮。你不会又要哭了吧？"玛丽·安贡努修女笑起来。我把头往后靠，表明我可不打算出丑。"我们来看看哈罗德·弗莱要告诉我们什么事吧。"她说。

有一张班森姆海滩的图片。一定是哪个修女在我睡着时放下的。玛丽·安贡努修女给我看背面的字。"守住信仰。哈罗德·弗莱。"你可能不知道，哈罗德，我不是个有信仰的人。我听修女们祈祷，也听她们从小礼堂传来的歌声，但我并不参与。你呢？你又从何时开始知道信仰这回事了？据我回忆，你从来不进教堂。我最后一次见到你时，嗯……你看起来并不像一个找到上帝的人。

据我回忆，你也从来不会走太远的路。我只能想到有一次。但或许现在还不是时候。

"我们还是言归正传，回到你的信上比较好。"玛丽·安贡努修女说。

她打开我的笔记本，递过来铅笔。抽筋了。右臂几乎不能动弹。手整个地戳向手腕。一定是昨天写字造成的。我已经不习惯用手工作了。手指颤颤巍巍，像我在恩布尔顿湾的花园石池里养的海葵。我在海边的崖顶建起花园，所以我把它叫作海上花园。

"帮帮我，"我哼哼着，"我写不了字。"

玛丽·安贡努修女放下打字机，握起我的手。她给我揉捏手指，还把我的指头拉到嘴边。她吹着气，就好像指望它们能充气胀起来。"看看你呀，奎妮，"她说，"你的指甲都亮晶晶的。"她大笑。

有时候，当你看一件事觉得困难重重时，另一个人却可以只用一个微笑，就让问题在你的眼前云开雾散，直接明了。

"我们再试试看。"她说。

她把铅笔嵌进我的手里，依次帮我用一根根手指裹住铅笔。
"你想告诉哈罗德·弗莱什么？"

* * * * *

我记得班森姆海滩。我第一次抵达德文郡时去过那里。那差不多是二十四年前了。在你和我遇见之前。也是圣诞节，我当时有很多事要考虑。

我没打算来金斯布里奇的。我只知道自己不能留在科比。在那里，事情开始出问题，所以我采取了自己在事情出错时的一向做法。我逃跑了。

"什么东西一旦坏掉，"以前，我母亲抓起一块开裂的瓷片扔进垃圾桶时，常常这么说，"就永远不会恢复原状。眼不见为净。"那些话仍在我的耳边萦绕，还有她浓重的喉音。碎裂的盘碟和玻璃餐具，开线的丝袜，掉了纽扣的羊毛衫，缺头少脚的石膏摆设——无一幸免。我的父母从不富裕。我们住在肯特村头一个租来的小房子里，靠父亲做木匠的薪水过活，而我母亲是个大块头的奥地利妇女，粗壮的双手上，好像永远涂了鹅油。她一直在扔东西。我们家最后还有东西剩下真是个奇迹。我父亲趁她不注意时检查垃圾桶，把还能修的东西拣回来，转移到他的工作间。不知为何，难得有修好的时候，假使真的修好了，母亲也只会责难地盯着一个被粘回原状的盘子，就好像在说："你怎么还在？我以为我已经甩掉你了。"

或许我照搬母亲的话了，她本意并非如此，但我把她的规则应用到我的生活中。归根结底，我们都在寻找它们——所谓的规则。

我们从最诡异的地方将它们顺手拈来,如果它们似乎起过一次作用,我们就一辈子照章行事,全然不顾它们后来或许会引发的不快与困难。所以当我有一次舞蹈考试没通过时,我就拒绝继续尝试。相比面对老师的失望,干脆一走了之更容易。当有朋友在假期营里严重伤害我的感情时,我的做法也是一样:我坚持要求回家。多年后,申请牛津大学,我猜你也可以说,我是在用这种方法逃离父母。身为他们唯一的子女,情况已经变得越来越难以招架。

从科比离开后,我连续奔波了很多天。这里住一晚。那里待一夜。有时只待几个小时。没有一处久到让我结识任何人。没有一处久到让别人认得我。我几乎不打开行李箱。我一直在换地方,直到小巴停下,我看到了大海。到终点站了,司机说。他关掉车灯。关掉发动机。

终点站会发生什么?我心想。

我摸索着翻过沙丘,穿过滨草的高芒。一股劲风从英吉利海峡刮来,我不得不缩起脖子往前推进,一边用一只手使领口裹紧脖子,一边用另一只手拖着我的格呢行李箱。箱子里装着我拥有的一切。书。衣物。舞鞋。我来到水边,一种可怕的绝望感陡然而生,就像一个人习惯了奔跑,因为奔跑是她一直以来做的事情,而现在她面对着一堵砖墙。

我仍记得那个冬日的夜空。每当我在海上花园工作,看见那样一轮落日时,思绪都会回到班森姆海滩。那种景象,就好像太阳被撕开了。一切都是猩红色的。云烧成了烈焰,那么肆意,那么震慑,以至于蓝色都不再像是一种颜色。海与陆地都沦为镜面。棱纹的沙滩烧了起来。石块与栗色的岩池也是。粉色的浪峰。伯格岛燃烧的圆丘。那种红甚至在我的手中照耀。

为什么不继续往前走？我没剩多少钱了。没有工作。没有地方待。水轻拍我的脚趾。不消一会儿，它就能高及脚踝。一旦东西破碎——

然后我感觉到肚子里一阵躁动。

我转身背朝大海，拖着行李箱往沙丘走。等我走到路上，风已经减弱，太阳也已落下。天空是一片白蒙蒙的淡紫，几近银白，大地也是。夜晚的第一颗星穿透薄暮。

我又要出发了，我想。因为人到达终点站时，只能这么做。你重新开始。

玛丽·安贡努修女在头顶把手指相扣，做了一套简短的颈部伸展运动。我的纸页都四散在她的脚边。窗外已经没有光，月亮回来了，是一片白色的膜。

"看看你的成果，奎妮。这还只是你开始写作的第二天，你看你写满了多少张纸。要说的太多了。你记得好多事。"

我当然记得。我满脑子都装着过去的歌曲。我会坦白一切，不会害怕。

"手怎么样？"玛丽·安贡努修女问，"不会太酸吗？"

我本打算微笑，出来时却成了别的东西，我需要一张纸巾。

我翻到新的一页。

我们把这一点做完就结束，好不好？

"圣伯纳丁疗养院是一家慈善性质的私人疗养院，为患有晚期疾病的病人提供娴熟关爱的护理，"小册子上写道，"在这里生活工作的修女都是训练有素的护工及义工。一支医院的医疗小组也随时待命，提供进一步支持。"

"但我不想去那里。"我试图告诉我的全科医生。这是在最后一次手术之后，当时我仍能勉强发出一些声音，让人听出单词。我把小册子放回到他的办公桌。

我知道圣伯纳丁。就是小镇边上一栋黑色的燧石矮楼。在我不得已要跑一趟特威德河畔贝里克，去大型五金店修理花园工具时，我坐公车会路过疗养院。我一向对我的工具感觉亲切，把它们当作朋友对待。但经过疗养院时，我会扭过身去，背朝那栋楼，转而看向大海。我掏出笔记本。我想待在自己家里，我写道。

医生点点头。他拿起一支钢笔来，在指间转动。

"当然啦，如果你不想去圣伯纳丁，也不是非去不可，奎妮。"

他的眼睛一直盯着那支笔，嘴里不时叹一口气，就好像胸腔深处有什么地方正在爆炸。"癌症已经晚期了。我们现在不能再做手术。你知道预后并不——"他低声说，"你是知道的吧？"

"我知道。"我说。我伸手去抓拐杖，尽管我并没打算离开。我不想让他再说下去，紧紧握住拐杖是我能想到的最好办法。

"我不是逼你去圣伯纳丁。我当然不会逼你，但在那里她们能保证你会过得很舒适。你住在那栋海滩小屋里让我很担心。已经没有别人在恩布尔顿湾过冬了。我知道你家有电，但你没有像样的暖气。而且在这种天气里，沿海小路几乎不能走人。如果情况需要的话，救护车没法开进去救你。"

我有西蒙。那个医院的义工。他会过来。

"但他一周只来三次。你需要全天护理。"

空气似乎非常浓稠，我不得不集中精力才能呼吸。我几乎什么话也听不到，就算听到，也只是几个单词，比如"复杂"，等等。

尽管如此，我仍可以固执己见。我仍可以继续留在自己的木屋里，但我整个脸都垮下来，走形了。嘴巴张不开，眼睛也睁不了。进食很困难。说话也困难。我停止了每日的散步，也不再去商店。我不想让人们看到我。我太羞耻。如果有人来访，我就闭门不见。我甚至避免在我的海上花园里工作，生怕他们发现我。我心想，*我要睡了，睡吧，睡吧*，但那从来就没发生过，没有一觉呜呼。我不想麻烦任何人，只想撒手人寰。但每当我想到撒手，却又想抓得更紧。我承认自己哭过。雨一直下，风也一直在刮。我从门口看着我的海上花园，狂风掀倒浮木的人像，雨淹没了岩池。冬天似乎永无止境。

义工西蒙听说我选择了圣伯纳丁时，他说，哦，他的阿姨去了那里。"那是个很特别的地方,"他信誓旦旦地说,"你不需要信教。他们有各种活动。音乐啊、艺术啊之类的。还有个不错的花园。你会喜欢那个花园的。我阿姨就很开心,直到——"

然后他微微一笑,就好像他彻底忘了该怎么说话。

西蒙就是一只大熊,他穿一件连帽粗呢外套,牛角扣都扣不上。他给我打包家居服、拖鞋和毛巾时,我一动不动地坐着。我们走到哪里都在一起,那个行李箱和我。西蒙问我,还有没有别的想带上的东西,我却无从思考,因为我要离开的这个想法实在太奇怪。我在那栋海滩小屋里住了二十年,从我离开你和金斯布里奇后就住在那里了。那个地方是我的一部分,就好像过去是我的一部分,你是我的一部分,我的骨头也是我的一部分。我看着灰漆墙面、裸木地板、从旧货商店里淘来的二手佩斯利印花沙发罩,还有我在一个冬天做的碎布多彩地毯。老炉灶,黄铜锅,蓝色百叶木窗,窗台上的玻璃瓶和书。镶金边的豆绿色瓷杯瓷碟是我多年前在金斯布里奇买的,想着万一你哪天来做客,留下来喝杯茶时能用得上。要不是木头火炉的供热,屋里已经很冷了,西蒙的呼吸化成头顶的一大团烟云。我的呼吸只是一涓细流。

西蒙背着我从沙路走向他的车。其他所有的海滩小屋仍因冬天而大门紧闭。我就像只小鸟,西蒙大笑着说。我知道如果我真是一只鸟,早就死了。我努力不再去琢磨那个念头,因为它让我恐慌,哈罗德,那些想法涌出来时就是这样。他背着我走过公立高尔夫球场和俱乐部会所。没人站在窗边,我很高兴。西蒙回去拿我的行李箱前,打开了车里的收音机给我做伴,但独处与寂静正是我习以为常的。

我们开车离开时,我回头又看了一眼我的海上花园。我看到燧石墙壁，彩色旗子，种穗的尖头，还有人像。在海雾的掩映下，它们只是高崖上的黑影幢幢。在村里，我们经过成排刷白的黑燧石村舍，大地像一本冬季之书般打开。灌木树篱只剩光杆。去年的树叶像小蝙蝠一样吊在树上，一道挪威云杉绿化带在风中摇摆。没有切维厄特绵羊的踪影。直到后来，我才意识到，我一直在寻找这些地标，却没有道别。但有时你不说这个字是因为，你以为有些什么仍在继续，而实际上它已结束。

这里的十间卧室都在疗养院小楼的正面，可以远眺碉堡城垛、特威德河口和大海。娱乐室、小教堂和餐厅在小楼的背面，有着大扇的法式落地窗，打开来就是颐乐花园。像西蒙那样的义工每天过来陪我们坐坐，打理庭院，剪枝，扫地，翻土。我在窗口观察。我也观察修女们，她们的长袍随风飘扬，就像绿色海面上的白帆。

等到我们该道别时，西蒙说："我要离开几个月，但等我回来就来看你。好吗？"

我点点头，因为他是个善良的年轻人，我也不希望让场面难看。他俯下身来拥抱我，我能感觉到他强劲的心跳声。"你要保重。"他说。他的脸都湿了，但我们俩都假装他没哭，我们都在微笑。

之后我看着他两步并作一步地跳下台阶，往停车场走去。我看着他跳进他的红车里，开走时"嘀嘀"按了两声喇叭。我转头面向通往住院部的双开门。就是一扇简单的门，没有特别之处，但它们就像铜墙铁锁。我心想，囚犯心里肯定就是这种感受：生命之门似乎就要合上。菲洛米娜修女是修道院的院长，她接过我的行李箱。

门的另一侧响起一阵狂笑:"哇!我赢了一辆露营车咧!"笑声之后紧跟着一口阴沉的苏格兰嗓音:"你没有读小字细则。她没有读小字细则。"

菲洛米娜修女明媚地一笑。"我们这间疗养院可能跟你预想得不同。"她说。

高个子男人与雪

今早我醒来时,哈罗德,拂晓的天空是珠贝的颜色。一团白花匆匆飘过窗口。我想起了雪。我伸手去拿笔记本。

二十四年前。我站在自己的新办公室里。这是在啤酒厂上班的第一天,我很害怕。这件事非我所能把握。房间很小,而且冷得厉害。有张办公桌,有成箱乱糟糟的发票,但显然不成体系。我用我的粉盒镜子检查自己的脸,把几缕滑落的褐色卷发别上去。涂口红吗?还是不涂?我还在试图弄清怎么能让自己看起来像个训练有素的会计。这地方的味道——啤酒花和香烟味,让我想生病。然后,窗边有个东西吸引了我的目光。是一小片白。我走过去,偷偷往外瞄了一眼。

窗户下面是院子,有几个工业垃圾箱。没有什么景致。但天空压满了冬云,开始飘雪了,雪花像白色的羽毛在空中盘旋。我把脸和手指贴上冷冰冰的玻璃,抬头看着令人眩晕的白色落雪。预报没说有雪,所以这就像个小小的奇迹,有时天气出现意外的变化,就会有这种感觉。我看着院子和垃圾箱,它们很快从黑压压变成了白茫茫的,从坚硬变得柔软,看起来很美。我忘记了自己的病和冷。我忘记了自己害怕。

一扇金属门哐啷一声打开,一个穿着外套的高个子身影冲了出来。

是你。

和我一样,你也发现了雪花,看起来好惊讶。你向上凝望,就像我刚才那样,把一只手挡在眼睛上遮光。你大笑起来。然后你左顾右盼,确认没有人在看后,走向垃圾箱。你很满意自己是独自一人,掏出了一个包,你一定一直把它藏在自己的外套里。你飞快地揭开一个垃圾箱的盖子,把几个空啤酒罐放了进去。啤酒厂所有的灯都大开,你被围在一圈泛蓝的墨黑光晕里,你的影子落在身旁一层薄薄的新雪上。我不明白你为什么要这么偷偷摸摸地丢罐子。毕竟这是一间啤酒厂。这时是上午十点左右,我已经注意到有几个销售代表微醺了。

不管出于什么理由,丢掉那些罐子后,你似乎如释重负。你盖好垃圾箱盖,搓了搓手。以前我母亲满意地做完杂活时,就会那么搓手。

你转身往厂里走,之后似乎察觉到附近有人。你又查看了一次院子。不好,我心想,他发现我在这里了。等发现那不过是你自己投在雪地上的影子时,你又大笑起来。我也笑起来。你的影子让我们俩都摆脱了窘境。

你站在一块窗户的方块光影正中,抬起一个胳膊,你的影子也照做。你挥手,你的影子挥手回应。然后你抬起左脚,抖了一小下,你的哈罗德也重复相同的动作,他也抖抖脚。你再次仔细确认院子里没有人，没人在看，然后你摆了一个新的姿势。你想干吗？我被吊起了胃口。你左肩耸起，手肘夹在腰间，手摆好姿势，你在粉状雪地里跳起了软鞋曳步舞。你向左滑一小步，向右滑一小步，这样那样地摆动身体，轻轻地用一只脚平衡，又换成另一只脚。有一次，你甚至交扣脚踝做了个转体。跳舞的时候，你始终在留意自己的影子，你咧开嘴笑，就像不太相信它有活力跟上你。

我开怀大笑。我跳交际舞很多年了——从来没有当成职业，只是私底下的消遣。不管旅行到哪里，我都会找一间舞厅。但我很少见到一个男人舞动得这么轻巧。大多数和我搭档的陌生人都笨手笨脚的，发出樟脑肥皂的药味，用一双湿冷的手搭在我的后腰上。在你的四周，轻柔的白色雪片与空气周旋，它们就像音乐轻落，是温柔的小音符。

高个子男人，请继续舞下去。你让我快乐。我已经很久没有大笑过，科比，那个人渣，还有所有的旅行，所有的孤单，真的很久了。我仍站在窗口，也开始动起来。你溜到左边。我滑到右边。你做一个侧步。我就转一个身。

然后，你向上扫了一眼我的窗户，我又以为你发现我了。但这次我不在乎。你往上看。我向下看。你和我，我们联结起来。我挥手。你也举起手来。但你没挥手。你接住了一片雪花。当然，你根本没看到我。

哐当。一声尖叫。金属门砰的一声弹开，一个年轻的销售代表被推进院子里。我们的头头纳比尔跟在后面，正对着他的耳朵大放厥词。他把那个销售代表的手臂反扣在背后压着，推着他顶着脚尖往前拱，所以那个可怜人的鞋子在薄薄一层的白色新雪上拖出一道痕迹。我想知道自己能不能从窗边挪开，别再看了，但我动不了。

其他人跟着纳比尔冲出大门。他们都在叫嚣着。一个人操着从板条箱上扯下来的一块厚木板,对着雪花耍狠。你知道要打架时是什么情景。你可以从人们紧绷的状态中感觉出来。还没有人发现你,但很快他们就会。院子里无处可躲。

你僵住了。我想起了我的父亲,母亲发怒时,他就会站着一动不动,指望她能把他错当作别的东西而丧失兴趣。你在那里干吗?你的额头挤出一道道皱纹,在决定下一步该怎么做。你的决定让我松了一口气。让每个人都松了一口气。你滑稽地大力挥手,径直向那些人溜达过去。雪下得更大了,他们的肩膀、鞋子都沾上了厚厚的白色。但你大声喊着:"你们好啊,伙计们!多快活的一天啊!"你径直往前走去,于是他们不得不让开一条道,本来是一伙暴徒的气氛,现在却只有一群看起来很迷惘的冷飕飕的单个的人。我片刻之前见到的那个跳舞的人,被你化作哑剧演员。但你改变了事态。暴力的咒语被破除了。

那个销售代表惊惶地跑过院子,翻上栏杆爬过铁门。纳比尔和他的人逮住一个足球狠狠地揍了一顿。你最后又看了一眼雪,溜进金属门。

我全都看到了。但你没看到我。

刺耳的提醒

哈罗德，不要误会我的意思，但如果你对旅行是认真的，或许应该集中精力走路，而不是把宝贵的时间浪费在明信片上，对不对？今天寄来三张。一张有布克法斯特修道院的图片，一张是"夜间的南布伦特"——那张没什么好说的——最后一张是德文郡的地形绘图。你用交叉记号标出了你的位置。在英格兰走了整整三天，你似乎才刚逛出金斯布里奇。

你有没有查过地图啊？

我把卡片搁在膝上。我不想再一次引起像两天前那样的关注，所以不敢读出来。还是芬缇问起它们写了什么。我指指自己的嘴，凯瑟琳修女误以为这是在求助，猛扑过来，朗读你的消息。她快速浏览卡片，就好像它们是一连串婚礼致辞的提示卡。

她念道："亲爱的奎妮。我的水疱上又磨出了水疱，但仍在走路。"又念："亲爱的奎妮。我走了大概20英里。你必须等下去。哈罗德（弗莱）。"以及："亲爱的奎妮。今天天气不错。祝好。

哈罗德。"

又是挤压般的死寂。打断它的只有新来的年轻女人不稳定的呼吸声。

"这个人是谁来着?"最后亨德森先生问了一句。

"他叫哈罗德·弗莱,"凯瑟琳修女说,"是奎妮的一个朋友。"

"他说什么?'等我'?"

"对,他似乎是在说等他。"凯瑟琳修女开始忙着把咖啡桌上的一套软木杯垫摆成直线。

"同时他在穿越英格兰?"

凯瑟琳修女发出小小的"嗯嗯"声表示肯定。这不至于像一言不发那么没礼貌,但也没有一句"对"来得清楚。

"真是个废物。"亨德森先生又读起报纸来。有时露西修女问他想不想玩填字游戏,因为他曾是个英语老师。但那有什么意义?他恶狠狠地呛一句。他待在这里或许不是寻找答案的。

"所以你的男人真的要来了?"芬缇说。如果你要想象她的样子,就得想象一个细秆稻草人,穿着紫色弹力宽松长裤和亮色运动衫,裹着绿色毛圈布头巾。她涂鲜红色口红,还让露西修女给她涂红色的指甲油来搭配。眉毛是画的,两道高挑的橙色弧线,所以看起来她永远在惊讶。她告诉义工们,化疗的其中一个好处,就是所有的面部毛发和体毛都没了。就像免费做了一次永久性巴西式脱毛,她说。而化疗的其中一个坏处就是头顶的所有东西也都没了。

("巴西式脱毛是什么?"露西修女隔了几天问起。芬缇咽了口唾沫,向人求助,但珠母纽王在研究一个包裹,芭芭拉又把她的一颗玻璃假眼球掉到裙兜里了。"就是一种发型啦,"芬缇说,"很短的。")

"或许奎妮的朋友只是出个远门,"露西修女说,"路上寄些漂亮的明信片来让她知道。"她拿来了新的拼图。是一幅不列颠群岛的插画,有一千块。到目前为止,她已经拼好了康沃尔的一小条,还有诺福克海岸的一小块区域。不列颠群岛的形状是一只露趾凉鞋。

"但哈罗德·弗莱为什么说他要一路走来特威德河畔贝里克呢?"芬缇问,"还有,为什么他要让奎妮等他?"

亨德森先生怒瞪报纸:"这个男的到底几岁?"

我假装自己没听到,他又更大声地重问了一遍。我很快举起手指,比出一个六,然后一个五。六十五岁。亨德森先生放声大笑:"噢。他刚刚退休,是吧?厌倦了坐在家里,是不是?哈罗德·弗莱先生应该试试假日大冒险。"我觉得自己羞得无地自容。脚指头都羞红了。

芭芭拉说,她以前有过一个男人很爱她。他的名字叫艾伯特·贝茨。珠母纽王说他曾有很多女人,也被爱过很多次,他希望她们别头脑发热,也开始徒步。他是个壮汉,几乎是个巨人,夹克上的纽扣闪闪发亮,像一百个鳞片。与其说他在说话,不如说他在咆哮。我第一次听到他的声音时,误以为是一部拖拉机。

但哈罗德·弗莱不爱我，我写道。我希望到此为止。我希望他们都别再来烦我。

"或许哈罗德·弗莱在进行某种现代意义的朝圣。"菲洛米娜修女说。

"来特威德河畔贝里克朝圣吗？"其中一个义工笑起来。

菲洛米娜修女也笑了。"哎呀，我不知道啦，"她说，"或许他需要做这件事。"

"我懂，"芭芭拉说，"我懂。"

"不完全对。"亨德森先生指出。

"嗯，我倒希望有个老头为我走路，"芬缇说，"就算只是散步到酒铺再回来都好。"

突然，新来的年轻女人受惊般地大口喘气，紧接着是一连串微小的吱吱声，就好像吃了什么东西卡到喉咙里了一样。她七窍全开——眼睛，嘴，鼻孔。她张牙舞爪，十指叉开。一度没人敢动，没人知道出了什么事，然后大家恍然大悟，所有的一切都在动。我只能听到她窒息时可怕的结块声，透过一堆黑白的修女罩袍，我只能看到年轻女人的拖鞋在扑腾，在挣扎着留住生命。修女们架起她，帮助她呼吸。有人要氧气。拖鞋停止了扑腾，无力地悬着。一派全然寂静。一切都太快了。

露西修女把我捞起来，搂进怀里抱走。没时间去找轮椅。她什么也没说，但面色僵滞，像一块牛奶啫喱。

我甚至不知道年轻女人的名字。她一定只有二十来岁。殡仪馆的黑色厢车下午过来了。

"轻如鸿毛。"亨德森先生喝茶时说。

修女给每张桌子都铺了亚麻布餐巾，放上花园里摘的麝香兰。

做一件小事

"抱歉,我今天早晨来晚了,"玛丽·安贡努修女说,"我给朋友送植物去了。把它搬上搬下巴士真够困难的。"她拉开防风衣的拉链,把衣服挂在椅背上。

我不耐烦地摇了摇头,但她又插话。"正是上下班的高峰期。你可以想象。一个修女坐巴士,还带着一盆桃金娘灌木。"玛丽·安贡努修女打开她皮包的锁,把打字机搁在腿上。"我们今天写些什么?"她说。

我想着自己躺在这里被人看护的时间里,她做完了各种各样的事情。窗口的光是一片清澈的蓝冰。外面会有一场晚霜,或许是今年的最后一场。我想象着我的人像,戴的亮片闪烁不定。我想起挂霜的草叶。悬崖和下方的海湾一样泛着蓝光。我被悲伤吞没。我永远都写不到信的结尾了,我想。在我面前是庞大的故事,而真相又那么复杂。什么东西一旦坏掉,就把它扔掉。

我不想待在这里,我潦草地写下。我想待在我的海上花园里。

玛丽·安贡努修女读了我的牢骚,坐着没动。她昂起头来,就好像在聆听着稍微超出我音域的什么声音。然后她说:"我发现啊,每一天开始时,规律性地做一件小事会有所帮助。我以前认识一个做生意的人,一个非常有钱的人,他每天早晨出门收集引火棍。他说,这有助于他避开这一天里的各种矛盾。我有另一个朋友,他带狗去海边散步。我了解,现在捡棍子和带狗散步都不可能,但你可以背诵一首诗,或者做些脊柱运动。每天例行这些小小的仪式会有好处。你的仪式会是什么呢,奎妮?"玛丽·安贡努修女扫了一眼房间四周。

没有什么东西给人启发。轮椅。一个洗手池。一幅镶框印刷画,上面有两只蓝鸟。黄色的窗帘。一扇窗户。外面的树枝,只披挂着最脆弱的树叶。有一台电视机,但我过了二十年没有电视的日子。我无助地举起手。

"哦,很好。"玛丽·安贡努修女说。我完全不知道她在说什么。"我们就做手指伸展练习。"

于是我们伸展手指。她把手像轮子一样旋转,然后轻轻地掌心相对,我也模仿她的样子照做。我学她先绷直拇指,然后是食指,依次下去。我记起人们过去怎样摇下车窗,打手势做警示信号。我听到疗养院外的海鸥在空中鸣叫,听到风穿树间。我听到修女们在走廊里与医疗小组说话。但都是轻声细语,如潮起潮落。我听到它们,又任它们散去。只剩下你坐在车里驾驶座上的画面留在我的心间。我笑了。

"这样好多了,"玛丽·安贡努修女说,"现在你准备好写信了吗?一个词一个词地写。"

低能暴君

讽刺的是，哈罗德，我甚至不是个受过训练的会计。我从古典文学专业毕业，接触账簿最多的时候是我的第一份工作——给一个政客做研究员。他喜欢让我伪造支票簿存根，这样他的妻子就不会生疑。他也让我伪造其他的东西，但我划清底线，拒绝配合。

在班森姆海滩做出重新开始的决定后，我在金斯布里奇郊外找到一间家庭旅馆，住进了最便宜的房间。这个地方散发出肉汤和衣物柔顺剂的恶臭。那股味道无处不在。在木片墙壁里，涤纶床单里，粉色的床头灯和纸灯罩上。有时我走出半条街还能闻到它。它似乎钻进了我的皮肤，我的头发，留在里面了。我必须找个新地方。

我在地方报纸上看到啤酒厂的招工广告，于是过去面试。这份工不值得我去做，但我当时走投无路。这个工作可以将就一下。我给金斯布里奇几个月的时间，然后就动身上路。我以为我的生活到了夏末会变得迥然不同。

"我是来给你当新会计的。"

"你?"一个穿着三件套亮面西服的刺儿头(就是纳比尔)说。他没进办公室的门就停下了,盯着接待室另一头的我。"但你是个女的。"

我端详自己,隆起的胸部,整洁的双手,就好像我以前从没注意过这些地方。"我的天哪,"我说,"我真的是女人。"

我说这话本来是为了搞笑。我想笑。但纳比尔显然不想。他看起来很震惊,接着怒不可遏。矮个男人不能穿高跟鞋真是个遗憾,本来这世界能省去很多麻烦的。"滚你妈的蛋。"他说。为了躲开我,匆忙中他几乎撞上一棵金银丝箔的圣诞树。

"至少你得面试我一下,"我大声喊道,"因为男女平等啊什么的。"

这句话似乎终于好笑了。纳比尔转过身来龇牙咧嘴。然后他大笑起来,音调很高。呀,哈,哈。我能看到他后牙上的金点。气氛并不欢乐。

"但你不是我想要的人。"他厉声喊道。

我已经想起身离开。啤酒厂的气味太令人作呕,我不得不一直强作笑颜。但那个男人盯着我看的方式,还有他笑的样子,就好像我不够优秀,就好像我永远都不够好,这激起了我倔强的一面。"好吧,"我说,"我会等到你改变心意为止。"现在该轮到我挤出个笑容了。只不过,我的笑容刺人。

我等了一整个上午。每次纳比尔打开办公室的门,我都在那里。"有人来面试吗?"他对着秘书喊。

"轩尼斯小姐。"她会说。门就会猛力关上。

到了午餐时间,纳比尔从走廊潜逃,他几乎是贴着抛光镶板墙面在走。他的秘书问我还好吗,要不要喝水,但我说不要。"或许这份工作不适合你。"她温柔地说。我们先是听到他在大楼另一端对着某人叫嚷,然后他又出现了,焦虑地四下张望,看我的椅子空了没有。我站起来挥手。"我在这里,纳比尔先生。"我很虚弱,因为没吃东西。

"你喜欢性和旅行吗,轩尼斯小姐?"

终于,有面试了,尽管不太常规。我脸红了,但我不会任他欺侮。"我喜欢,没错。"

"那就滚开。"门猛地关上。

我问秘书,她的老板是喜欢女人的吗,她说他喜欢,但基本只喜欢她们待在他的汽车后座上。他也喜欢玛格丽特·撒切尔,和女王并列,不过不是在他的汽车后座上。那两个女人是镶在银框里的。我好像说了句"好吧,无所谓了"之类的话,但她似乎听不出讽刺意味。

快五点了,还是没有其他人露面。纳比尔的秘书穿上外套,关上了灯。"还会有其他工作的,"她说,"等金斯布里奇的旅游旺季开始时,会有女服务员之类的事情做。"我对她解释说,我需要一份文员工作,一个不要求搬重物的活儿,而且我几乎身无分文。我没有时间等。"好吧,祝你好运。"她说。我又在沉默中干坐了半个小时。啤酒厂很静,老旧的建筑都是这种静,就好像这寂静是由吱嘎声和滴答声构成的,这些声音不再与人有关,只与人留下的东西有关。

我敲了敲纳比尔的门,等着。他已经为了躲开我而跳窗逃跑了吗?我等了一整天,却要在最后一刻被他耍吗?那真是过分了。我转开门把手,走进阴郁的浓烟里。我首先注意到一套穆拉诺玻璃小丑在他的桌上依稀闪烁，大概总共有二十个，有蓝有橙有黄，像一支融在烟雾里的乐师队伍。它们的后面坐着纳比尔。他坐在一把红木皮质办公椅里，心急火燎地转来转去。

"不许碰玻璃小丑。"他咆哮道。（就好像我想碰一样。）很抱歉要让你回忆起那些东西，哈罗德。

我说："看来你非得雇用我不可了，纳比尔先生。"

"我告诉过你。这不是女人干的活儿。"他用正抽着的烟点上另一支烟，然后把抽完的烟头摁灭在烟灰缸里。

"我不想要女人干的活儿。我想要男人的活儿。我可以帮你在六个月内省下五百英镑。"这个时点我还不知道要怎么做到。"我在这里坐了一整天。如果我铁了心要做一件事，就不会动摇。你能有什么损失呢？"

我就是那样得到会计工作的。我从金斯布里奇的旧货商店买了一套便宜的棕色羊毛套装，腰部有一点宽松。还买了一个黑色的手提包和一双不那么花哨的棕色系带鞋——矮跟、圆头。我每天都待在图书馆里，攻读关于记账和财务的东西，有时我想起丢在身后的那个人，科比的那个男人，我本可以大哭出来，但我已经哭得太多，没有空间留给眼泪了。

我在新年期间回到啤酒厂，一半期待着被拒绝，一半期待着当晚坐上另一班大巴。但纳比尔的秘书说："啊，轩尼斯小姐。你的办公室在一楼，右边数第三个门。"我差点穿着我那双朴素的棕色皮鞋跌倒。

流言显然已经传遍啤酒厂，一个女人要开始做账了。几个销售代表在我的办公室外面流连，想看上一眼。女人。数学。棕色套装。他们假定了一件事。那可是二十四年前，要记得。在那些维多利亚年代的啤酒厂高墙后,几十年来什么都没改变过。

"你是我们这里第一个女同性恋呢。"纳比尔的秘书欢快地说。

"但我不是,"我说,"我喜欢男人。我的意思是,我真的喜欢男人。"

"这是个自由国家!"她唱起来,还是像唱高音一样。她笑了,但没跟我握手。

今晚是菲洛米娜修女送药,值班护士给我换了敷药,又给我贴上一块新的止痛贴。她们发现我仍拿着铅笔和笔记本端坐着,似乎很惊讶。"你还好吧?"菲洛米娜修女说,"你好像很忙啊。"

"很好。"我咕哝了一声。甚至微笑了。

"我们俩都很好。"玛丽·安贡努修女说。她把打好的纸页排好顺序。"今天是很棒的一天。"

"那就好。"菲洛米娜修女说。

"那就好。"值班护士说。

我们都笑起来,就好像笑是唯一的话语。

周日之歌

马又来探访了,但这天玛丽·安贡努修女一定休假去了。马一直在交换后脚站立,还总撞上扶手椅。还有,它出现时戴着一顶帽子,穿了四只舞鞋。舞鞋和我的很像。帽子是扭成一圈的稻草,装饰有一团塑料花和塑料樱桃;跟母亲戴去我毕业典礼的那一顶没什么不同。母亲是个外表很男性化的女人,那顶帽子对她是个挑战。她极度恼火,因为帽子一直从她的头上弹出去。"糟了,糟了。"她咆哮着。最后我父亲帮她拿着帽子,稍微举起来,小心翼翼地不让它翻倒,就好像他在端着一盘真正的水果沙拉。

马的主人无迹可寻,就是那个顶着西柚的女人。或许她去买干草了。

今天开始给你写信之前,我做了手指伸展练习。然后露西修女给我洗了我所剩无几的头发,还取来了她的电吹风。"你的耳朵很好看。"她说。她捡起我掉在地上的几张纸,皱起眉头,然后把它们颠倒过来看,以为会有所帮助。我指向我的行李箱,示意她可以放那里。

"我在给哈罗德·弗莱写一封信,"我告诉她,"玛丽·安贡努修女一直在帮忙。"我应该用几笔把这句话写在笔记本上的,因为这个可怜的姑娘从来没听懂过,但我已经累了。等我不再尝试说话后,一种恐慌的表情笼罩了她的脸。她的小眼睛眨巴眨巴努力想要领会。

"我不确定自己懂了没有。"她悠悠地说。

我要去够我的铅笔和笔记本,但她说:"别,别。再说一遍。是我的错。我保证这次会听懂。"

"我在写一封信。"我勉强挤出话来。我把每个音节都独立发出,隔出间隔,就像以前在恩布尔顿的邮局商店里一样,但最后事情变得太困难,我就不再去了。

她粉色的嘴巴爆发出一阵得意的大笑:"噢,我明白了,奎妮!我知道你说什么了!"

露西修女热情洋溢地站起来。走到门口,她转过身来:"你要加一块糖还是两块?"

忧郁星期一

没有明信片。

我料想你是回家了。

"哦,够了,"玛丽·安贡努修女说,"我们回到写信上来。"

又来了一个病人。一个男的。大概三十五岁左右。他穿缎面睡衣,怪兽大脚一样的蓝色大拖鞋,头上还包着一圈绷带。从头顶绷带下陷的情形来看,你可以把他的头颅想象成一只水煮蛋,顶端被削掉了。

家人和他一起来的。两个小女孩,一个穿着白色工作服的年轻妻子,他的母亲和父亲,还有另一个看上去像他姐姐的女人;她和他有着一样的深色眼睛。那个男人看起来是这么多生命的中心。他们都在他旁边坐成一排,后背挺直,很拘谨的样子,坐在娱乐室软木布告栏下方的一排椅子上。你能看到他们瞥一眼他,又瞥一眼我们,同时紧抓着他们手里的那杯茶和华夫饼干,就好像死亡能传染，而只有日常事物才能拯救他们。

"我爸爸有新的拖鞋。"其中一个小女孩说。

"很好看。"珠母纽王说。

"还有新睡衣。"

"也好看。"

那个母亲警告性地瞪了她女儿一眼。不要和陌生人说话。尤其是别跟有保质期的人说话。祖母从她的手提包里默默地取出一本填色书。"过来，爱丽丝。"她唤道。

"那位太太是怎么回事？"小女孩说。年轻母亲噘起嘴，示意她自己正在忙着思考重要的事情，没听到她说话。于是女孩又说了一遍。但这一次她站起来了。她用手指着。"为什么那个老太太看起来那样？"

"哦，那是芭芭拉，"芬缇说，"她没有眼睛。国民健康保险出钱给她做了两次修复手术，但有一只眼球老是蹦出来。不是吗，小芭？"

芭芭拉哈哈大笑。名叫爱丽丝的小女孩也笑了。

那家人没笑。

"你要是想的话，可以给我的书填色。"爱丽丝说。

"好呀，"芬缇说，"我最爱填色了。"

一对不错的三明治

"这是轩尼斯小姐。她是我们的新会计。你听说了我们第一次怎么遇见的吗?"

我要是诚实一点——毕竟这次写信的重点就在这里——就会告诉你,以前让我恼火的其中一件事就是,你走下车给酒吧老板讲我们第一次碰面的情形。你每讲一次,自己就会大笑一次,我心里想的是,老天爷,又来了。听你一遍又一遍地搞错细节,就像是嫁给了你,却没有开心的点滴细节。

"是啊。其实是个好笑的故事。非常好笑。我们是在文具柜里遇见的。"

我们不是。

早在我于那间库房里异乎寻常地情绪崩溃之前,我们就已经被人引荐认识过。是在食堂。我之所以知道,是因为我每天都能从办公室窗口看见你一闪而过。一个把他的空罐子藏进垃圾箱里的人,一个和影子跳舞并且勇于面对威吓的人,我想了解这个高个子男人的更多事情。

那是午餐时间。我已经在啤酒厂工作了差不多两个星期,正和纳比尔的秘书坐在一起。我现在想起来了——她的名字是席拉。她是个纤瘦的人,温文尔雅,但胸部大得不成比例,不管人们如何努力,想去赞赏她的其他什么地方,比如她相当普通的嘴巴,或者她打薄的头发,你的眼睛就是一直忘记那些部分,就是不由分说地落回到她的胸脯上。每个人都是如此。男人们从头到尾一直对着它们讲话。我看着她,她容忍而尴尬的表情,就好像在等着人们抬起头来,意识到她其实也和他们一样有一张脸。

我记得你在我们桌边停下时,我正在问"她怎么样"之类的客套问题,而她在客套地回答关于天气的什么。我甚至没有抬头,就看见一双帆船鞋,还有你的裤脚垂得不够长,露出了菱形图案的袜子。如果非要说什么,你下半身绝对的平凡震撼到我了。

等我抬起眼皮时,才发现是你。我一直在找的男人。我脸红了。

让我惊讶的是,你也脸红了。但你的尴尬不是因为你曾在一楼的窗口秘密偷看过。哦,不是的。你在公然直勾勾地顺着席拉的乳沟往下看。你似乎不能挪开视线。"天啊。"你大声说出来。

"哦,你好啊,弗莱先生。"席拉说。

你看起来彻底崩溃了,就像嘴里蹦出了一个你深信能憋得住的词。然后你尝试为自己可怕的失礼做出补偿。你说出来的是"我的神啊"。

"哈罗德·弗莱是一名销售代表。"席拉对我说,就好像这能解释一切。席拉又对你说:"这是轩尼斯小姐。她是新来的。在做财务。"

你调整了一下领带的打结。(并没有歪。从来就没有歪过。但我后来知道这是你的习惯,就像其他人清清喉咙,或者像我父亲以前在谈话自然结束时常说一句:"好吧,就这样了。")

"很高兴遇见你们二位。"你说着伸出手来。然后你似乎又一次意识到自己刚才的所作所为,这一次你哼了一声。这个时候,其他销售代表都放下他们的肉饼和香烟,开始笑了。

"你愿意一起坐吗,哈罗德先生?"我问道。

你现在骑虎难下。很明显你希望逃出食堂,逃避你的错误,但你把三明治放在了桌上,挨着我的三明治。那似乎已是你愿意做到的极致了。那天早上我是自己做的三明治:黑面包加火腿。你的三明治放在一个特百惠保鲜盒里,盒盖上贴了"戴维·弗莱"的名字。我猜你有个妻子给你准备午餐。

所以之前只有两个人无话可说,现在变成了三个人干瞪眼。席拉和我看着你,而你一直站着不坐下,绕着你的三明治盒子打转。

最后席拉说:"下周我要结婚了。"

"啊,真好。"你说。

"其实,我真的很紧张。"

"紧张?为什么?"

"我不知道,就是紧张。我都吃不下东西,你看。"她给我们看她的午餐盒,她说得没错。小鸡啄米都比她吃得多。

你和我迅速交换了一个担忧的眼神。它让我们短暂联结,就好像合力帮助这个年轻女人是我们的义务一样。我既不了解她,也不了解你,当然,对婚姻也一无所知,我只能耸耸肩。交给你了,高个男。还有就是,我已经被你的眼睛迷倒。它们蓝得毫无保留,我完全没法思考别的事情。

你把双手背到身后,坚定地把两脚分开,让它们扎进地里。你低下头好一阵子，在深思熟虑什么事情，于是那些纹路又出现了，你的额头上都是褶子。席拉朝我看了一眼，好像在说，他在干什么？我也回了她一个微笑，意思是，我也没有头绪，但等一等看。

"请不要紧张，"你慢慢地说，"我的新婚之夜，大部分时间都待在洗手间里。但那仍是我生命中最棒的一天。你会幸福的。"这时你抬起头来，亲切地微笑。你的整张脸都洋溢着笑容，一直延展到耳根。你的眼睛在放光。我那时知道了，你一直都看到事物积极的一面，因为你喜欢人，你希望人人都活到最好。这真让人倾倒。

到啤酒厂工作以前，我做过很多事，到过很多地方，遇过很多人。我的古典文学拿到优等。我在一间酒吧里找到工作，赚钱来上文秘课程。我做过研究员的工作，当它变得无法忍受时，我就换了份工，去做导游，之后是家庭教师。我和一帮女性艺术家在苏荷区混了几年，和科比一个退休的高等法院法官纠缠不清（那个人渣）。总而言之，我听过很多人只磨嘴皮子。我听他们说话言不由衷，看他们说到做不到，但我从没遇到一个人，他说出的话如此简单，却意味深长。席拉敬畏地听着。你站在那里，脚下坚定，肩膀纹丝不动，相信她会对你的这般笃信感到满意，也会马上开始相信这一点。然后你说："好了，加油吧，女士们。"然后，你拿着我的三明治走掉了。

原来你的三明治是火鸡肉加沙拉酱配白面包。你的妻子切掉了面包皮。我之所以知道，是因为我吃面包皮。

席拉对我说："他是个好男人，弗莱先生。他不像其他人那样。我现在没事了。"

"他是个舞者，对吧？"

席拉大笑："哦，我不这么认为。大多数时间，你知道，他大多时间都坐着。"

后来我向其他秘书打听过你，但没有人能说出什么新东西。你在啤酒厂工作的时间已经比许多人要长。你从来没有缺过一天班，连你儿子出生那天都没有。显然，你每年夏天休假两周，和家人去度假，但你的桌上没有照片，因为我还特百惠保鲜盒给你时查看过了，我只能看到回形针、一个塑料削笔刀和一本免费赠送的圣诞日历，是中国料理店的外卖送的。都过期了。

远远地看着你，我有了几个新发现：周一、周三和周五，你穿一套棕色西服配各式各样的高尔夫球俱乐部领带；周二和周四你穿米色灯芯绒裤子搭配浅褐色的V领毛衣。说到时尚，你主要的趣味似乎就是融入背景。

你的眼睛是深蓝色的，蓝得那么鲜明，几乎惊心动魄。许多年后，我试图在我的海上花园里寻找相同的颜色，有时我觉得鸢尾有那一种蓝，有时是我的蓝罂粟。在一个夏日清晨，当天空倒映在大海光滑的褶层里时，我发现了你。你腰杆挺直地走着。你的头发是一片浓密的棕色，从来没有平整过。你裹着围巾（浅棕色条纹），扎得很紧，这让我好奇地想，是不是你的母亲曾经说过，要是不把脖子裹暖和点就会感冒。在啤酒厂远远地看着你，问自己这些问题让我精神振奋。我假设你有喝酒的习惯，虽然你自己觉得羞耻，但还是喝。我们都有秘密。

我从没见过你不戴高尔夫球俱乐部的领带。

我从没见过你挥高尔夫球杆。

我从没见过你不穿帆船鞋。

我从没见过你开帆船。

寂寞的绅士

好吧,哈罗德,你已经走了一整个星期,现在你路过埃克赛特了。一天里寄来两张明信片!你对脚在袜子里的描写尤其生动。但愿你在恰德莱买到了膏药。我喜欢埃克赛特那张图片。大教堂还有绿色植物。想到自己上一次在那里是二十年前,感觉很怪。那一天我永远离开了德文郡。

"亲爱的奎妮,"露西修女读道,"*不要放弃。祝好,哈罗德·弗莱。*"

"那个傻子还没回家吗?"亨德森先生说。

"当然没有!"芬缇大叫,"他正走路来看奎妮·轩尼斯。"

今天派件时,她收到一张代金券,说她如果去填写一张网上调查问卷的话,就能得到一整年供应的麦维他饼干。亨德森先生没有收到东西。

"收到你那样的邮件,还不够烦心啊。"他说。

珠母纽王有两个包裹,但他说他更愿意在自己的房间里拆开。芭芭拉从她的侄子那里收到一个编织眼镜袋。"真不错啊,"她说,"可惜我没有眼睛,但我能把我的注射泵放在编织袋里。那样也不错。"

另一拨病人今天下午过来。

"你一旦进了那几道门,就是一张单程票。"亨德森先生说,"下一个轮到谁?"

我假装在读你的明信片。

"你以前在金斯布里奇住过吗,奎妮?"凯瑟琳修女问。我飞快地点头。"你就是那样和哈罗德·弗莱成为朋友的?"又一次点头。"你为什么离开?"我觉得鼻子刺痛。露西修女拉过我的手。

"那么,我们猜猜看哈罗德·弗莱什么时候会到这里?"她大胆地说,"明天早上,还是明天下午?"

露西修女是我遇到过的最善良的年轻女人之一。在法式美甲和吹干头发方面,无人能及她。但我认为这个可怜的姑娘从来没见过英格兰地图。

怪不得拼图对她是个挑战。

是的,我记得埃克赛特。它就在地图的一端。我去过你在福斯桥路的家道别,却遇到了你的妻子。那是我们唯一一次对话,她和我,而且那是我一生中最具毁灭性的对话之一。我记得埃克赛特车站对面忙碌的咖啡馆,第二天一大早我坐在里面,带着我的格呢行李箱，不知道接下来要怎么办。很明显我必须离开。莫琳的话在我的耳边回荡。只要我一静下来，就能听到。与她会面后，我走啊走啊，但都没有用，我躲不过她对我说的话。我还能看到她。我在脑海里看到她。她在晾晒洗过的衣物，晾了一遍又一遍，就好像太阳再也不会出来，风再也不会刮起，而她的工作永远完成不了。她的身后，纱网窗帘挂在每扇窗上。房子合上了眼睛。

我不明白，为什么有些回忆就非得保留得这么清晰。我才想起一小片，整幅画面就忙不迭地杀了回来，而其他的东西，比如那些我愿意记起的东西，却了无踪影。如果回忆是一座图书馆该多好，所有东西都各得其所。你可以走到咨询台旁，对图书馆助理说，我想退还有关戴维·弗莱的痛苦回忆，或者说，其实是有关他母亲的回忆，取出一些开心的，麻烦你了。和我父亲去钓棘鱼的回忆。或者我做学生时去彻韦尔河畔野餐的回忆。

然后助理会说，当然可以，女士。我们这儿都有。"钓鱼"在"D"架。同理"野餐"在"Y"架。你会在左手边找到。

于是我父亲就出现了。高高大大，穿着他的工装裤，笑眯眯的，一只手里捏着手卷烟，另一只手里是我的渔网。当他大步流星地走在通向溪流的崎岖小径上时，我得连蹦带跳才能跟得上他。"那个丫头呢？你在哪儿？"灌木花丛里虫鸣鼎沸，父亲会把我扛在肩上——然后呢？

我没有头绪。剩下的我不记得了。

但我在写埃克赛特的咖啡馆啊。那地方已经挤满了人。行李箱，背囊，帆布包。人都难以挪步。学校假期正好结束，外面笼罩着晨雾。我身边都是彼此相系的人，有说有笑，憧憬着他们彼此相系的未来。这让人难堪，所有的一切。太多的幸福，让窗户蒙上了水汽。我选了门边的一张桌子。每一次门开，我都希望是你。哈罗德会听说我为他做的事，我心想。即使莫琳没把我的口信转达给他，他也会碰上某个啤酒厂的人告诉他。哈罗德会来找我，我会说出真相。我只想见你最后一面。

"不好意思？这位子有人吗？"

我心神荡漾。抬起头，当然，是另一个人。不是你。他有浓密的棕发，但不像你，他颈后的头发没有一丁点儿的卷曲，而且也没有从耳朵上方扎出来一点。他指着我对面的空座。不行，那位子有人了，我告诉他。我在等人。现在给我闪开。

最后那一小句话我没说出口，但我的头部动作传达了那个意思。

男人点点头，走开了。他身上有种很害怕很小心的感觉，在行李和喧闹声中谨慎前进。他似乎不熟悉这地方。看起来像只玻璃做的动物，手脚太过纤弱。最后，他在一家人的旁边找到一个空位，挤在边缘坐下。他一直在检查自己的袖口、头发、鞋子，当人们没有自信，需要提醒自己的身体界限在哪里，世界的其他部分又从哪里开始时，就会这么做。他要了一壶锡兰红茶（不加奶）和一份烘烤茶点饼干。然后他身旁的小孩打翻了塑料杯，泼了他一身的果汁汽水。

每个人都跳起来了。寂寞的绅士，女招待，其他顾客。别担心，别担心，他一直在说，同时用他的手帕擦拭西服。女孩的父母递给他餐巾纸，说着，把干洗账单寄给我们吧，要不你吃我们点的食物？而他满脸通红，说着，不用，不用，别这样。不用，不用，别这样。越多人关注他，他看起来就越痛苦。我耻于说出口，但我坐着旁观时，心里想的是，好。就让这个孤独的人别扭。至少不是我。

一个年轻人来了。他在门口驻足,没有进咖啡馆。牛仔裤,T恤,新的牛仔靴。他环抱手臂,扫视了每张桌子,就好像在清点我们的人数。寂寞的绅士站起来。他又擦了擦西服,但手在抖。不好意思,他说。不好意思,全世界。他放下付账的钱,跟着年轻人走出咖啡馆。

我用袖子抹掉窗上的水汽。从我坐的地方能看到他们沿街往下走去。寂寞的绅士并排走在年轻人的身边,手插在口袋里,直到年轻人伸出手臂揽过寂寞的绅士,把他拉近。其他人注意到了,避开他们,但年轻人一直搂着绅士,领着他往前走。我看着他们走进雾里。然后消失了。

你看,连咖啡馆里仅有的另一个单身的人都不是孤身一人。这是最后的稻草。哈罗德·弗莱不会来了,我想。你可以等上一辈子,他也不会来。我的所作所为永远得不到原谅。我抓起我的格呢行李箱提手,猛拖着它穿过人群,就像我见过的恼火的母亲拽着尖叫的小孩穿过陌生人群那样。"看着点路。"人们对我嘟囔。我恨他们,但我真正恨的人是我自己。我逃跑了。

在火车站里,我浏览着发车显示牌,想找出最远的终点站。要是火星列在上面,我就去火星。就目前来看,我只能将就着去纽卡斯尔。

"Single[①]吗,女士?"

哈哈,很好笑。谢谢你指出来。"是的,我就是孤苦伶仃的一个人。"

"不是,我的意思是,你还准备回来吗,女士?你想要往返

[①] Single 既可以表示"一个人、单身",又可以表示"单程"。

票吗?"

现实逐渐清晰。我不想走。请你别让我走。这不是我想要的。我爱着哈罗德·弗莱。如果我离开,我的生活就一无是处了。然后我记起莫琳的话,再次感觉到它们空洞的痛击。

"请给我一张单程票,"我说,"永远不再回来。"

无所事事中

我听说珠母纽王今天感觉十分不适,不能来娱乐室,亨德森先生也是。有个病人的家人全都围坐在她身旁,拉着手。菲洛米娜修女问他们愿不愿意和她一同祈祷,他们说好,他们愿意。菲洛米娜修女小声念出祷词时,他们闭上了眼睛,我觉得人类拉着手聆听时,一定是最为接近神的时刻,不管是哪一个神。

一个义工给芬缇展示怎么用纸巾折花。他们也给芭芭拉做了一朵,但她误把它当成帽子,戴在了头上。

她戴了整个早上。

我窗外树上的萌芽都绽开成叶了。树不时地摇动它们,好像在说,你们在上面开心吗?

所以我错了。终究还是有事发生的。

你也看到叶子了吗?

等一下，你想用我的手帕吗？

哈罗德，你在文具柜里发现我时，我已经在啤酒厂工作一整个月了。那是二月初。我已经吃过你的三明治，打探过你的办公桌，但自从食堂那次之后，我们就没有说过话。不过，我一直在我的窗口等你。你几乎每天都带着空罐子去那儿，有时我想用意念让你跳舞，但你从没让我如愿过。或许雪才是你的灵感。我们再也没遇到过那样的天气，至少在我们共事时没有过。

所以想象一下吧。我在柜子里哭。我听到有人靠近，用力拉门，我试图躲藏。或者，更确切地说，我表现得像我父亲一样，试图假装自己不在那里。但对一个穿棕色羊毛套装的小个女人来说，当你的身边除了打印纸和牛皮纸信封之外没有其他时，要假装自己不在场实在很难。

"请你原谅。"你说。你显然不知道该往哪儿看。你选择盯着我的脚。

我不知道该怎么解释。我理直裙子，低下头来。我把苦恼归咎于纳比尔和其他销售代表对我的嘲笑。我说我再也忍受不了，我要递辞职信。我想到什么就说什么。我没提的是，我来到金斯布里奇时怀有身孕。我没提的是，我刚在上一个周末失去我的宝宝。由于胃痉挛和心里的悲痛，我几乎站不起身。

你显然渴望两件事：你没有打开文具柜的门，也没有发现我在里面。我也渴望两件事：你能关上文具柜的门，而我再也不要见到你。这似乎是最好的出路。你一直在张望走廊。左看看。右看看。左看看。

往哪儿看也没人能帮你。

于是你做了另一个小决定。我从你的脸部和肢体语言读出来了。你小心地把两脚分开一点站立，就像你对待席拉的方式一样。你把手背在身后，眉毛因为专注而皱成一团，同时你左右摇晃着转换重心，寻找对的平衡点。我感觉上像在观看大树扎根。除非你帮上我的忙，否则你是不打算挪窝了。然后你开口了。

"不要辞职。"你的声音很温柔。我抬头看你，发现你的眼睛正一闪一闪地看进我的眼里。"刚开始我也发现很难。我觉得格格不入。但都会好的。"

这就像你的另一句咒语。我无法作答。有那么一刻，我相信一切都会为我峰回路转，因为你显然也有同样的期盼。就这么简单。而且我此时此刻已经失去很多，哈罗德。我想留住宝宝的愿望超过一切。

你说："等一下，你想用我的手帕吗？"我说不，不，我当然不能，但你没听到。你从口袋里抽出手帕，就像抽出一条魔法师的领巾，非常仔细地把它对折了好几次，直到它变成一个针插大小。"请你，"你轻轻地说，"拿去吧。"我把它举到脸旁，你的味道从一侧扑鼻而来。

或许是荷尔蒙。我不知道。我有时仍能闻到那味道。皇室皮革牌香皂,牛奶咖啡和柠檬味的须后水。混调的比例要刚好。有陌生人经过我的海上花园,我会想丢下工具,沿着海滨小路追着他跑。我甚至不渴望说话或触碰。我需要那种香味,伴随它的是胃里洋溢的暖意。我试过从植物中寻找这种气味,但一直找不到。我种过一次柠檬百里香。太阳晒着它时,气味就接近了。我会端着我的咖啡马克杯,坐在旁边,尽管我得闭上眼睛自行想象皇室皮革的那个部分。

我们在文具柜里。你问我愿不愿意出来,我说了句"谢谢你",其实我可能说的是其他东西。我心里有痛,站起来时摇晃了一下,你伸出手。

"站稳,"你告诉我,"没必要着急。"

这是自科比那个人渣之后,第一次有男人碰我。(我躺在急诊室的担架床上,给我做检查的年轻医生不算。)你的手指握着我的手指发出震颤,把一股电流送上脊柱,直冲发际线。你的手好大好暖,没有迟疑。如果能一直像那样有多好,我的手在你的手心里。换一个时间,换一个地点,换一次人生,我或许会一个滑步向左,摆进你的臂弯里。但你是哈罗德·弗莱。我是奎妮·轩尼斯。我挣脱出来,尽可能快地从你身边走开。我几乎在跑。

如果我一直跑下去就好了,你可能会说。我就能让我们所有人免去许多悲伤。

当晚我措辞了一封信给那个人渣。附上他对我施压、让我堕胎的钱。没有小孩,我写道。他的名誉不会受损。("回来。"他呜咽着说。满脸滑溜溜的都是眼泪。"等一切解决之后就回来。我没了你活不下去,你是我的最爱。")我加了一句,我再也不想见到他。他很可能会发现他还是活得下去的。

我把你的手帕贴到脸上,吸入你的气味。我再次觉得被治愈了。

不能再写了。手累。脑袋也累。夜班护士问我是不是哪儿疼,给我拿来一口杯的液体吗啡,帮助我入睡。

两只蓝鸟醒了,从裱框印刷画里飞了出来。我看到窗外的天空浸透了墨。然后我看到星星,它们吱吱地冒着泡沫。就连月牙也一直裂成碎片。

玛丽·安贡努修女说:"我得换一条色带卷了,亲爱的。"

今晚就到这儿吧……

最后通牒

今天又没有我的邮件。我承认我有点消沉。珠母纽王又收到包裹了,但他没有拆开。

"或许明天你会收到哈罗德·弗莱的卡片?"凯瑟琳修女说。

"明天这个词不存在。"亨德森先生说。

我感到燥热虚弱。

你真的能走吗?从金斯布里奇走到特威德河畔贝里克?我试图想象你在乡村小道上闲庭信步,但我只能想象到一个一身浅棕色的男人对着过往车辆打手势信号。

"你一定要那么做吗?"我问过一次。你表情困惑。"做什么?"你说。"摇下车窗,不管转左转右都要挥手示意。这不是信号灯的用处吗?""你是在暗示我是个老土的司机吗?"你说。我确实是这么想的,只不过没有批评的意味,于是我把这一想法修饰得更加温和,说,不是的,你不过是个很周到的司机。"我以为那是纳比尔的要求,"你说,"他让我照顾好你。你是个好会计。"

我感到一阵喜悦迸发出来,因为你说出那些话时,我相信你,同样,当你戴上驾驶手套,转动打火孔的钥匙时,我感到安全。"还有,"你说,一边仍在对迎面而来的车辆摆手,"这让我们行驶得更快。说实话,轩尼斯小姐,我希望你不要再像颗柠檬一样坐在那里,帮一点忙吧。"我把手伸出窗外大笑时,你突然也笑了,这让我有种印象,就是你让别人大笑时,你自己也感到幸福。我记得我好奇过,你和你妻子一起时是不是也这样。

但那是很久以前的事了。

我在娱乐室里想象你抵达疗养院的情景。我想象你走向住院部的大门。(别害怕它们,哈罗德。其实它们不过就是普通的门。)我想象修女们给你端茶,问你旅途如何。我想象你在读我的信。但等我想到你走进房间的部分,等我看到你的脸,你看到我的脸时,我就转而看向窗户。我得非常努力地专注于天空或常绿植物,或其他不在我脑海里的事物才行。

在生命中没有你的这些年里,我寻找过你,哈罗德。我没有一天不想念你。我一度希望可以不再想你,我试过忘记,但遗忘需要太多力气,还不如干脆接受你就是我缺失的一部分,就这样继续活下去。是的,有时我瞥见一个高个子男人站在海边,扔着石子,一阵激动让我震颤不已,我对自己说,就是他。是哈罗德·弗莱。有过几次,我往村里走时,听到有车在我身后驶近,有时我和一个往城堡废墟去的男人擦身而过,他或许是个徒步旅行者,有时我在商店里站在一个陌生人身后。汽车引擎的轰鸣声,男人端起肩膀的样子,或者在柜台要邮票时嗓音里的南方软语,都可以让我在一瞬间假装那是你。这是个幻想,是白日梦。即便当我坠入思绪中时,我仍知道那不是真的。恩布尔顿湾区是散布在英格兰东北部零星的几栋崖顶海边度夏小屋，而且我从没给你寄过我的地址。但假装你在附近，即使只是片刻，也让我感觉重新完整起来。直到我病倒，我才放弃寻找你。

你一定变了，就像我也变了一样。曾经，我的皮肤显出纹路的地方，现在都是沟沟坎坎。曾经我浓密及肩的棕发，现在细软雪白，像一丛老头的胡须点缀在冬日的海上花园里。曾经我撑起裙子的丰满腰身，现在是髋骨上两个圆突之间的凹线。或许你甚至都不穿浅棕色了，或许你已经开始穿蓝色。

我把我的笔记本搁到一旁，试着想象蓝色的你。你看起来像是水做的。我得飞快地把你套进浅棕色里。之后，我想起来没有收到明信片，这么浮想联翩真是很蠢。

露西修女问我愿不愿意帮她拼不列颠群岛的拼图，但我只是耸耸肩。凯瑟琳修女建议去颐乐花园走走。"天气不错。去外面待一段时间或许对你有好处。你喜欢植物之类的，不是吗，奎妮？"我摇摇头。

菲洛米娜修女推着营养奶昔的小车进来时，我也拒绝了。

"你给我听好，"芬缇说，"我一直都在观察你，小妞儿。你坐在那边的椅子里，在你的笔记本里不停地写啊写。饭点到了，你也几乎不吃东西。有时你甚至不在餐厅里露面。如果你打算继续活下去，就得过来和我们剩下这些人一起喝营养奶昔。"

"不要，"我呜咽道，"求你了。"我在医院里喝过。它们让我想吐。

"有个男人好像正在为你穿越整个英格兰。而我们这里有些人甚至连个访客都没有。所以你至少要做到别蹬腿翘辫子。我知道你觉得自己看起来像个怪物，但这里又不是选美比赛。看看芭芭拉。

珠母纽王有一条塑料胳膊,而我把肠子里的东西背在手提包里。你要么像我们一样喝下这些东西,要么你就等着滴灌流质吧。你看你选哪样?"

"别逼她,"凯瑟琳修女说,"各人情况不同。"

"不好意思,修女,我在跟奎妮·轩尼斯说话。"芬缇死死地盯着我,那眼神就好像被两条橘色的眉毛钉在了墙上。

我张开嘴。我能察觉到他们都在看,病人们、修女们。我根本没考虑他们能不能理解。"要饮料。"我哼哼一声。

"非常好,"芬缇说,"大家伙儿都过来。集合。我们围成一圈。"

凯瑟琳修女扶我从窗边的椅子里站起来。到其他病人那里只有很短的距离,但我走得好慢好慢,就像在爬山。她把我安放进咖啡桌旁的一张躺椅里。我没法抬起头,看不到其他人,只能假装自己在全神贯注地盯着娱乐室地毯的涡状花纹。

露西修女提供几种口味选择。芭芭拉和芬缇选择了草莓味。亨德森先生要香草味的。穿怪兽拖鞋的病人指了指奶油糖果味。珠母纽王要巧克力味的。我也投了香草味一票。

"其实都没分别,"芬缇说,"尝起来都像湿纸板。"

露西修女拧开瓶盖,用插着吸管的玻璃杯端上奶昔。它们都是一个颜色,介于米色和粉色之间,这颜色没有名字,除非可能叫"绯灰色"。

我们慢慢地喝。我的有一半都从嘴边漏出去了。没人说话,也没人走动,直到玻璃杯都见底。我是最后一个喝完的。亨德森先生站起来分发纸巾。

"他妈的终于喝完了,"芬缇说,抹着嘴巴和运动衫,"我们来玩拼字游戏吧。"

"你在笑吗?"玛丽·安贡努修女问。

我很开心。我在娱乐室里玩得很高兴。喝茶时也是。

她哈哈大笑。凉鞋在脚上晃着,她笑得太厉害了。"好,"她说,"那就好。"

她低语了些什么,听起来像是祝福,直到我听到"吞拿鱼"这个单词,不知道她是不是在列购物清单。

我不会放弃希望。

我会等你,哈罗德·弗莱。

另一种视角

今天早晨我问露西修女,能不能借我一本字典和一本辞海。她拿来了看图说词游戏本和一片咽喉含片。

"还有一杯水。"她殷勤地说。

有一张你寄来的明信片,上面是蓝铃蒸汽火车的图片。没有留言。你似乎忘记了要写字上去。

"哈罗德·弗莱为什么不识相一点,让我们少操点心呢?"亨德森先生坐在椅子里说。他盯着自己的扑克牌,就好像在怀疑它们出老千。

"你朋友是个爱走路的人吗?"凯瑟琳修女问。

我表示怀疑,我想。你和我一起只走过一次路。我试着在我的笔记本里画一张你开着你的莫里斯1100的画。我不知道你还记不记得,艺术从来不是我的强项。20世纪70年代末,我在苏荷区和女艺术家们混在一起时,我负责帮她们买东西和代笔写信,但从来不会画画。我会坐着为她们当模特,我读书,她们给我画裸体读书的肖像。她们是很带劲的一伙人,但经常忘记常识性的东西,比如食物和白天,只记得更迷醉的东西,比如爱与金酒。所以当凯瑟琳修女嘲笑我的画时,她可能把你坐在车里的画误会成一个男人坐在巨型兔子里了。不过我不介意她笑我。她是对的。你看起来很滑稽。

但亨德森先生还没讲完明信片的事。"要是哈罗德·弗莱搭火车的话,他今晚就能到这儿了。我们就可以把这整件蠢事翻个篇,画上句号了。"

"那不是目的,你这个糟老头,"芬缇说,"随便哪个傻子都能坐火车。"

"傻子?"他重复一遍,"你知道这里谁是傻子吗?"亨德森先生的手开始抖。它们看起来只剩皮包骨头。他的关节凸出,衣袖空落落地荡着,就好像身体已经没有血肉了,只剩一个衣架子撑在狗牙图案的夹克里。他的嘴巴发青,嘴唇看起来像是有瘀紫。"从金斯布里奇到贝里克有多远,你有没有概念?"亨德森先生试图起身,但要耗费太大力气。他的膝盖一折,又颓然跌回座位里。"有多少英里,你有概念吗?"

"我当然知道,"芬缇说,"我又不傻。反正他妈的很远就对了。"

"超过六百英里!"

我当然也知道。我是坐巴士转火车再坐巴士过来的。我们之间每多拉开一英里,就像又割掉了我的一部分。露西修女脸红了。"真有那么远啊?"她拆掉几块拼图。

"六百英里,而那个男人甚至还不经常走路!"

"我是做不到的。"凯瑟琳修女说,另一个义工赞同说他也做不到。

"我猜这关乎信仰。"露西修女高声说,只不过我知道她也不确定。她最后那个词几乎没发出声音。说出来时没有中间的音,听起来更像"细牙"。

亨德森先生"啪"一声把牌一摔。扑克牌弹到空中,散落在地毯上。"真荒谬!这不公平!这是在侮辱人!这男的知不知道这里是什么地方?他在愚弄我们所有人!"他抖得太厉害,都开始咳嗽了。

"要帮忙吗,老家伙?"珠母纽王咆哮着问。

"哈哈!"芬缇也在吼。

"懒得搭理你们,你们所有人。"亨德森先生大喊,想站却还是站不起来。

凯瑟琳修女冲过去帮忙,但他一直把她推开,边紧紧撑住他自己的齐默式助行架,边问她是不是觉得他是个跛子,她则想方设法帮他从娱乐室里清出一条安全的路来。我们能听到他在走廊里喊了一路"傻瓜!傻瓜!傻瓜",一边咳嗽,一边磕磕碰碰地撞墙。修女们说什么都没用。

我看着芬缇,想对她笑。她红色的唇膏从皱巴巴的嘴唇上渗开。我想起海上花园里的野罂粟,它们在石缝里撒种。"我猜的确是很远的一段路。"她小声嘀咕。

没人反驳她,没人说一句话。最后,芭芭拉问,有没有人愿意给她读《瓦特希普高原》。芭芭拉告诉我们,邻居在她来疗养院前开始给她读这本书,她很渴望知道接下来发生了什么。露西修女急忙说她愿意读;跳过了开头也无关紧要。每个人似乎都赶紧要忙碌起来。

亨先生说得对,我后来在笔记本里写道。走路来太远了。太迟了。

玛丽·安贡努修女的柯蒂键盘遇到了一点小麻烦。"你听信太多旁人的话。"她说。

我没有,我告诉她。我主要还是只听自己的。

她拿出一瓶白酒还有棉花棒,开始清洁她的键盘。刺鼻的气味直接把我带回医院。我能看到硬地板。管状白炽灯。绉胶底的鞋,口罩,发网,绿色手术服。那段时日,我极其渴望见到一双泥泞的靴子。过去几年里,我做过四次手术。把我的喉咙和脖子再切掉一点,脑袋就要掉下来了。就这个话题,我只说这么多。

玛丽·安贡努修女叹了一口气:"你可以尝试从另一个角度看待事物。"

什么角度?我等不到哈罗德。我在这里是等死的。

玛丽·安贡努修女仍伏身在打字机上。我只能看到她头巾硬挺的棱角,就像在对着餐布讲话。

她说:"恕我直言,但你在这里是要活到你死为止。这有明显的区别。"

我本可以大哭的。但我写道,我不知道你有没有留意到,但哈罗德·弗莱似乎还在西南角打转转。

玛丽·安贡努修女沉默了一小会儿。"我承认那是一个问题。但你爱哈罗德·弗莱,你认为自己辜负了他。最后这一件事你必须做到,你必须坦白真相。"她把一张新纸塞进导纸板里,调整压印板旋钮把它固定到位。"好啦。都搞定了。现在让我们回到你的信上来。"

和田旋花做朋友

十五岁时,母亲对我说:"世上没有什么一见钟情。人们在一起是因为时机对了。"

我的父母刚好在战争爆发前的一次舞会上相遇,不到三个星期就结婚了。我揣测婚礼是父亲这一方的善意举动,为了让母亲不被驱逐出境,尽管他从来没那么对我说过。他唯一一次说漏嘴的是,一开始生活对他们来说十分艰难,其他方面也是。他说的"其他方面"指的是性生活。直到战后,他找到一份木工的活儿,幸福才悄然来到。"还有了你,奎妮。"他说起那个时都哭了,于是我给他们俩都倒了一杯茶。

很难想象我母亲开心的样子。她很少笑。英语也一直说不好,或许因为人们在战争期间对她不好。她避免友谊。有时父亲拿来字典，但她说家庭主妇没有时间看书，于是字典被我拿起来读。

母亲对爱的看法让我震惊。这一看法暗示，爱不是发现另一个你难以离弃的人，反而更像是煮鸡蛋。我那时已经开始探索波德莱尔以及浪漫主义诗人，还有勃朗特三姐妹，我愿意相信，当我陷入爱河时，我会很有格调。

我愿意相信，我做大多数事情的方式都会比母亲更有格调。她用动物的下水做饭。我就变成素食主义者。化妆？母亲对那个一窍不通。我买了眼线液、睫毛膏和腮红。（"我好看吗？"我问过父亲一次。"你看起来紫不溜秋的。"父亲说。我把这当作称赞。）因为母亲和父亲一样高，她就放弃寻找适合她的裙子和鞋子来穿；她就穿着他的裤子和靴子大大咧咧地四处走。我对那个也很震惊，我在慈善义卖会淘合身的连衣裙——我喜欢在我的纤细腰身上系一条皮带——还有带钉扣的彩色舞鞋。被人看到自己和庞大的父母在一起，我觉得难为情。我开始弄丢学校发的音乐会或颁奖礼的邀请信。如果我父亲试图在路上拉我的手——他偶尔会这么做，我的娇小让他担心——我就尽我所能地把他甩开。

所以当母亲告诉我，爱只是时机问题，我耸了耸肩。我没问她为什么要那么说，因为我那时还年轻；我以为世界围着我转。但现在我回顾那一天，看到母亲坐在后楼梯上，手托着下巴，手肘撑在蓝色帆布裤子的膝盖上——那条裤子都不是她自己的。在我们杂草丛生的小花园尽头，我看到父亲的身影投在他工作间落满灰尘的窗户上。我看到父母之间蔓生的野草有小麦、荨麻、野生醉鱼草那么高。我看到她眼里的痛苦，她的孤独。我突然明白，她说的那些话不是给我听的，而是因为她无法继续保持沉默。现在我理解她是什么感受了,一个身在异国的异乡人。我知道被自己的过去流放而活着是怎样的了。

我真希望没有对我的母亲那么刻薄。我真希望我曾多陪她一些时间。

她已经去世好些年,但我也逐渐开始理解她对爱的看法了。刚遇见你时,我已经准备好。我的生活中有空间留给你,是因为我的宝宝,你知道,或者说,是因为失去了它。宝宝让我向你敞开心扉。

这世界上到处是有孩子的女人,以及没有孩子的女人,但还有一小群沉默的女人,她们差一点就有了孩子。我就是她们其中之一。我曾是个母亲,然后我不是了。

我从没见过那个宝宝。我失去它时,它只有十六周大,我想给它取个名字,但被劝阻了。我的失子与你和莫琳后来所遭受的相比,算不得什么。我告诉你这些,只是因为在我怀孕时,我发现了一种新的方式去爱。自由的,喜悦的,无所期待。在那之前,我总是把爱交付给让我失望的人。现在我是一个秘密社团的一部分,我以前甚至不知道它的存在,这一群女人的生命有了新的目的,她的肚子是自己以外的另一个生命的家。谁曾想过,我娇小的身体会变得如此重要?我会坐着做白日梦,幻想宝宝和我,我们可以一起做的事情。我新鲜的爱完全准备就绪了,你可以说,转开即有,一触即发,慷慨而美丽的爱,然后嘀嗒一声,它的心跳就停了。我放眼望去,到处都是母亲和婴儿。我本可以恨他们,但我离开科比时恨过生活,我不想再恨了。

我一直没能甩掉怀孕时腰上那一圈赘肉。因为我本来长得就小。成年之后,我一直很难显得纤瘦。又或者我保留这多余的重量,是因为它是我仅剩的能提醒我想起宝宝的东西。我不知道。我能看出，啤酒厂的销售代表都在和纳比尔开我的玩笑。但我正从流产中恢复。我听到他们骂我，模仿我走路，我扬起下巴，故意蹒跚得更厉害。他们要笑的话，就应该学得更像一点。

我没有小孩，所以我把爱给了你。毕竟，大多数日子我都在观察你，你把啤酒罐放进我办公室窗户下的垃圾箱里。把我的爱给你，就像找到一个便利的容器，可以把我无用的东西倾倒进去，就像你在院子里找到一个垃圾桶，放你不想要的空罐子一样。从文具柜事件之后，你和我，我们就再没讲过话，尽管我能觉察到，有时你在我门口扫视一眼，看我还在不在啤酒厂工作，或许甚至还在食堂里寻找过我的身影。我发现自己在留心听你的声音，如果有人提起你的名字，我就会脸一热，脉搏加速。我还留着你的手帕，但我小心翼翼地避开你，所以把我的爱给你感觉是个安全的选择。这让我温暖，给我快乐，但我不期盼更多。

是时候打包行李重新上路了。"你从来不消停，"父亲在我最后几次见他时说，"连喝一杯茶的时间都不留。"他的语气里没有愠怒，只有习惯性的泪眼蒙眬的疑惑。

我希望你在听，哈罗德。我希望你都听进去了。我在告解自己在你的悲剧中扮演的角色，但你必须了解，我尝试过从金斯布里奇离开，即使在最开始。而且这是在我坐进你的车，开始了解你之前。这是在我遇见戴维之前很久。

三月初，我去找纳比尔。我已经理清了成箱的乱账。我把它们做得井井有条，两个月内我就找到方法，帮他省了六百英镑。我完成的比答应他的还多。递上辞呈似乎合情合理。

生活中有些东西自有定律。纳比尔就是其中之一。田旋花是另一个例子。一个夏天，它就能长遍我的整个海上花园。它把自己缠在我的辛金斯夫人石竹花的嫩茎上,把它们鲜活的汁液勒出来。我成捧成捧地把它拔出来,但几天之后它又卷土重来。只要你在地里留下一小株田旋花,它就会自己再长出来,有叶有根,什么都有。

于是我对田旋花说,你想留在我的花园里,但我不想要你。我没办法把你挖干净。如果我给你下药,也有可能会毒死我想留下的植物。我们之间的问题不会自行解决,必须要做出改变。

在每一株田旋花的花茎旁,我都插了一根赤褐豆的小枝。大概总共二十枝。田旋花攀在这些支撑上疯长,开出淡紫白纹的喇叭状花朵来报答我。我不会说自己喜爱田旋花。我当然不能信任它。一旦我不提供新枝,它就会爬满我的石竹。但有时你得尊重事实,那就是,尽管你不想要田旋花,它还是存在,你们最好融洽相处。和纳比尔也是一样。

当我告诉他我要离开啤酒厂时,他非常沉默。然后他突然一声尖叫。我从来没见过一个男人可以如此迅速地从镇定自若跳到歇斯底里,中间渐进的环节都省掉了。

"你想走是什么意思?"他拿拳头砸办公桌,他的穆拉诺玻璃小丑抖得像受惊的小女孩。

"我要去旅行。"我说。

"你已经不是学生了。"他说。

我说我三十九岁了,但还能买得起一张巴士车票。

纳比尔把他的手指塞进牙齿里,啃掉了三个可怜的指甲尖。"你有一份好工作。工资优厚。你到底有什么毛病?"他的声音越来越高,"就因为你读过牛津,就觉得我们都不够优秀?"

最后一句话开始是个陈述句,但半途中产生了认同危机,变成了一句疑问。我从来没有提过半个字说他不够优秀。显然害怕自己不够优秀的人是纳比尔自己。但比起和自己阴暗的内心对峙，和另一个人争吵要更容易些，尤其是对着自己的员工。

你看生活变得多复杂，就连简简单单的辞职都不简单。

我不想和纳比尔闹得更僵，于是我编了个借口。我说："如果你要抓酒吧老板做假账的现行，就得找个会计打入酒吧内部。那是我做不到的。你以前说得对。你确实需要一个男人。一个有驾照的人。"

"你想要个司机？"他又摆出那种怪相来，我记得那是他在笑。

"我了解配备司机是不可能的，"我平静地说，"这就是我必须离开的原因。"此时我相信自己占了上风。在我的脑海里，我已经上了巴士。再见，金斯布里奇。再见，哈罗德·弗莱。

然后纳比尔做了他最擅长的事。他想出了一个日后破坏程度最大的解决办法。他甚至不是蓄意的。这是他的直觉，就像有些人生来就对天气或钢琴有感觉一样。你给我当司机，他说。一切都解决了。瞧瞧！

我想我只说了句"但是——"，然后我就词穷了。

"你对哈罗德·弗莱不会有意见的，"他说，"这个男人已经结婚了，正直得像一扇门，闷得操蛋。"他握紧右拳，砸进左手掌里。我不懂他在暗示什么。他看起来像是在压扁你。

你做我的司机？一周有好几次，你和我在同一辆车里？已经站在安全距离以外爱着你的我，和已婚的你？

"不行，"我说，"我晕车。"我承认那不算聪明，但我已经开始感觉被逼得走投无路。

"反正我也打算炒掉他了。"他说。

就像一记重击。我开始发热。皮肤都在灼烧。然后我又冷得需要一件卫衣。"你要炒掉哈罗德·弗莱？凭什么？"

"他就是个笑话。太老土了。"

"但这是他的工作啊,"我结结巴巴地说,"他还有老婆孩子,不是吗?"

"他儿子就是个怪人。你见过他在金斯布里奇招摇过市吗?就像这地方是他家的?"纳比尔喷出一口烟,直冲我的鼻子。

"我不了解他儿子,但弗莱先生是个好人。"

纳比尔又怪笑了,镶金尖牙,龇牙咧嘴:"你以为我在乎吗?"

不,我没这么以为。你当然不在乎。该尝试新战术了。我深吸一口气。

"让我理清这件事。要是我留下来,弗莱先生就能保住他的工作?"

"我可没说我喜欢你,但你确实是个好会计。你留下。他也留下。"

"成交,"我伸出手,"现在握手敲定。"

纳比尔似乎在忙着抽他的烟。一边捻灭他的香烟,一边去摸一根新的。

"让我们有点男人的样子,"我说,"赶紧。"

他把手掌滑进我的手里。他的手温热细长,黏糊得让人不适,就像抓住了一条舌头。

"成交。"我说。

"成交。"他重申一次。

有多少次,我想告诉你这些,哈罗德。我保住了你的工作,我挺身而出,和纳比尔对峙过。几个月后我坐在你的车里,坐在你的身边,脑袋里嗡嗡响的都是想与你分享的事情。但我得万般小心,不吐露自己的心意,于是我说出口的只是一句:"还要薄荷糖吗?"

别被骗了。纳比尔不想留我,就和他不想留你一样。但他想按他自己的意愿炒掉我,否则的话,就是我在控制局面,而且如果纳比尔发现他依赖我,就会过于惊恐。就像对付田旋花一样,我得聪明一点。我得配合他玩游戏。我得为纳比尔提供豆枝,直到我想出十分可怕的办法,让他无从选择,不得不按我说的做,让他摆脱我。只不过这里有个难题:我还得保住你的工作。

你看,我身上还是有一些好的方面。

我完全没有意识到,几年之后你会亲自动手。你会创造机会,把我卷进和纳比尔的真正麻烦中。我也没有意识到,当离去真正来临时,会有多伤人。

几天后,我们第一次出车,你和我。我很抱歉要向你透露,哈罗德:我很怵这件事。

一朵灰色的低云自东向西把天空拉出褶皱。暮色里的花园颜色黯淡。有一种静止,不过是纳比尔式的静止。它在孕育混乱。远方,海在翻腾。

雨要来了。

我希望你带了伞,我的朋友。

或者,最不济也要有一顶防水帽。

玛丽·安贡努修女呢？

下雨。有一整夜。我听到它抽打着颐乐花园里的树叶。我听到它冲撞着城垛和卵石。它像碎石般敲击窗户，又从下水沟里喷涌而出。当闪电划开天空时，房间里的一切都"啪"一声活了过来——床，轮椅，盥洗池，鸟的画，橱柜，电视机——都被定格成一幅冰蓝色的照片。雨停之后，我仍能听到雨声。水滴声，轻叩声，吱嘎声，都来自一个浸在雨中的世界。

我不知道你听到没有。

我的脑子嗖嗖飞转。文字、文字、文字。就连我睡觉时，它们也把我叫醒。一切都是文字。在梦里，我的铅笔在纸上奋笔疾书。笔头赶不上文字的速度。我的右手刺痛。

玛丽·安贡努修女又不在，我已经从笔记本里撕掉好多页，本子马上就要空了。

"你有点发烧，"夜班护士说，"现在必须放下笔了。"她给我的脸和脖子换了敷药，又检查了我的眼睛，拿来药。

我小口地慢慢抿时,她的脸也忽明忽灭、忽明忽灭,就像内法恩岛①上的灯塔,在黑暗里闪烁。

她前脚刚走,我又开始写了。

---

① 法恩群岛是英格兰诺森伯兰郡沿岸的群岛,分为内群岛和外群岛,内法恩岛是内群岛的主要岛屿之一。

漫漫归途

　　我站在你那辆莫里斯1100轿车的一侧。你在另一侧徘徊。那时是五月末。

　　因为不想让你看出我很紧张，我说："听说你要开车送我了。"但这话说得实在很傻，因为不然我干吗要拿着大衣和手提包在你的车边等着呢？我把手提包拎在前面，紧紧地握着，就像它是一朵浮萍。

　　"嘿，弗莱先生！"一个销售代表从窗口喊，"别乱来啊！"

　　我太慌张，感觉像一头扎进了热浪里。

　　你来了一句："嗯哼。"你似乎不知道还能怎么做。

　　你打开车锁，为我拉开乘客座的车门，然后在我上车时移开目光，就好像一个人坐进车里是一项高度隐私的行为，你很担心我会出丑，把它搞砸。等你也在座位上坐好后，你戴上驾驶手套，发动了引擎。你问我有没有什么需要。毛毯，还是靠垫？这是文具柜事件后，我们第一次单独相处。你不敢看我，我也不敢看你。

仪表盘上有三盒磁带。《德语入门》《贝多芬第九交响曲》《管他的胡说八道》[1]。都是你儿子的，你急忙告诉我，并把它们放进杂物箱里，然后啪嗒一声关上。车里闻起来是你的味道。我儿子宁肯听音乐也不愿和他父亲讲话，你笑着说。

我觉得你这么谈论自己很好笑。"父亲"，而不是哈罗德·弗莱。

你问我想听什么，我说，哦，我无所谓，你说，别，别，你来选。我说，好吧，来点音乐怎么样？发生的每件事都被我封存进了脑海的琥珀中。但别听性手枪，我加了一句。你调到收音机二台。看似放松了。有时你也哼上几声，我不知道你是不是在试图发送密码信息。

我们到了之后，你下车为我打开车门。我的脚先出来，等我整个人都出来后，发现你在盯着我的小腿看，就像你盯着席拉的乳沟一样。我真希望脚踝的形状能好看些，因为你要知道，我裹在这套棕色羊毛套装里的肩膀并不算糟，在此之前，也有过男人爱慕我的胸部。我暗暗咒骂我母亲的牛科基因，并且发誓每个早上我都要做脚踝运动。

你把我介绍给酒吧老板："这位是轩尼斯小姐。很好笑的。我们是在文具柜里认识的。"

"我们是在食堂认识的。"我说。

但你不听。你在忙着越过我的头顶跟酒吧老板交换眼色。我相当肯定那个男人在大笑，因为冒出一个女人来，你又转而替我表现出焦虑。以前，当我告诉父亲我这一生想要有所作为，想离开家门

---

[1] 英伦朋克摇滚乐团"性手枪"的第一张录音室专辑。于1977年发行。

做些事情时,他就是这副表情。我意识到,你和我父亲一样,想保护我。

等我开始检查账簿后,发现他们很明显在欺瞒。随便哪个经常使用费用表的人都能看得出来。但我开始卖弄。我让酒吧老板一步步地自曝其短。我暗示他在试图私吞纳比尔的钱。他知道关于我们老板的传闻。豆大的汗珠从他的额头上渗出,脸红得就像被人掐住了脖子。他冲出了办公室。我听到他在对你诉苦,但我没听到你的回答。我担心我玩过火了。我有时是会玩过火。我判断不准事态。

我回到车里时,你看着我。我喜欢这样。我喜欢你带着探究的表情打量我,就像我刚换了一身新衣服出现。我想用电影明星的方式走路(脚踝纤细)。你为我打开乘客座的车门,又关上,我们之间已经有了新的纽带。纽带很弱,我知道。只跟我们的工作有关。不过我还是想留住这种感觉。我没准备好让它断开。

"我能请你喝杯啤酒吗?"我问。

你举起手来,就像在阻拦交通:"不,不。我不喝酒。"

但我见过你拿着那些空罐子。我知道你的秘密,就像我知道你喜欢跳舞。"只是走前喝一杯?"

"我滴酒不沾,轩尼斯小姐。"你立即表态的庄重感让我相信,你说的是实话。我为自己的言辞感到害臊。我这一招很阴险。你可能是觉出了我的局促,因为你笑了。"我们回去是兜远路还是抄近路?"你问。

"你不需要回家吗?"

"我妻子准备六点开饭。现在才五点。我们可以走有风景的路线。"

坐在乘客座上,我闭上了眼睛,但我没睡着。心里只想着你。我好奇你那么小心掩藏的空啤酒罐是谁的。你妻子的?哪个邻居的？我好奇你妻子准备了什么茶点。

你停车，关掉引擎，我惊讶地发现我们不在啤酒厂。你开车把我们带到了玻尔博瑞高地的边缘。你什么都没说，只是远眺前方。

早春的白日即将进入冷夜。山丘是一片丁香蓝，地平线染上了紫色，海和岩石已经变成靛蓝。一群鸟聚在一起，来来回回地在海滩上空飞翔。它们猛冲向左，然后身子似乎一扭，又倒向右边。它们一直这样飞。这个方向，它们的身子被日光映成了紫色。换个方向，蓝灰色的鸟儿又融入了蓝灰色的天空，于是我得非常集中精神，才能找到它们。看鸟是如此简单的事，看它们用翅膀与落日的光线嬉戏。但当你再次用钥匙打着火，开车返回金斯布里奇时，我想的是你怎样秘密地跳舞，以及我怎样秘密地跳舞。我想着你一个人在雪地里。我看到挂在我衣橱里的晚礼服和舞鞋。是的，有那么一刻，我把那两幅画面拼在了一起，我想：一个滑步向左，一个摇摆往右。你和我，肩并肩。就像我第一次在你的手帕上发现你的香味。我这几年来从未感觉这么安全过。

你在啤酒厂外停车，即使我没打开车门，都能闻到那股浓重的啤酒花味，但我不再厌恶它。我吸进这股气味。此时楼房已是乌压压的一大片，就像一艘巨轮，船上成排的窗户穿透黑暗，闪着银光。一切都很熟悉，它们是你我的一部分。这还是头一次，我见到它们觉得高兴。街道空荡荡的，院子里也是。霜冻已经扎进大地。柏油路面都亮晶晶的。

五点五十分了。你的妻子应该在家等你了。她或许穿着围裙，灶上炖着菜。

"我得去办公室整理一些东西，"我喃喃自语，还没等自己反应过来，我又加了一句，"谢谢你。"

"是我的荣幸。"

"我是说,为几周前的事情谢谢你。文具柜里的那次。"

你脸色煞白:"别提了。"给我的印象是,你是真心不想再提,但我不能不提。既然已经开了头,我就要让你知道关于我的事实,即使只是一小部分事实,于是我告诉你,我很沮丧,而你对我很好,我早就该谢谢你的。我真希望自己能向你告白,说你在文具柜里那次改变了我的生活,但这话对我们两人都太重了。你很尴尬,一直在把你驾驶手套上的橡皮筋拉开又放掉。我趁你还没看到我的脸,从车里跳了出来。作为临别前最后一句话,我告诉你,你是一位绅士。我是说真的。你是一个儒雅的人。

我谨慎地穿过院子,但我抖得好厉害,连继续往前走都很难。泪水从我的眼里涌出。我很快乐,我很快乐,但我想大声号叫。触动我的是你的正派。除了我父亲,我从来没遇到过这么单纯的好人。

我不用转身都知道,你还在那里,在你的车里。我知道你会一直等到我安全地走进啤酒厂的大门。有的女人会因为一个男人不爱她而恨他。但我怎么恨得起来?为了保住你的工作,我没法继续走我的路。我是一个总逃避困难的人,现在我逐渐明白,我不需要一

直那么做。我们为自己写了一部分的脚本,然后一直照着脚本演,就好像我们没有选择。但老是迟到的人也可以变得准时,只要她愿意。你不用一直维持你原有的样子。改变永远不会太迟。

于是我许下承诺。这辈子,至少这一次,我要在一个地方停留,要见到事情最后的结局。你会保住你的工作,而我会尽力给你带来快乐。我不会索要更多。

哦,哈罗德。这件事我怎么会错得那么离谱?

我们都往一处去

我们在娱乐室里集合做晨间活动,穿怪兽拖鞋的病人不在。

没过多久,他的家人都陆续到达。他们冲过娱乐室的门口时,我们正和凯瑟琳修女坐在里面,他们匆匆往里看了一眼,然后飞快地移开目光,就好像看见我们是个错误,是不祥的预兆。他们都穿着精致的深色衣服,连小女孩也是。或许这家人是听到消息后换的衣服。或许他们觉得有必要穿出悲痛感。我父亲去世后,母亲就不再吃肉了。但是为什么啊?我问。她一直爱吃肉的。因为她的人生被扯成两半了,她说。我去医院看望她时,带了她最爱的肉块和肉片:粉色火腿、嫩烤牛肉。"真好,真好[1]。"她会低声说,但它们的纸包还是原封不动。她再没碰过肉。"我现在像你一样了,宝贝[2]。"那几乎是她对我说的最后一句话。

---

[1] 原文为德语"Schön, schön"。
[2] 原文为德语"Liebling"。

我坐在娱乐室的椅子里,无意中听到走廊里的女人说话。我的听力已经大不如前,但情绪让她顾不得谨慎。"为什么他不等等我啊,"她大哭着说,"我在给小姑娘们做早餐啊。"这一定是病人的妻子。有人问她需不需要什么,这女人开始号哭,刀绞般地啜泣。

"为什么死的不是那些老家伙?"她抽泣着说,"他们都坐在那里等死呢。"

过了一小会儿,我们看到一小群哀悼的人聚在颐乐花园里。他们站在塔的下面,躲避糟糕的天气。风雨拉扯着樱桃树的枝干,给草地撒上粉色的花瓣。一个上了年纪的女人,就是那个男人的母亲,两手比了个击球的姿势,就好像她沾上了什么东西甩不掉。然后菲洛米娜修女环抱起那个女人,女人就那么悬着,最后不动了。菲洛米娜修女一直撑着那个女人,对她说话,而那女人就一直抹着泪。这群人都互相拉起手,不知道菲洛米娜修女到底在说什么,他们都开始聆听。他们点头,加入发言,直到一个男人说了句什么让他们笑了。我不知道他们是不是在谈论那个病人。分享他们有多爱他。那男人一定问了菲洛米娜修女一句,他们能不能抽烟,因为我看到她点头了,然后他拿出香烟来。

"我觉得我或许能去外头露个面。"珠母纽王边说边从他的椅子上站起来,径直朝花园走去。

芬缇和我看着两个小女孩,爱丽丝和她的姐妹,她们正跪在草地上采花。

"她们会没事的,"芬缇说,"春风吹又生。"

送葬人的灵车开进了车道。

玛丽·安贡努修女读完我的纸页,开始打字。她看了我一眼——我没在写字,只是凝望窗外,揉搓着手指——笑了。

"想什么呢?"她说。

不告诉你,我想。你不会想知道的。

"你右手还好吧?"

我把它藏起来,不让她看到。

我必须写下去。

我觉得那条裙子很衬你

很久以前,我在我的海上花园旁碰到过一个哲学博士。风把海带飘旗刮散了,我正把它们重新挂上去。"这地方被你弄得真不错,"我的客人探过墙头说,"整个花园都是你自己布置的吗?"是的,我告诉他。花了好多好多年,但都是我一个人做的。我们开始聊天,他和我。我打理花园时,他递给我名片,跟我讲了一点他自己的事。

我已经习惯有陌生人停留了。海边花园的消息传开后,开始有访客把他们的车停在高尔夫球场,走滨海小路过来。他们拿着照相机来。通常他们回访时会带几件铁制品给我当风铃,或者从他们自家的花园带来几株插条。尽管我的初衷是过离群索居的生活,但一度,我家确实是当地的一处景点,与邓斯坦伯城堡[①]步道、高尔夫球场和冰淇淋车齐名。"你一定在这里待了很久。"哲学博士说。

"是的。"我告诉他。从抵达这里的第一个早晨开始,之后的

[①] 是英格兰北部诺森伯兰海岸一处军事要塞,建于 14 世纪。

每一天我都待在这里。

"你从没离开过?"

"有时我沿着海岸一日游。但我的海上花园里总有东西需要照料。我无法丢弃它。"

我往回指向我的海滩小屋。这地方在夏天时状态最好,那个下午,它的木头板条闪闪发亮,就好像它们刷的不是沥青而是镀上了金。光线暗下来后,海滩小屋投下的影子越来越长,等到日落时,影子几乎碰到我的海上花园了。晚上,那些石头都在月光下发光,有时我捡起它们,都能摸到、闻到它们抓住的阳光。

我对哲学博士解释道,我第一次偶然发现海滩小屋时,它就是一堆废墟。悬崖上也有其他海滩小屋,但这一栋已经很久没人住过。当然没有花园的影子,只有成片的荆棘、羊齿和荨麻。我不能在那上头安家,人人都警告我,那里太冷清,太偏僻。我熬不过冬天的,他们说,没有人在恩布尔顿湾的上头过冬。我回答说,那正是我想买下的原因。为了一个人在冷风和严寒里生活。

我花了一整年的时间让我的海滩小屋变得能住人,动手建造花园则可以说是偶然。我本来是在想办法从荨麻地中清出一条路来,因为有些地方,它们长得已经有我的肩膀高。我发现荨麻下面都是岩石,于是开始垒起它们,只是为了把它们堆成一堆。等到一天结束,我已经累得筋疲力尽,骨头发软,皮肤被荨麻扎得没了知觉,于是我倒头就睡。我很平静地躺着,只有下方海水猛拍岩石的声音,还有风声。我会说,头一次,这声音不再像是我需要与之搏斗的东西。我一觉睡到天亮,没有做梦也没有哭。直到第二天早晨,我端着一杯茶出门看海,却注意到了成堆的石块,有的灰,有的深蓝,这让我突然意识到,我堆出了一座假山。

于是我更加兴致盎然。我开始仔细考虑石头的形状和大小。我的假山让我忙碌起来，就连下起大雨，眼睛也睁不开时都不曾停歇，就连我的手因为长疮和割伤而皮开肉绽都不曾停歇。我给哲学博士展示我后来的作品：石池，蜿蜒小路，贝壳花坛，人像，风铃，还有修剪成型的金雀花，太阳照耀它们时，闻起来有椰子的味道。墙和木桩大门是最后一起加上的。是我用一根根的漂流木板搭出来的。

我打造海上花园，是为了赎罪，为我对爱过的一个男人犯下的可怕错误，我说。有时你得处理好你的痛苦，否则它就会吞没你。我试着说出你的名字，还有戴维的名字，但泪水已经溢出我的眼睛。总是这样。我总是没法讲完整个故事。

哲学博士对我的海上花园非常感兴趣，直到我提到"爱"这个词。然后他哈哈大笑。世界上没有爱这种东西，他告诉我。你难道没听说过萨特吗？

哦，好吧。来一点轻松的辩论。我擦擦眼睛。

知道，我说。我听说过萨特。我在我的厨房窗台上留了一本《存在与虚无》[1]，就摆在《海洋和海岸的观察者之书》旁边。

"我们就是虚无，"他说，"本质上，我们知道自己是虚无。所以我们在爱的时候，只是在欺骗自己说我们有点意义。"

现在我停下了手头的活儿，我注意到哲学博士全身成套像模像样的徒步装备，却打着一个红色的圆点蝴蝶领结。就好像徒步装备表达着一个他，而领结表达着另一个他。我喜欢。

不过，我说他对爱的理解是错误的。我对他说起你，你怎样在

---

[1] 萨特的代表作。

雪地里和你的影子跳舞。我描述了你在文具柜里碰到我的手,如何点起火花,激起震颤,只要我用心去想就仍能记起。我提到我们开车出游,如何一周出行两到三次,通常一玩就是一整天。我在查账的时候,你就和老板聊天,检查汽车。我从未要求你回应我的爱,我说,我从未告诉你我的真实感受。

我描述的事情听起来像是一种迷恋,哲学博士说,是自我需求的投射。

"不,我只想让他开心。我只需要这么多。"

"催眠自己说你爱上了一个人,要比日复一日地忍受他更容易。我们告诉自己陷入爱河,是为了故步自封。"

"但我没有故步自封啊。我离开了。离开了,但我仍爱着他。"

我告诉他,我从最开始就看到了你的本质;在我们共事的整个过程中,我一直都看得到,看得越来越透彻。我的爱在我离开你之后甚至更加成熟。"还有,"我说,"萨特或许说对了理论上的爱,但他还是享受了爱的乐趣。不是吗?"

"你什么意思?"头一次,我的访客看起来不太自在。

"有时候我们就是想笑话自己。我们就是想做些傻事。"我

指向我花园里的一些人像。那些戴着石头项链的人像。用海滩捡来的废钥匙做的风铃。我把它们放在那里提醒自己,以前我们如何大笑,你和我;我倒着唱歌,我们用无花果球玩弱智的游戏。"要么我们做点别的,"我说,"比如打一条有趣的领带。"

"我该走了。"哲学博士说。

我把他的名片折成一只小白鸟,插在一根树枝上。

我们一起驾车的过程中,我逐渐了解你更多。一开始,我们大多在沉默中度过。我会指出叶子,或者我会说"不错的一天",但仅此而已。那时候,我还不知道树木和花朵的名字。它们只是我们所去之地的背景。过了一周左右,我开始问你问题。都是小事。不是为了冒犯你或者警示你,只是出于礼貌。我第一次问起戴维时,你说你儿子非常聪明。没了。但你清了清嗓子,试着避开一个难受的念头。我记得我看着你的时间稍微久了一点,你瞥见我时脸红了,就好像你害怕我注意到你有哪里不对劲。我没注意到。我只是在欣赏你眼睛里的蓝,想忍住不笑,却一直想笑,因为它们实在很蓝,你知道吗。

我也记得我第一次看到你露出手臂。那是温暖的一天。你解开袖口的纽扣,把袖子卷了上去。我情不自禁地盯着你柔软的皮肤看。我以为你的手臂会是另一种样子,但它们几乎像是少年的手臂。我在心里沾沾自喜。我知道如果自己不加小心,就会暴露心意,但我就是忍不住看你看得入迷。我不能从你裸露的手臂上移开目光,直到天转凉了,你停下车,穿上夹克。

于是我坚持问那些礼貌的问题,关于戴维。他的聪明才智与你无关,你告诉我。"他不是从我这儿遗传的,轩尼斯小姐。他没有从我这儿学到什么,说实在的。"你谦逊地说出这话,意思是没有人可以从你这儿学到什么,就连有人能注意到你走进房间都算你好运了,你说话的方式让我想给你一些什么,你知道,一点能带给你快乐的东西,让你知道,你不是无关紧要的,对我来说你绝对是个重要的人。我注意到你了,哈罗德·弗莱,我想说。我看到你。每天我都看到你。整个周末我都恍惚度日,我在等待,等着星期一。我采购杂货,洗洗刷刷,但我想的只是再次和你一起。

五月初的一天,我从手提包里变出一根玛尔斯巧克力棒。我没告诉你,那天是我的四十岁生日,买巧克力是为了犒赏自己。不过等我一坐到你的身边,我就只想把它送给你。那似乎能让它发挥更好的作用。

"喏。"我说。

"那是给我的?"

你的眼睛一亮。难道从来没有人给过你巧克力棒吗?

"嗯,我看不到车里有其他人。"我说。

你尴尬地大笑:"我会长胖的。"

"你?你身上都没有肉。"然后轮到我尴尬了,因为这句话暴露出我观察过你,把你看进了心里,你的手臂,你的眼睛,你裤腰松垮的样子,于是我催你赶紧把巧克力棒拿去,趁这根红色的东西还没在我手里融化。

"谢谢你,轩尼斯小姐。"

"哦,叫我奎妮吧。拜托。"

你抽动一下嘴巴,就像在试图教它一个新词。

"你想让我帮你拆开包装吗?"

"你介意吗?"

"不客气的。让我帮忙吧。"

于是我扯开包装纸的一角,从手提包里递给你一张纸巾,你吃的时候,我就给你讲一个小故事听。我告诉你,我还小的时候,讨厌自己的名字。我父亲喜欢"奎妮",但我觉得它太老气。我一直希望自己叫"斯黛拉",我说。你看起来有一点迷茫,就好像你从来没想过你可以成为另一个人。

"我一直不喜欢我的鼻子。"你边说边又咬了一口。

"你的鼻子哪里不好?"

"它凸起来一块。"

现在我看着你的鼻子,就发现了。一开始它似乎是一个修长的鼻子,最后却以一个大鼻头告终。你调整了后视镜,告诉我你母亲一直保证说,你的脸会长大,和你的鼻子协调的,结果鼻子却长得太大,超出了脸的比例。你让我大笑,然后你也笑了。这给我的感觉是,你以前从来没有拿你的鼻子或母亲开过玩笑。

从那以后,我就定期给你买巧克力棒。我在上班的路上会去一下报刊亭。它变成了我日常作息的一部分,就像有些人停下来喂鸟,就像以前别人来参观我的海上花园,往一个蓝贝石池里扔一便士以求好运一样。

你第二次提起戴维。你告诉我夏天过后,他有希望去读剑桥。"他想去读古典文学。"

"你以前为什么不说啊?"

"他不喜欢我聊这件事。"

"但我以前是牛津的。圣希尔达学院。我读的也是古典文学。"

"天啊,"你说,"我的神啊。"

"这就是你能说的?"我对你微笑,表示我的评论里没有带刺，只是在表示友好。

"你想让我说什么？"

"我不知道。这些词好滑稽。就好像在说'神啊亮瞎我的眼吧'或者'晴天霹雳啊'。我以为已经没有人那样讲话了。"

"或许我紧张的时候才会蹦出来。"

"我让你紧张吗？"

"有一点。"

你的脸红了，我真希望拉起你的手，但我当然不能。我只能拿着我的手提包坐在那里。我只能问，戴维愿不愿意借我的大学课本；我旅行时带上了几本。那些书对我非常珍贵，但我没有承认。事实是，我在试图寻找与你联结的方式，把我的书借给你儿子是我唯一能想到的。

"你觉得戴维会感兴趣吗？"我问。

你的回答，当它传来时，吓了我一跳。"我觉得那条裙子很衬你。"我以为我听错了。我抬眼一看，刚好直直撞上你的视线。我觉得我整个人都沐浴在喜悦里。

"就是一套棕色套装。"我说。

"嗯，还是很不错。"

在我的小套房里，我有一套午夜蓝的礼服裙，紧身胸衣上缝着成串的亮片。有一双黑色天鹅绒舞鞋。但你赞美的是什么？一套坚果色的普通羊毛套装。

"神啊亮瞎我的眼吧。"我说。

等到六月，一切尘埃落定。我已经没有回头路。我看着你仔细地扣好驾驶手套上的纽扣，或者和某个老板聊天时眼角细微的笑纹；而我呢，我想高呼，我想大喊。我几乎难以自抑。有时我得滑稽地咳嗽一声或者更糟——冒出来的是扑哧一声。只要不告诉你我的真实感受就行。甚至不是因为我们说的话很好笑。在外人眼里或许稀松平常。但有时，单单只是和另一个人在一起就已足够，他说的任何话、做的任何事都能把你点燃。我爱你的声音，你走路的样子，你的婚姻，你的手，你锯齿纹的袜子，你围巾上灵巧的打结，你的白面包三明治，我的老天啊，你的一切。这是让人眩晕的第一阶段，这个人的一切都很新鲜，充满奇迹，你不得不总是停下来，去看，去听，去吸收，别的东西都不存在。剩下的世界变成灰色，被遮蔽了。在啤酒厂的日子里，我们有时在食堂里同坐一张桌子，或者你顺便来我的办公室，讨论下一条路线，但在那些场合，附近总有其他人在。只有我们单独坐在车里时，你才属于我。

在经历过种种那般之后，我再次感觉像个人了。我在早晨醒来，不再需要逃避这一天。我坐在巴士上，离啤酒厂越来越近，我的心在胸口里狂乱地跳，那就是礼物：它是活生生的。我知道你永远也不会离开莫琳。你太正直了，不会那么做。当然，这也是我爱你的另一个理由。

我开始写诗。情诗。我还能如何表达自己呢？我把它们放在手提包的拉链隔层里。我会伸手进去，用指尖摸到页角，然后我会好奇，我今天会讲吗？我会告诉哈罗德·弗莱我的感受吗？我只是伸手给你一块硬糖。

所以，当我在乘客座上把头扭开不发一言时，不是因为我在睡觉，哈罗德。我在想象你和我的画面。我想象永远留在你身边是什么样子。要么我就眺望窗外，巡视地段，单纯为了好玩，看看我们能不能住进其中某处。一栋漂亮的粉色独栋房屋，有一小块草地给你割草，商店和洗衣店都很便利。或者一栋海边的小屋，更加偏远,但有海景。我在脑海里想象我们在一张小圆桌旁的餐椅上。我想象我们在一张软垫沙发上。是的,我甚至想象我们在床上。我看着你放在方向盘上的手——我很抱歉这么说,但我在开头答应过,会让你知道真相——我想象那双手在我的手上。在我的胸部。在我的大腿之间。

当你在幻想身边男人的裸体,而事实上他却穿着浅棕色的休闲服,戴着驾驶手套,已经娶了另一个女人时,你必须做些事情来转移对他的注意力。有一次我说,我能倒着唱歌,你看起来很惊讶,说,你真的可以啊?我不行,我当然不行,你把我当成什么了?我以前可是古典文学系的学生。能倒着唱歌的人是我父亲。他在刨木头或者用亚麻籽油擦木板时就会这么做。不过,你问过那个问题之后,我回到家就自学了《天佑女王》①。

(更传统的版本。)

倒过来唱。

我还能怎么做?

"好家伙。"我唱到最后时,你哈哈大笑。父亲以前就是这么笑的,那时我还是个孩子,他好奇为什么我知道很多事,而他不知道。

现在,我本可以对你说,让我对你讲讲苏格拉底吧。或者我本来可以问,你对伯特兰·罗素有什么看法?但我们已经到达一定境地,你和我,这种境地既不真实,又极其平凡。我们是一个善良的已婚高个男人,和一个爱着他的单身矮个女人。最好还是吃吃糖和倒着唱歌吧,不要去冒险打乱我们已经拥有的微小事物。过了一段

---

① 大不列颠及北爱尔兰联合王国的国歌。

时间,这成了我们的惯例,成了我们的语言,就和有人喜欢谈论天气或行车路线而不去聊更大的话题是同一个道理。存在一条界限。

"我没有很多。"又有一次你对我说。那时一定是初夏,因为我们正在路边分享午餐。我穿着套装。你从头到脚一身浅棕色。我们看起来就像外出野餐的两丛冬日灌木。

"很多什么?"我笑了,"你到底在说什么,哈罗德?"

"朋友,"你说,"朋友。"你剥掉一只水煮鹌鹑蛋的蛋壳,把它在香芹盐里蘸了蘸。两样食物都是我提供的,还有铺满餐布的切片火腿、酸辣酱、葡萄、番茄、餐布和纸盘。"我有莫琳。还有戴维。就没有别人了。"你提到了你的母亲。她如何在你十三岁生日之前离开。也说了一些关于你父亲的事。喝酒,你说的是。我假定那就是你滴酒不沾的原因,我感到一股柔情涌起。你自己的事只能交代这么多了。你的眼睛蒙上了一层难色,就好像你犯了个错误,又不知道接下来该怎么办。

就像那一天,父亲告诉我,他和母亲之间不是一直都很好的。你放松了警惕,几乎是无意地,就像我父亲一样,而我想帮你扳正过来。

"你有我啊,"我说,"我是你的朋友,哈罗德。"说出这些话很重要。我能听到自己血流的冲击声。

你又继续剥另一只蛋。你对着手指说:"顺便说一句,你知道,那条裙子还是什么的很衬你。"

我意识到这是你说谢谢的方式。

一切都各归其位了,哈罗德。你看起来很开心。你的工作很安全。我也开心。我已经从失去宝宝的伤痛中恢复过来。我退掉了家庭旅馆的房间,在金斯布里奇郊外租了一套底层的公寓,能看到河口的景色。没有花园,但那时候我对园艺还没兴趣。我找到一个地方,星期四晚上去跳交谊舞,有时我和陌生人跳舞,有时我不跳。我想象把我的手搭在你的肩上,跳一曲华尔兹。

只要能在每个工作日见到你,我就能在配角的位置幸福地爱着你。

我们会老去……我们会老去。你会卷起你的裤腿。我会管住我想吐露真相的嘴。

然后我遇到了你的儿子。

行,行,行

糟糕的一夜。风扑向街道和大海。它在窗外喋喋不休,在外面的树间怒吼。我看到了戴维。一整晚,他都在冲我嚷嚷。他摇动裱框印刷画,蓝鸟飞出来的时候,他折断它们的翅膀。他要所有他从我这儿偷走的东西,只不过他不是在问我,他是在尖叫。我张开嘴,但声音出不来。一点声音都没有。话语提到我的喉咙就没有了。

一张十英镑纸币!他在叫嚷。

行,我咕哝着说。

还要一张!

行。

一瓶金酒!

行。

还要一瓶!

行,我哼哼着。

毯子!啤酒!饼干!

给你。给你。

你的搅蛋器!

我的搅蛋器?为什么,戴维?你要我的搅蛋器干吗?

我就要!我要你的搅蛋器!

我的喉咙像被一把刀切开了。行,戴维。行,戴维。行,行,行。

今天早晨我没去成娱乐室。护士在晨间例行检查时说,她听说有个义工要带着乐器过来。"有时人们以为他们不会演奏音乐,但实际上他们会,你知道吗。玩音乐的义工过来时总是好日子。"我要求留在自己的房间里。后来我听到其他病人在玩铃铛和鼓,但感觉自己就像在一块大陆上,而他们在另一块上。写了十三天之后,我的手像被刺穿了。在餐厅里,我举不起叉子吃东西。头一阵一阵地疼。反胃了两次。我无法进食。甚至不能喝我的营养饮料。

沙阿医生检查了我的脖子、嘴和眼睛:"腮腺有点肿胀。"

"是有一点。"菲洛米娜修女说。

"还有,她的手怎么了?"

我想把手抽开,但动作不够快。沙阿医生抓住我的右手,翻过来更仔细地查看。他看到拇指和食指之间的水疱,那是我握铅笔的地方。我的拇指很烫,有红肿。手掌也在跳。

"看起来像是感染了。她都在做什么?"

沙阿医生是个好人,但我希望他可以意识到,我能听到他讲话。

菲洛米娜修女两手抱在胸前。她对着撒满一地的纸页微笑："奎妮一直在忙啊。不是吗，奎妮？"

"你得更好地照顾自己。"沙阿医生说。他把我的手很小心地放在我的腿上，就好像我的手对他而言很珍贵，于是我觉得自己刚刚在心里批评他是不对的。

之后值班护士来包扎伤口。她刺破水疱，吸干脓水。敷上一层薄薄的抗生素凝胶，用纱布敷药包扎了我的手。她走之后，露西修女在我身边坐下。

"要不我给你涂指甲油吧？"她说。她那么专注，用鼻子呼吸着。房间似乎都随着她坐下忙碌而开始升升降降。

我的指甲现在是恩布尔顿湾海面上空拂晓时的天色，新的一天，接近白色。

修女与桃子

"你劳累过度了,亲爱的。"

今天早上玛丽·安贡努修女走进我房间时,她把装着打印机的皮包举到白布帽上方,就像举着一个托盘。"你看,"她说,"看看我在天气这么好的周二给你带了什么来。"(正下着雨。)她放下皮包,给我盘子,上面是一个软软的琥珀色桃子。

我摇头提醒她,我不能吃东西。说实话,我觉得愤怒。就好像她和信件合为一体,是一回事。我给她看我绑了绷带的右手。

她说:"唉,你还指望怎么样?你把自己逼得太狠了。你一直在写。星期天几乎没停过。一整天都在写哈罗德和坐车的事。"

但这封信是你的主意。我的铅笔戳穿了纸。

"我可没让你一天写到晚。等待需要平静地等。你不能分分钟都忙个不停,否则你就不是在等待。你只是在忙忙碌碌分散自己的注意力。"

玛丽·安贡努修女把她的打字机皮包放在我的床脚,拉近椅子:

"你该把精力聚集在其他事物上,比如这只可爱的桃子。"

一只桃子又怎么能帮我或哈罗德·弗莱?我没有把那句话写给她看。我只是用拳头砸床。

我甚至不应该有这些想法,因为玛丽·安贡努修女突然冒出一句来,就好像她刚踏入我的脑袋里听到我的想法。"什么影响都没有,"她说,"但它能让你不那么焦虑。桃子在这儿。它现在存在着。能不能等到哈罗德·弗莱不是你能用拼命工作或伤心生气影响的。现如今,我们表现得像是一想到什么马上就要有什么。但我们不行。有时我们就是得坐下来等待。所以吃桃子吧。别这么暴躁。拿着。"

她把它放进我手里。看看这果皮,她告诉我。看看这颜色。这形状。多美好啊。摸摸它。房间里波澜不惊。只有一只桃子。

我抚摸桃皮上毛茸茸的红晕。我用指尖压下去时,感觉到果肉的弹性。我顺着界限清晰的裂纹摸下去。摸到中间的浅凹,那曾经是果实与茎柄、果树连接的地方,桃子从那里生长。听起来或许奇怪,但我暂时忘了我们吃桃子前也可以触摸它的。玛丽·安贡努修女把水果举到我的鼻子下面,气味那么香甜,鼻孔都为之一振。

"我们现在把它切开吧。"她说着拿起刀。

我见证了一切。刀光闪烁,刀刺进果肉时的切口,黏稠的琥珀色桃汁突然顺着她的手指流淌下来,又流到盘子上。她小心翼翼地用刀抹了一圈之后,把刀放下,用两只手拿住桃子,准备把它拧开。她逆向转动上下两半,用手拉开它们,于是桃子呈现出白花花的两半,一半嵌着湿坚果一样的桃核,另一半裸露出柔软核床,带着红宝石色的丝状果肉。我开始流口水。

玛丽·安贡努修女把果肉切成四份,又切成更小的小块。她递给我盘子前先擦干了手指。

"尝一下。"她说。

我摇摇头,指着喉咙。我会呛到的。

"实在不行你就吐出来。"

我用两个指头捏起一丁点桃子。下巴已经湿透了。我把水果滑进唇间,感觉到它停留在嘴巴的底部。我把头向左倾一下,向右倾一点,让果肉从一边滑到另一边。

"你如果不想,就不用吞下去。"玛丽·安贡努修女说。

浓稠甜美的果汁漫过我的喉咙,流进我的肚子。我饿得发抖。一抬下巴,果肉被我弹到了嘴巴后部。我心想,就算我被一片桃子呛死,也至少比硬纸板的味道强。然后它就下去了。我吃掉了它。

"你看?"玛丽·安贡努修女大笑,"你吃了桃子啊。你说你不行,但你做到了。"

我觉得这比我长出翅膀学会飞翔还要高兴。我们吃了一片又一片。我们就是桃子,桃子就是我们,仅此而已。

"现在你该休息了。"她说。

我醒来时,玛丽·安贡努修女已经回家了。我捡起铅笔,非常小心地握住它,以免磨到水疱。我开始写修女与水果的事,在每个段落之间都稍事休息。这花了我两天时间。

我希望你也在休息,哈罗德。

你的脚怎么样了?

为玛蒂娜欢呼三声

"哦,我他妈的真喜欢那个斯洛伐克小妞!"芬缇坐在她的椅子里喊,"我想抱她亲她,真的!"

凯瑟琳修女刚朗读了今天明信片上的长信。有城堡图片和"汤顿来的问候"字样的那张。那个年轻女人真的拯救了你吗?她真的提供给你一张床铺过夜,还给你修鞋了?她真的按摩你的脚了?

"我爱哈罗德·弗莱和所有人!"芬缇大喊大叫。

今天,芬缇收到一张可以在全英国几千家上档次的餐厅免费用餐的优惠券。她说要把优惠券留给你。"我料想那可怜的家伙一定在挨饿。"她说。

"我很高兴哈罗德·弗莱在汤顿休息了一天,"凯瑟琳修女说,"这一路一定很艰难。走啊走啊,走了整整两个星期。要是我一定痛苦不堪。都怪我的平足。"她拎起袍摆。黑色的鞋子像两根甘草枝一样伸出来。

"要是哈罗德·弗莱已经在萨默塞特,"芭芭拉说,"那说明他很快就要进入中部地区了。"

露西修女咬了咬嘴唇："难道萨默塞特不是在纽卡斯尔旁边吗？"又有几块拼图被拆下来。珠母纽王亲了亲自己的指尖，然后朝空中一个飞吻。

"有女人给他洗脚？"亨德森先生说，"哈罗德·弗莱以为他自己是谁？耶稣吗？"

我笑了，不太肯定，但我觉得亨德森先生也笑了。或许是胃酸反流的缘故。

* * * * *

我以前常搭乘汤顿的巴士从金斯布里奇出城。从没去过汤顿。每周四在托特尼斯下车去跳舞。有一段时间，哈罗德，你儿子和我一起去。

我会讲到这个故事的。它尤其重要，你必须了解。这故事可能给你带来痛苦，我对此表示歉意。但我们已经走在这条路上。你必须听到所有的事情。

不过今天不能再写了。手很酸，我已经吸取教训。不是你马不停蹄就能到达目的地的，即使你的旅程只是坐着不动，默默等待。偶尔你得在小道上驻足，欣赏风景，看看窗外的一小朵云，一棵树。你得看看你以前不曾看见的东西。然后你还得睡觉。

很快我就会告诉你。

游赏颐乐花园

"帽子?披肩?拖鞋?"凯瑟琳修女拉过一顶棒球帽扣在我的头上,然后上上下下地打量轮椅里的我,就好像她刚刚凭一己之力把我创造出来。她点头表示认可:"今天是个美丽的春日。所以我们出发吧。去花园。"

凯瑟琳修女把我推出房间,经过走廊。娱乐室里没有人。通往阳台的几扇门都已经打开,空气闻起来芳香清新。我们靠近地毯上耀眼的方形亮光时,我闭上了眼睛。我感觉到阳光洒在手上、腕上,刺痒痒的。我把手指紧握成拳,鼓起胆量睁开眼睛。

颐乐花园已经一片繁荣。不管我转向哪里都春意盎然。绿意从光秃秃的枝干上迸出。有些地方才刚开始萌芽,叶子还是苍白的颗粒状，而其他地方已经接近酸性的浅黄，就好像大自然还没把颜色调好。雏菊、金凤花和白屈菜横穿草坪。木兰花的白色蓓蕾迎风舒展，流苏长叶从柳树上垂落。我想起我在牛津认识的那些有丝缎长发的女孩。我好奇她们现在在哪里。阳光在树木间泻下闪烁的光线，还有常青植物的蜡状叶片——冬青、月桂、荚蒾——光线照到的地方都在闪烁。

"今天每个人都在外面，奎妮。"凯瑟琳修女说。

是真的。阳台上，一个义工正在和坐在轮椅里的亨德森先生打牌。露西修女给芭芭拉读了《瓦特希普高原》。珠母纽王在打瞌睡。还有几个病人和他们的亲朋好友在一起，孩子们在木塔后面玩捉迷藏。池塘下面，芬缇趴在一张垫子上，呈大字形摊开。她看到我时坐了起来，挥挥手。

"来日光浴啊，奎妮·轩尼斯！"她大声喊我，"我没穿上衣哦，小妞儿！"没人介意。她的胴体呈奶白色，像孩子的身体一样小小的。平坦小葡萄干的上下方，肋骨十分醒目——那小葡萄干是她的胸部。

凯瑟琳修女带我去看最后几朵樱草花和洋水仙。她指向悬铃木树底的蓝色勿忘我花雾。很快，黄色的春日花园就要被白色取代。山楂树和成堤的峨参会开花。芍药的花苞像弹珠一样稳坐不动。我真想看到它们绽放。

"你想闻闻薄荷的味道吗，奎妮？"凯瑟琳修女说。她掐下一段茎，用指头把叶片搓碎。那味道就像饮下夏天那么美好。

我想描写我的海上花园，但我没有笔记本。我只能想着石池和花圃。我记得我的第一个浮木人像，它是我用在海滨找到的褪色树枝做的；它很高，你知道吗，总长大概六英尺，颜色是褪色的浅棕。我把它立在花园的正中时，就像把几分的你带入了我的流亡生活中。几年里，我做了更多那种人像，有时，如果它们看起来悲伤——我的意思是，如果我为它们感到悲伤时——就给它们挂上海藻或窟窿石头的花环。夏天，花朵枯死，石头和人像就接管了花园。一个花园在冬天也不应有凋敝的样子。我在想着这些的时候，凯瑟琳修女一直在笑，就好像她理解一样。

"不知道今天哈罗德·弗莱在哪里呢？"她对着空气发问。一小会儿后，她说，"有一天，我想走路去圣地亚哥·德·孔波斯特拉①。但我的脚啊，你知道的。所以我不认为我能走。"

今晚的颐乐花园很平静。不是安静，而是平和。我在屋里能听到芭芭拉在她的房间里唱歌。有人咳嗽。有电视机的声音，还有夜班护士换班结束时的笑声。风吹皱了北海，珍珠白的月光洒在树顶。

我等待。

我回忆。

一抹上扬的微笑。一只鞋上的磨损。一道散落的阳光。

---

① 西班牙西北部加利西亚省省会，是始于九世纪的天主教著名朝圣路线"圣雅各之路"的终点。

叛逆的孩子

那是金斯布里奇的七月，突然大雨滂沱。我正带着购物篮走在福尔大街上。码头藏在雨帘后面。雨水溅湿了我的脸和肩膀。它从商店的雨篷上重重地砸下来，汇成溪流冲到街上。我缩起头，小心地落脚，以免因失去平衡而滑倒。那是个周末，所以我穿着凉鞋，一条宽松的裙子，一件薄开衫。我的头发都湿透了，脚也是。

"你为什么开车不看路？"一个男声喊道，"你这人什么毛病？"我用手挡着眼睛，抬头看去。

争吵声是路对面一间酒吧外面的一个年轻人闹出来的。他正指着坐在车里的司机。我马上明白了，开车的人开进年轻人身旁的一个停车位，把排水沟里的水溅了他一身。年轻人的外套上、大头靴上都是水。他的头发湿透了，贴在头上，像一条条黑色的飘带。

"还有，你为什么要开跑车？"年轻人大吼，"你哪根筋搭错了？"

司机从车里出来，匆忙锁好车，想假装年轻人没有烦到他。但年轻人不依不饶。他挥手指着灰色的街道、店面和雨。

"这里是金斯布里奇,"他高声大喊,"不是摩纳哥。"

我不是唯一注意到的人。其他人也停下了脚步。他们让年轻人冷静下来。走开,他们说。于是他也开始朝他们嚷嚷,辱骂他们,只不过他选择的骂人话让他自己也大笑。资本家!高尔夫球佬!银行经理!

"遛小型犬的人!"他喊道,"读保守党报纸的人!扶轮社①的酒徒!"

有人大声叫唤说,在金斯布里奇这么好的地方,不该有这种行为举止,不过看着聚集在年轻人周围的人群——灯芯绒裤子、防水雨衣、高尔夫球场的雨伞还有运动夹克——我看得出他说的是事实。我忍不住微笑。他也大笑,然后脸一垮,看起来除了极度无聊没有其他表情。"哦,操你妈的。"他转过身去说。只不过他好像不是在对路人们说话,甚至不是在说司机,就好像他这句话是说给全世界听的。

他有一张瘦脸,很苍白,下巴尖尖的。他很高,太高了;长手长脚都从裤腿和袖管里往外窜。我在哪里见过这个身形。

"你说什么?你刚刚说我什么?"司机受够了。他从一只脚跳到另一只脚,"你们听到他说什么没有?"他对人群叫唤,看起来比戴维更加失控。其实戴维很镇定,饶有趣味而超脱地看着骚乱愈演愈烈。雨水顺着他的脸往下流。

酒吧里冲出一个矮胖的男人,手里操着一个瓶子,他身后是纳比尔瘦小的身影。我们的老板一直守在后面,从一只脚晃到另一只

---

① 一个国际性服务组织。

脚,但他还带了其他几个人。戴维似乎没有听到,但他们在骂他。死基佬。傻逼。一点想象力都没有。只要戴维一转身,他们就会揪住他,把他推进一条胡同里。他们的手已经握成拳头。下巴都往前冲。没有人会阻止他们。

我手臂一振,大叫一声:"我在这儿!我在这儿!"我已经冲到路上,尽管我也不知道自己冲到对面时要做什么。"戴维·弗莱!"我推搡着穿过人群,"对,他跟我是一块儿的!"我叫道,"让一让!"一看到我,纳比尔的手下都潜到暗处了。

戴维外套的翻领都浸透了,上面别满了花花绿绿的徽章。"法西斯柠西普[①]。""性手枪。""投票给工党别怪我!""放了纳尔森·曼德拉。"但奇怪的是,还有一幅帕丁顿小熊[②]的画。戴维身上有潮气、广藿香和香烟的味道。"快过来,不然我们就要迟到了。"我说,领他穿过人群。我讲话非常大声,很就像没有其他人在场,然后我带他快步走下街道。他没有反抗。我们走得很快,尽管我能感觉到他在看我。我想他甚至在微笑,很超脱,就是他早前观看人群的样子,就好像他喜欢意外的奇遇。

等走到码头旁,我放慢了脚步。我们停在一个报刊亭的雨棚下面。雨点在头顶啪啪作响。它让河口的表面泛起涟漪,雨敲打着小船,让它们振动摇摆。

"刚才是怎么一回事?"戴维拧着湿漉漉的袖子。一双手修长。他似乎在抹去外套上我触碰的痕迹。

[①] 柠西普(Lemsip)是在英国、爱尔兰、澳大利亚和新西兰出售的一个伤风感冒药品牌。
[②] 英国儿童文学中的一个虚构角色。

我认得你父亲，我告诉他。我和哈罗德·弗莱一起工作。

戴维哈哈大笑，就好像他刚领会到一个只有他知道的笑点。"哦，是这样。"他说。

"我不明白你为什么觉得好笑。你刚才在那里差点就要惹上一堆麻烦。"

"金斯布里奇需要一些麻烦。这里需要灌个肠。正需要这个。"戴维看着我，一脸笑容，"你身上有现金吗？"

"你是认真的吗？"

"嗯，我是认真的，说实话。抱歉。"

我打开钱包给他一枚一英镑的硬币，他说五英镑的纸币更好。我反对，他开始侃侃而谈。他讲了一个很复杂的故事，关于某个人偷了他的钱包，他的祖母要死了，猫要死了，只不过他在给我讲故事时，自己也受不了这些谎话，开始笑了。嬉笑又爆发成一阵大笑。他有你的眼睛。很深的蓝色。但他的眼睛没有你的温和，也没有你的谦逊。这男孩很机灵。他的才气就像一把匕首。只不过，猫的故事精妙又疯狂。这是我以前会编造的东西，只不过我是在练习簿里编，而不是对着陌生人瞎编。我也开始大笑。

"你到底给不给我钱？"他说。

"喝杯茶怎么样，戴维？"

"跟你喝？"他露出一种问号似的表情。我为自己的提议感到羞愧。太冒失了。然后他说："如果你想的话，可以给我买一罐啤酒。"

啤酒罐子。当然。想起你在院子里偷偷处理那些空罐子的画面，我又一次对你感到一股柔情，我的喉咙缩紧了："现在不会有点早吗，戴维？"

"在金斯布里奇没人在乎。"他递给我一根烟，我说不要时，他耸了耸肩。"我十二岁就开始在酒吧里喝酒。我穿着校服,没人说一个'不'字。很高兴认识你,奎妮。"他用指尖敲敲额头一侧,假装敬礼。然后他转过身,迈着大步走了。"以后什么时候再见吧。"他过后又喊了一句。

我看着他大步穿过雨帘,边朝大街上走边用肩膀推开陌生人。他的外套扑打着,马丁靴踏在湿漉漉的人行道上。他不时扭扭脖子,就好像脑袋里装了这么多才智很辛苦一样。

直到他走远了,我才突然意识到,他不是金斯布里奇唯一与众不同的人。

戴维知道我的名字。

向哈罗德·弗莱致敬

大雾天。窗外什么都没有。没有树。没有天空。就好像疗养院被切断了泊绳,我们正漂浮在一片苍茫大海上一样。我希望你那儿没有雾蒙蒙的,哈罗德。在我的脑海里,我给了你一件荧光色夹克和一盏灯笼。

这天早上,有些始料未及的东西出现在娱乐室里。

"那些到底是什么东西?"亨德森先生指着软木布告栏,问道。有两页新纸被钉了上去,就在有关社区关怀和诺森伯兰郡可用联络号码的国民保健海报上面。我又继续看我的笔记本。

我们都坐在桌旁。一个义工正在演示怎么制作贺卡。她说,有时写一句话给你爱的人很有用:"这是另一种方式,让你说出你觉得难以启齿的话。"这个义工带来了一个大提袋,里面有胶水、对折卡纸、亮片、工艺泡沫贴纸、各种羽毛、粘胶星星和金属色笔。芬缇做了一张卡片要送给哈里王子,因为他是她最喜欢的王室成员。凯瑟琳修女在帮芭芭拉做卡片,送给她的邻居。珠母纽王把胶水棒放在鼻子下面好几次,告诉我们以前的好日子一去不复返了,但至今他还没有用胶水把泡沫图形粘到他的贺卡上。

"每个人不单快死了,还都聋了吗?"亨德森先生大喊。多惊奇啊,多惊奇,他还没做卡片。他又指向布告栏。这一次我们都停下了自己的事,抬头望去。露西修女从椅子里站起来。

"噢,是我钉上去的。"她说着把图片拿下来给我们看。

是两页日历纸,四月和五月的。每一张上各有一幅光滑的摄影图片,一幅是黄色樱草花,另一幅是一只黄褐杂色的小猫。为了读出图片说明,露西修女微微眯起眼。

"第一幅是'特威德河畔贝里克之春',"她说着又指向第二幅,"这一幅是'一只乖巧的小猫'。"

"乖巧的小猫也在特威德河畔贝里克吗?"亨德森先生说。

露西修女咂巴咂巴嘴:"嗯,我猜是吧。上面没写。"

亨德森先生一把打开报纸。"不予评论。"他说。

"但为什么要把那些小猫小花钉在他妈的布告栏上呢?"芬缇大喊。我应该补充一句,她正戴着一顶粉色的牛仔帽。我要是知道原因就会告诉你。但我毫无头绪。某个义工的家里有一套给她家小孩玩的化妆打扮游戏箱。她把帽子都带来给芬缇了,因为芬缇喜欢帽子。

露西修女解释说,她是从办公室一本多余的日历上撕下这两张纸的。她把你走在路上的每一天都涂上了颜色。这样我们就能密切关注你的进度了,她说。她还指出一张她从一本名人杂志上裁下来的照片,上面是一个穿着旅行靴的男人。

"但那是约翰·特拉沃尔塔①啊,"芬缇说,"靠。他也要来吗?"

露西修女说她完全不认得约翰·特拉沃尔塔。据她所知,只有哈罗德·弗莱在走路。"我问过菲洛米娜修女了,她说我们可以有一个角落留给哈罗德·弗莱。"她补充道。

"好赞!"芬缇大叫一声,"我们能不能再有一个酒柜之类的?"

亨德森先生弄出一阵怪声,我不打算描述。

露西修女的脸红得太厉害,那红色看起来要永久地印在她脸上了。"今天是——"她自己顿了一下,一边把手指指到每一个日期上,一边用气音数着。"今天是哈罗德·弗莱在路上的第二十天。"她转到第二张,有猫的那一张,从口袋里掏出一支钢笔,小心地涂满了第一个方格。"今天也是五月的第一天。"她提议可以把你的明信片展示在挂历纸的旁边,那样我们都能看到你去过哪里。我同意之后,她就去我房间里把明信片取来,钉了上去。她把我的轮椅推得离哈罗德·弗莱的角落更近一些。"你看,"她说,"你看,奎妮。"

"那意味着,我在这里已经待了二十多天吗?"珠母纽王一阵

---

① 约翰·特拉沃尔塔(1954—),美国演员。代表作有《低俗小说》等。

咆哮,"我还老当益壮哪。"

"那个好玩的怪声是什么?"芭芭拉问。

芬缇大笑:"是珠母纽王。他正在捶胸顿足呢。小芭,你可不要试。你会把你的眼珠子又敲出来的。"

"哎呀!"亨德森先生说,"这可比微克劳[①]还要糟糕。"

"微什么?"芬缇号叫。

我的目光回到你的明信片上。金斯布里奇。班森姆海滩。布克法斯特修道院。南布伦特。地形图。恰德莱和埃克赛特。蓝铃蒸汽火车。汤顿。哈罗德·弗莱真的要来了,我想。我的心里经历了一小阵春天,就像过去在我的海上花园里,多刺的伯内特玫瑰以一朵白花回报我时的感觉一样。

我记起来仍需告诉你的所有事情。我看了一眼压在窗上的浓雾,低下了头。

"我还是不明白,"是亨德森先生在说话,"日历上为什么要放一只小猫?谁能给我解释一下,小猫跟特威德河畔贝里克有什么关系?嗯,轩尼斯小姐?"

但我已经埋头在我的笔记本里了。

---

① 原文为法语"Huis Clos",本为法律用语"隔离审讯",引申为"禁闭"。

去纽卡斯尔的单程票

蒂弗顿大道,汤顿,布里斯托尔草地圣殿站,布里斯托尔大道,切尔滕纳姆温泉,伯明翰新街[①]……

我站在埃克赛特的站台上,眼光一路沿着铁轨凝视下去。一排枕木向前方伸展不远,便消失在雾中。火车来的时候,也不是徐徐出现的。一开始什么都没有,突然间就有了八节车厢。

甚至当我打开火车车门的时候,我仍相信你会冲出来拦下我。我慢慢地把行李箱提上台阶。我停下。回头张望。我仍在期待那一声再见,你知道吗。我仍在等。

在车厢里,我找到座位,把脸贴在窗户上。眼睛一直盯着站台的入口。人们拎着行李往里冲。是这辆吗?这是去纽卡斯尔的火车吗?还有大把时间,女士,不必着急。就算现在我要跳车也为时不晚。跳下火车,跑过站台,经过售票处,往停车场跑,你可能刚刚

[①] 皆为英国火车站名。

停好车。是的,甚至或许你正冲过售票处,在找一个形单影只的女人,想着,不,当然不会太迟。你瞅一眼手表,站台的大钟……

车站外,楼房、屋顶和窗户的轮廓都被浓雾模糊了。看起来都不太真实。

司闸员吹响了哨子。火车突然一倾。熟悉的景貌开始渐行渐远。

我惊慌地站着。不,不。还不行。我把脸紧压在窗户上。眼睛拼命盯着小站台,盯着挥手的人们,唯独没有你。我看着他们变得越来越小,直到站台成了一块凹陷,人都变成了小点儿,还是没有你。他们在雾中消失得无影无踪,我也一样。我太渺小,也化为无物了。我溜回座位。至少我觉得自己一定是溜回座位的。因为过了一会儿,我发现自己没再站着。

我无法看书。哭不出来。我什么都做不了,只能坐着,任由火车载着我离开。我又再次上路了,这仍不像是真的。我把你留在了身后。我盯着窗户,大地在变换秋天的景象:赤褐色、金黄色和绿色轮番上演。它们就像水彩画的颜料,渗进湿纸中,我不知道是雾气让它们流动,还是我的眼泪。

汤顿。

有人说"汤顿"吗?还不算太晚!我可以下车的。有公共汽车可以坐,我知道的。就在我摸索着找外套,擦着眼泪把手缩进袖子里时,我想起我做过的事,记起了我和莫琳的交谈。我的勇气都被一记重拳打没了。金斯布里奇的一切都结束了。我再次坐下,坐得很正,不敢再牵动一丝肌肉,生怕身体会趁头脑阻拦之前把我拽下火车,我坐着等待司闸员吹响哨子。

火车一路向北,雾也开始消散。拨云见日——一只苍白色的眼睛——给云团点上银色。布里斯托尔草地圣殿站。布里斯托尔大道。切尔滕纳姆温泉。你每天踩过的这些距离，哈罗德，我都见证过，却是以一路劈开英格兰的速度见证的。灌木树篱、夹竹桃柳兰、醉鱼草、桥梁、田野、运河、烧坏的车、溪流、沙石场、混凝土大石、花园。它们一闪而过，毫无意义，是连不起来的破碎画面。在伯明翰站，一伙参加婚宴的人挤进车厢：红脸蛋，圆盒礼帽，散开的领带，打开的酒瓶。他们一路唱到了下一站，然后一个女人开始放声大哭，哭到妆都花了，小礼帽滑到了耳朵上，脸上斑斑驳驳的像只老虎。我好奇她是不是爱过新郎，没有人知道，只有我懂。后来，我注意到切斯特菲尔德扭曲的教堂尖塔，就像一顶歪斜的尖帽，我多想对你说，你看！我知道我们会哈哈大笑，因为同一样东西发笑也可以是另一种在一起的方式，但你不在，于是我只能自己注意那个破损的尖塔，替你感到可惜。在谢菲尔德站，一伙女青年上了车，开始讨论挨家挨户上门推销的事。女青年下车后，又上来拿着行李箱返乡的几家子，还有满手包包袋袋购物的人。一直持续下去。人们上车，搭一小段路，谈论未来，而我一个人坐着，没有归属。只是在移动。就连车厢的内饰都比我更生动。

周围的人声变得越来越高，越来越单调。输电塔和电线杆遍布景观之中，把电缆带向我看不到的地方。出现了农场房屋，有些铺红砖，有些铺肮脏的粉砖，然后是住宅小区和临时仓库。远处，烟雾从烟囱里呼呼涌出，都被往一个斜角吹，就像巨大的灰色床单晾在空中。人类看起来如此勤勉、如此忙碌地各司其职，我无法从中再找到自己的位置。过了唐卡斯特后，土地变得平坦，一马平川。刚下的雨水积在田里。

等经过约克的时候，天色已经变成柔和的金黄色，树木都笼上了暖光。到了达灵顿，出现更多的红砖，大地上再一次有了人类活动。房屋被堆起来塞进山腰，田里一片黄澄澄，是等待收割的小麦，小河沿着铁轨迂回蜿蜒。杜伦大教堂和城堡的黑色侧影呈现在我眼前，它们的高塔和尖顶直刺天空。那下面，城市的板岩屋顶泛着黑光。傍晚时已有一丝黑暗潜了进来。纽卡斯尔将会是最后一站。

所有人换车！所有人换车！

我是最后一个下车的人。走下台阶踏上站台时，得扶住车门才能站稳。人们从我身边推搡而过，不耐烦地赶往他们要去的目的地。之前一直都算顺利，我意识到。只要我一直继续前进，旅途就可以忍受。但现在我又停止不动，脚下的地面又是实实在在的了，我却感觉一阵眩晕，几乎无法呼吸。我试图盯住火车站顶部的铁梁，但就算是它们，也从铆钉上脱钩，悠悠地游走。

我的胃里翻江倒海。膝盖直打弯。

我往下倒去。

拼图的进度

今天下午,亨德森先生从娱乐室离开时,在露西修女身旁停下。他越过她的肩膀观看拼图,皱了一会儿眉头,就好像在检查错误。

"我觉得好像行不通了,"露西修女说,"我可能应该放弃。"

亨德森先生回头看我,还有我的笔记本。

他说:"我希望你没在那里面写我们。我们的故事可卖不动。"

我尽己所能地给了他一个微笑。

亨德森先生用一只颤巍巍的手从露西修女的盒子里取出一块拼图,很仔细地把它嵌到另一块旁边。

"那是圣艾夫斯,"他说,"我妻子和我以前会去圣艾夫斯住度假小屋。"

亨德森先生整个下午都和露西修女待在一起。他们已经完成了康沃尔的一部分,还有东安格利亚。

你呢,我的朋友?你在哪儿?

给戴维上舞蹈课

八月。一个周四的晚上。我站在巴士站,在等去托特尼斯的大巴。我已经在啤酒厂的女厕所里偷偷换好了衣服,在夏季外套里面穿好了舞裙。包里放着舞鞋,连同一本图书馆的书。我放下了头发,喷了点水,让它稍微卷一点。

你当时在和家人度假,我很震惊地发现我有多想你。纳比尔安排了一个年轻的销售代表替你两个星期。尼布斯,他的名字。你还记得吗?尼布斯开车很快,哈欠连天。这两件事还经常同时发生。当一件东西被移除后,你才更清晰地看出它给你的生活带来什么,每当我坐尼布斯的车,就想念你的安全感、你的陪伴。我跟纳比尔明说了,尼布斯不是一个合适的顶班司机,只是以防万一,我怕我们的老板突发奇想,等你回来把你炒掉。这是我没有你的第四天。还有一整个星期要挨。我需要跳舞。我需要站在一个高个子男人身旁,抬起胳膊,假装,哪怕只是片刻,我又和你在一起。

在巴士站，我觉得袖子被人一拉。我知道那股味道。广藿香、香烟和啤酒。我未见戴维，先知其味。难道你已经回家了？

我没对你提我见过戴维，因为不想让你难堪。他差点卷进一场斗殴，还拿了我的钱。发现我盛装打扮，头发打着柔软的小卷，嘴唇是珊瑚粉色，戴维做了个鬼脸。他昂起头，就好像正尝试用一种新视角来定位我。显然这一变化把他逗乐了。

"你这是要去哪儿，奎妮·轩尼斯？"

"去外面。"

"外面？外面是哪里？"

我转而注视马路。我从未告诉过你，我喜欢跳舞，也没有提及我去过皇家舞厅几次。（我不想让你觉得我很绝望。）我得思路清晰。你儿子看起来就是那种会泄密的年轻人，单纯只为了看看会发生什么。"我去哪里不用你管。"我说。

戴维在我身旁站定。"不用我管？听起来很有意思。"他点起一根香烟，看也不看地摇灭火柴。"我也要去。"他吹散第一缕烟。

不管我去哪里，旅行到哪里，都会找到一个舞厅。我一个人去，尽管并不经常一个人离开。你独自在舞厅里时，是一种别样的寂寞。这和你坐在小套房里，没人知道你的任何事不同。在舞厅里，你会被分离感定义。你可以是什么的一部分，也可以不是。而且我的父母也喜欢。我是说跳舞这件事。我第一次就是这么遇见科比那个人渣的。他邀请我去跳狐步舞，事情就从那里发展下去了。

我对戴维说："你不会想跟我去的。那里全是老人家。回家去。你父母会担心的。"

他大笑："才六点半啊。而且话说回来，他们还在度假呢。"

我不由自主地觉得肩膀一颓："你没跟他们一起？"

"你一定是在开玩笑。"

戴维开始冲进过往的车流里。他一步踏到路上,我得把他拽回来。"你可以给我买你欠我的那罐啤酒。"他说。

在巴士上,我拒绝坐在他旁边。如果他想去托特尼斯,那我当然不能不让他去,但他不是跟我一起的,我也不会帮他付车费。

"我不明白你为什么这么敏感,奎妮。"戴维边说边把他的大头靴跷在我旁边的座位上。我一直尝试去读那本从图书馆借来的书,但也可能我一直都把书拿倒了。我所能意识到的,就是这个纤瘦的黑发年轻人在用你一般的眼睛盯着我。没有其他乘客,售票员在楼上。我强烈感觉到自己只能独自招架。

"你在读什么?"还没等我回答,他就站起来从我的手里抽走了书,"普鲁斯特?不错。"

他背诵出开头的几句:"*很久以来,我都早早上床。有时,我才刚把蜡烛熄灭,眼睛就很快合上了,我甚至没有时间说'我要睡了'。*"他说话时,也同样闭着眼睛,话语柔和地飘出,就像他本身已经蕴有一支歌。然后他把书放回我的腿上:"我本人更偏爱存在主义者。还有布莱克。你知道他吗?"

"威廉·布莱克[①]?是的,我知道他,"我背诵出一句,"*哦,玫瑰,你病了。*[②]"

"聪明。"戴维说。

售票员从楼梯底层冒出来,拿着售票机朝我们走来。我要了一张去托特尼斯的车票,用了"请"字。

[①] 威廉·布莱克(1757—1827),英国画家、诗人和版画家。
[②] 《病玫瑰》是威廉·布莱克的一首诗,最初发表在1794年。这句话是诗的开篇。

"我也是，"戴维学我说话，"托特尼斯。一张儿童票。"他没有说"请"字。

售票员从头到脚扫视一遍戴维。"你？儿童？"作为回应，戴维曲起长腿，然后是长手，也直直地回瞪售票员。我很少看到哪个十八岁男孩比他更不像小孩。

"用一天来打比方的话，我也就十五岁，先生。"

"我能把你扔下车去。"售票员说。

"这是一句承诺吗？"戴维说。

又一次，我落得个搭救他的下场。为了避免闹事，我说他和我是一起的，赶快帮他买了车票。等戴维跟我到了皇家舞厅后，我又得帮他买票进去。后来我还不得不为一罐时代啤酒、一杯威士忌酒后饮料和一包香烟买了单。

戴维和我抵达皇家舞厅时，舞会已经开始。尽管音乐很低沉，就好像是从我们脚下传来的，你仍能听到乐队的声音。

我们站在马路对面，看着刚到的人爬上混凝土台阶。天还亮着，但照明标志打亮了双开玻璃门上方的"舞"字，还有两根20世纪50年代的窗盒式灯柱在入口两侧发光。跳舞的人在他们的西装和舞裙外面裹着外套。把他们和其他行人区别开来的唯一东西，就是那银色的船型高跟鞋和擦亮抛光的系带鞋。

"这里的平均年龄多大？"戴维说，"六十？"

"差不多。"

"他们只是跳舞，是不是？"

"交谊舞。"

"他们应该在周六晚上看电视上的人跳。"

"那和自己跳不同。"

"不同？"我感觉到他有兴致地往下注视我。我没有看他。

"不同。"我说。

戴维新点起一根香烟。摇动火柴然后丢掉："那你为什么要来这里？你不能在金斯布里奇跳舞吗？"

"如果我在金斯布里奇跳，人们会认得我。"

"你不想让他们认得你？"

"不想。我想自己一个人。"

有时人们用他们必须付出的代价来衡量快乐。付出越多，就觉得自己越快乐。那些日子，我用必须旅行的距离来衡量快乐。戴维似乎能理解。他把嘴唇撇成一丝微笑，慢慢地点了几下头。能得到他的首肯有种怪异的愉悦。

我说："你看。你比其他人都要年轻很多。为什么你不去干点别的呢？我在最后一班回程车上和你碰头。"我已经开始感觉要对他负责。

戴维伸出双臂开始高歌："我本身就有乐感。"嘘，我示意。人们转身张望。他摆出一张严肃的面孔，但还是带着朝气。

"我不会在你朋友面前出丑的。"他说。

"我告诉过你了，我在这里没有朋友。跳舞而已。"

戴维耸了一下肩："随便你干吗，我就安静地坐着。"

我解释说人们会觉得很怪的——一个刚满四十岁的女人和一个快要去读剑桥的男孩在一起。

"人们怎么想有什么关系？"他说。

他的声音很轻柔，但话却很犀利，感觉就像和一个我不曾认识的你在一起。我得埋下脸来掩饰我的羞赧。

戴维把烟头扔在路上："你觉得他们会让我进去吗？还是活力

禁止入内？"他用手指刮刮浓密的头发，想让它更整洁一点。我打开手提包，递给他一把梳子。

"皇家舞厅只是个舞厅，"我说，"它不是个俱乐部什么的。基本上就是一堆老年人加我。"

"知道啦，知道啦，你都跟我说过了。我看起来怎么样？"

他向前移了一点，倾泻的灯光洒在脸上。他看起来怎么样？很好看。象牙白的皮肤。长下巴，分明的颧骨。眼睛像蓝色的灯。"你能过关。"我说。

"一起吧，奎。"让我惊讶的是，戴维拉起我的手，领我穿过马路，走上楼梯台阶。我难以相信他会这么做。我还不及他的肩膀，得加快脚步才能跟得上他。我在票亭给我们俩买了票，没有去看窗口后面的女人，然后穿过双开门，再次拉起了手。等走到门厅和舞池之间的光影交界处时，我激动地一颤，这是我在皇家舞厅从未有过的感觉。

我还不算常客，只去过那里六七次。相较于别人，有几个男人我稍微熟一点，但我没再寻找一段恋爱关系，因为我有你，哈罗德。我的爱已被占据。所以如果有男人在舞池接近我，我就做他的舞伴，但不给他我家的地址。如果他领我走上铺蓝地毯的楼梯去酒吧，我就自己掏钱买喝的。通常如果他伸出一只手想搭在我肩上，我就挺起背脊侧向另一边站。

"你有最美丽的嘴巴，"一次有个男人说，"像一朵玫瑰花蕾。"他的头发太油光水滑，看起来就像假的。"我或许无法克制亲吻你的冲动。"

"那，你为什么不更努力一点呢？"我回答道。

他给了我电话号码，以期我改变心意想一起吃饭。

从牛津毕业后,我开始跳交谊舞。我意识到自己不想成为学者,于是前往伦敦找工作。一个下午,我经过伍尔维奇区的一间舞厅,那种节奏的声音——慢,慢,快快慢,慢——让我停在了路上。那时我还没有舞鞋。没有礼服裙。但我从票亭买了票走进去,坐在没人能看到我的暗处。我待了整个下午。那时生活不易。我在酒吧里打工,勉强维持生计。但当我看到一对对舞伴跳着舞,亮片裙子,白褶衬衣,一个摇摆到右边,一个滑步到左边时,我又看到了美。就是那样开始的,我的交谊舞人生。这有点像问一个人他是怎么开始抽烟的。只因这个习惯刚好符合我的需求。

而且我不知道为什么定在周四晚上来皇家舞厅。我第一次去的时候刚好是个周四,所以就变成了常规。就像大多数顺其自然的人一样,我一直固守惯例。

戴维和我进入舞厅时,舞池已经满了。我选了一张朝着背面的圆桌,远离吊灯的黄光。舞厅的另一端是挂着红色长绒帷幔的舞台。乐队演奏了一首中拍的摇摆舞。我给戴维买了啤酒。

戴维弓着个背,膝盖像活塞一样上下抖动,下巴托在手上,从坐姿来看,我推测他厌恶皇家舞厅。我忍不住用他的眼光来看这个地方。这只是一个天花板压得很低的昏暗大厅,有假的水晶灯,还有许多老人家手挽手地慢步走。连穿蓝裙子的我看起来都矮矮的,像蜡像一样。我在干什么?我再也不会来了。

我伸手去拿包。我说我们该走了。

现在?他说。

对,现在,戴维。

但还没结束啊,他说。

我累了,我告诉他。

"我以为我们要去跳舞的?"

"你和我?"我又笑了。我错了。

"如果你不想和我跳,我就自己一个人跳。"他很鲁莽地站起来,结果那把仿洛可可式椅子的金腿猛地向上一抬,向后飞去,翻倒在地。他大步朝舞池走去,和其他看客擦肩而过,他似乎都没在意。我隔了一小段距离跟着他。我不想让场面难看。还没等我阻止,他已经挤到了舞池的正中。那就是他,在所有那些淡紫色的女士和秃顶的男士中间,就像一个恐怖的粉彩色慢速转轮的轴心。我在转轮边缘停下,就站在阴影里。

我想起第一次看到你,你在雪里摆动身体。我完全迷失在回忆里,那么不同于舞厅,有一度我都忘记了戴维。我想的只是你。

然后有人说:"那孩子在干什么?"

戴维站着纹丝不动。他似乎已经忘了自己在哪儿。一对穿着相配的塔夫绸裙的年长女士们笨拙地撞上他,又弹开来。然后有事发生了。

戴维伸开他的双臂,点出右脚。他开始了一段精心的探戈舞步,沿着舞池来来往往。他滑步,骤降,飞转。人们停下来观看,皱眉,继续跳他们更为常规的舞步。不到片刻,戴维似乎就厌倦了自己的舞蹈,把手肘紧紧夹在身体两侧。他开始伦巴。等他也跳够了伦巴,又开始和隐形的舞伴假装跳华尔兹。他几乎是在沿着舞池的圆周疾驰,同时闪避其他舞友。他那厚大衣的侧边——他仍穿着厚大衣——拍打得像两扇巨翼。

其他人当然很恼火。他们怎么能不火?他们停下,分开来,一个个离场,于是只剩戴维和几对勇敢的人了。我还是没动。

"穿外套的那个笨蛋是谁啊?"乐队指挥对着他的麦克风说。

一阵笑声扬起。

但戴维似乎没有注意到。他已经完全抛开了他的交谊舞步。他在做单腿弹簧跳。我只差一点就要离开了。那是实话。如果他有能耐让舞蹈停下，那搭上末班车一定不在话下。然后我又看了一眼，他身上有种非常肆意的东西，那么特立独行，那么欢乐，我完全不能动弹。这不是我看过的你跳舞的样子，也不是我跳舞的样子，但却是同一种东西。你的儿子在舞蹈里。

一个保镖在我身旁停下，松活了几下肩膀，就好像打算揍戴维。你儿子似乎对人们有这种影响。

于是我冲进舞池中央。戴维的眼睛闭着，头发和脸都闪着汗水。但我在他身边找了个位置，开始蹦跳。

"这太他妈爽了！"他大笑。

是，我说。狐步舞也是，戴维。不如换成那个试试？

坐巴士回家的路上，戴维很安静。最后他说："你不会告诉我父亲吧？"

"为什么？"我说，"为什么我不该说？"

"母亲会伤心的。我答应过她，你知道吗。我答应过，他们度假的时候我待在家里。最好什么都别提。她头会疼的。"

我感到一个趔趄，就好像暂时失去了平衡。我不知道是我心神不宁呢，还是别的什么。内疚？为什么我不更努力一点甩掉他？他是你儿子。他不是你。

"但我下周四会再见到你的，对吧？"戴维说，"我会再跟你一起来。"

结果，啤酒厂里接下来的一周更糟糕。我和酒吧老板们开过几次艰难的会议。有人向纳比尔投诉,说我多管闲事。与此同时,尼布斯开车开得太快,我的脚不断地撞上看不见的踏板。我想你想得要命。我需要跳舞。

但那个周四我没有去皇家舞厅。

做椅子的人

慢，慢，快快慢，慢。两步后退之后是两个更小的快滑步，滑到一侧。并步，就像停一下呼吸，然后你再开始。

父亲教会我跳舞。母亲跨坐在一张厨房的椅子上，哼着曲调。她告诉我们，她块头太大了，跳不起来；她会打碎东西的。我一直不理解那句话，因为她和父亲初见时，一定跳过舞。在记忆里，我跳舞的时候，母亲一直在剥豆子，尽管我的整个童年期间她不可能都在剥豆子。父亲把我的小脚放在他的大靴子上，让我掌握步法的要领。在舞池里，他说，一切都有美感。别笑，奎妮。你问你母亲。这是一件严肃的事情。

他是个木工。我说过吗？他做木头椅子。公园座椅。他把整个成年时代都用来给人们创造坐的地方，而自己到死之前也没能好好休息一下。

父亲喜欢玩一个游戏。或许因为母亲太实际，而且语言也是个障碍，他就经常和我玩。他最喜欢的游戏都是他自己发明的。我还很小的时候,他会穿着一身工装裤站在客厅里,明显看不到我的样子。我个头比父母小,这是当然,但我也不是拇指姑娘。

"那丫头在哪儿啊?"他会说,并从桌上掀起塑料垫子,从沙发上拉起沙发罩。

"我在这儿啊!这里!这里!"

他好像从来不担心,也不生气,只是极度肯定自己能找到我。我则完全相反。我把胳膊抡起来,拉扯他的工装裤,黏在他的身上,拼命地尖叫又大笑,以至于五脏六腑都搅作一团。

"那个丫头呢?"

这游戏太欢乐了,因为它很安全。我在那儿,父亲在那儿,尽管他看似失去了视力——还是我?是我获得了隐身的能力吗?——我知道只有等父亲一个俯视与我四目相对时,游戏才会结束,他惊叹一声:"啊,你在那儿啊。"然后把我举到肩上。

"你们俩啊。"母亲会说,就好像父亲和我是打她从没去过的地方来的陌生人。她会继续剥她的豆子或者打碎东西。

等我长大一点,父亲发明了一个新游戏。它以"我有一个严肃的问题"作为开头。这变成了母亲起身离开的暗示,不过父亲是个脾气温和的男人,他从不因此动怒。他会描述一段飞机上的旅程。突然你被告知,飞机就要坠毁。你这一生最后悔没做的事是什么?

(这时我会答道:"我真希望自己能弹钢琴。""我真希望我有温蒂·蒂勒那样的胸。"诸如此类的。母亲的回答——除非是圣诞节或者我的生日,否则她不会玩游戏的——更加务实。她会翻个白眼,开始撂盘子。当啷,当啷。我们的脸都在抽搐。"我真希望有个人能去泡杯茶。")

"好消息!"父亲会说,"你的飞机获救了!"他看起来美滋滋的，就好像这事由他直接负责，"但你要怎么做呢，奎妮，想学弹钢琴的那件事？"

这都是一个从没坐过飞机（更别提演奏乐器了）的男人发明出来的。这个游戏每次都能感动他。

等再长大一些，我变得更没有耐性。我对此后悔了，但我开始走母亲的路线。

你的飞机就要坠毁了。你最后悔的是什么，奎妮？

我最后悔什么？后悔去度假。

我最后悔什么？后悔没订火车票。

母亲觉得这些回答异乎寻常地滑稽。事实上，它们让她扑哧一笑。

等我离家去读牛津后，父亲就放弃了他的游戏，就好像它们太蠢。节假日我回到家，但屋里有阵寒意。父亲在他的工作间里把坏了的物件摆成一排。母亲丢掉它们，把它们扔在屋里。我没说这是不幸福的婚姻，只不过它已经磨损，就像一件你不再保养的旧外套。那段时间里有过破洞。有过薄补丁。母亲会把它扔掉了事，父亲则希望有一天能抽出时间来修补它。两件事情都没有发生。他们只是一直穿着它。当我回家时，我的在场似乎把这段婚姻又钉在了一起。母亲会去取来所剩无几的最好的杯子。她会用煎肝来诱惑我。（"你看起来太苍白，"她会说，"太苍白。"）父亲会两眼迷离地看着我。我想我的父母一直不太相信他们有个女儿在牛津。他们把我当成大奖对待，一个高于他们的东西，反过来，我的行为举止也像个稍有距离感的人。我写信，但不定期写。我极少打电话。从牛津毕业后，我找了很多理由——全部都是好的理由——不回家看望。

我现在后悔自己没有时常看望父母。但我被生活缠住了。我自己犯下的错误。最后一次见父亲时，他在修剪一棵老苹果树。他说想让它见到来年春天，但从他野蛮对待它的样子看来，如果能熬到下一周我都会很惊讶。我取来梯子帮他修剪，尽管那时我对树木一无所知。周末剩下的时间里，我们大多在晒太阳。父亲聊起他的退休。他说想带母亲去奥地利度个假，她拉住他的手。那是快乐的时光，我记得自己好奇过，为什么我要保持距离那么久。我不在的时候，他们显然和解了彼此的差异——或者至少他们已逐渐开始珍惜曾经有过的那种爱。父亲去世时六十二岁。母亲几个月后也过世了。租来的那栋房子呢？它当然也陪着他们走了。他们一直没能去成奥地利。

但打造椅子，这是一份尊贵的职业。我真希望给父母表演过我的舞蹈。这毕竟是他们给我的。

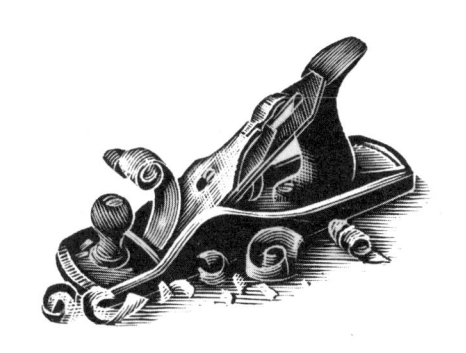

我们死的时候该唱什么歌？

"亲爱的奎妮，"凯瑟琳修女读道，"参观了罗马浴池，泡了个澡；还遇到一个很著名的男演员，但我认不出是谁；和一个外科医生吃了奶油茶点。今天是艰难的一天。祝好，哈罗德·弗莱。"

"在我听来并不艰难。"芭芭拉大笑。

医院答应过，今天派心理辅导科的人过来看望我们。基于员工生病和近期裁员，所谓的心理辅导科，就是一个三十岁出头的女人，她花了好长时间努力地把她的菲亚特挪进一个空的停车位里。我们从娱乐室里看她先是倒进颐乐花园，然后径直撞上一个写着"此处禁停"的牌子。她从头到脚一身紫。紫色头巾，紫色连衣裙，紫色开衫，紫色鞋。这女人看起来就像一块巨大的瘀青，亨德森先生说。她缩着头跑过雨里。风抽打着窗户，吹倒了植物。

"心理辅导科"安排我们围成圆圈坐好，问我们想不想谈谈死亡。我们可以想问什么就问什么，她说。全部的背景音就是清喉咙、肚子咕咕叫的声音和沙哑的呼吸声。我们都变得很忙,也不知道在忙什么。蒸汽从她的湿头发和湿衣服上袅袅升起。

"你要是不介意的话,我更愿意谈谈性爱,"芬缇说,"有谁最近有过吗?"

珠母纽王笑得太厉害,胳膊都掉下来了。

不,是真的掉下来了。他承认,他没有把它绑在残肢上,只是撑在夹克的袖子里了。绑带让他胳膊酸疼。芭芭拉发出一阵快乐的嗡嗡声来掩饰放屁。"心理辅导科"打开她的文件夹,检查笔记。

或许我们应该换个话题,聊聊音乐,她建议。有人想对自己的葬礼提要求吗?她解释说,很多人没有分享他们最爱的歌曲或诗歌就去世了。"而且这是你的葬礼,"她说,"你必须说出来你想要什么。如果你的亲朋好友知道你最爱的歌曲,就能缓解巨大的压力。"

"我们这里没有人有亲朋好友。"亨德森先生说。

"你只能代表你自己,"珠母纽王说,"我上一次问的时候,还有二十个孙辈呢。"

"而我有邻居,"芭芭拉补充说,"她只是太忙,没时间来看我。"

"哦,老天,"芬缇说,"我的人生就是顺得一塌糊涂。十六岁结婚。十七岁离婚。那就是最好的一段了。没人会为我掉一滴眼泪的。我走的时候,你们可以在我身下点一根火柴,然后打开收音机就行了。"

珠母纽王这一次大笑时,托住了自己的肩膀。

亨德森先生翻了个白眼,瞪着他自己的手表。一个穿格呢家居服的病人——他是昨天到的——已经闭起了眼睛。

我对"心理辅导科"感到抱歉。我在笔记本里写了些话,让凯瑟琳修女读出来。

"奎妮想要一首珀塞尔①的歌,叫《哦,孤独》,还有《铿锵玫瑰》,保罗·罗布森②唱的。"我的心怦怦直跳。

"那很温馨啊,""心理辅导科"热情的话语把新病人都吵醒了,她惊慌地高喊,"你愿意告诉我们为什么吗?"

我在笔记本里写,我以前在金斯布里奇时,常用留声机听珀塞尔的唱片。从公立图书馆借来的唱片。它让我想起一个朋友的儿子,尽管我很小心地不去提他的名字。

第二首歌,我写道,是我父亲最爱的歌曲之一,于是它也成了我的最爱之一。他以前常在工作间里唱,母亲会停下家务事来听。有时你能爱上一样东西,并不因为你本能上与它相连,而是因为另一个人的关系,把他们的东西放进心里能够把你带回他们的身边。

---

① 亨利·珀塞尔(1659—1695),英国作曲家。
② 保罗·罗布森(1898—1976),美国歌手及演员。

我花了好一会儿才把这些话都写到笔记本上。没有人抱怨,连亨德森先生都没有。这是我第一次写到我的葬礼。

我没有补充说自己仍保留着珀塞尔的那张唱片。我这辈子从没偷过东西,除了那个。金斯布里奇图书馆的唱片部可以用我的罚金买下一整区新的古典唱片辑了。

当然,如果图书馆还在,还有古典音乐区的话。

但我没在娱乐室里流露任何情绪。"你是个杰出的人,奎妮,"芬缇说,"我要当《泰坦尼克号》里那个女的。双臂张开之类的。那首歌叫什么?"

"你说的是席琳·迪翁的《我心永恒》吗?""心理辅导科"问,"那是很热门的葬礼歌。"

"我的第三任妻子选了它在我们的婚礼上放。"珠母纽王说。

"婚礼上也很受欢迎。""心理辅导科"加了一句。

"我那个妻子的心可没永恒多久。她跟酒保跑了。"

"席琳·迪翁有种新鲜的气息,"芬缇高声说,"杰德·古蒂[①]也是。"

"杰德·古蒂不是死了吗?"亨德森先生问。

"但她还是有种新鲜的气息。"芬缇说。

"我们能不能回到葬礼音乐的主题?""心理辅导科"高喊。

之后气氛就活跃起来了。芬缇告诉我们,她想让所有人在她的葬礼上都穿亮色,在停车场就要抽上一口大麻。她不想让我们凄凄惨惨地在停尸房里瞎晃悠。("恕我冒昧,院长嬷嬷,"她补充说,"但那里总是冷飕飕的,有点严肃。")每个人都笑了,包括

[①] 杰德·古蒂(1981—2009),英国真人秀《老大哥》里的名人。

菲洛米娜修女，芬缇还告诉"心理辅导科"，她可以穿她的紫衣服，如果她愿意的话。然后"心理辅导科"变得非常沉默，非常静止，就好像被人摸进了衣服里，她说："你是说，你想让我参加你的葬礼吗，芬缇？"

"我当然想啊。我能找到的朋友都要来。在接待处，我想放康沃尔郡的菜肉烘饼，还有所有颜色的波普甜酒。匿名戒酒会的老头子来的话，可以放些柠檬水，这样修女们也能喝。"

其他人也参与进来了。珠母纽王说希望他的葬礼上别有麻烦。他的前任妻子们都有过节，他女儿的婚礼大出血一千英镑。然后新来的病人说，他想被装进柳木箱子里埋掉。亨德森先生问，柳木？传统的木头棺材哪里不好？有黄铜配饰和丝绸衬里。珠母纽王咆哮道，你埋得起现金的话当然更好，新病人说，我们这里有些人需要考虑家人，然后亨德森先生高呼，你以为我喜欢自己一个人住啊？

争吵声越来越大，"心理辅导科"的脸都变白了："一个一个说！一个一个说！"

"哦，闭嘴，"芬缇说，"我们玩得正开心呢。这就是生活。"

好吧，就那么着了。每个人都在咆哮，连"心理辅导科"也是。而且芬缇是对的。我们最近都耗费了那么多时间，我们所有人都是，被人检查，被人剖开，被切掉这里一点那里一块。我们耗费太多时间接收坏消息。那些事本身并不适宜开玩笑，所有那些事。但现在我们在这儿，都是不良品，或者至少在生命的尽头，这真是一种解脱，一种幸福的解脱，可以这样看着生命的尽头，不再恐惧，不再像其他人那样争论不休。尽管讨论的主题是我们的葬礼计划。

"你呢，奎妮？""心理辅导科"说，"你想要什么？"

我想了一下，然后写道，**请把我的骨灰撒到我的海上花园里。**

芭芭拉开始唱《我心永恒》。她把手夹在腿间坐着，眼珠子也被夹着。（"我打赌那东西在动。"亨德森先生说。）芭芭拉的声音稀薄纯粹，就像一幕海雾的面纱，跟着浪潮席卷而来，挂在我花园里的树梢上。然后珠母纽王开始以重低音低沉地伴奏，亨德森先生紧随其后。新来的病人跟了几个小节，芬缇对我点头示意，说："来啊，奎妮。一起跟着哼，小妞儿。"

我没说我们组成了合唱，也没说我们唱的歌词一样——甚至都没在同一个调子上。但我张开了嘴，不再是独自一人，感觉上这就是一份小礼物。

你记得吗？《老鼠瞎三只》[①]？我记得。当我唱给你听时，感觉就像给你展示我没穿鞋的脚。

一曲歌毕，"心理辅导科"擤了一把鼻涕后道歉。珠母纽王说："你想哭就哭吧。上帝保佑你能过来看我们。有大把的人甚至都不愿意跨过那道门槛。你想挽我的手臂吗？"不过我想，在这个时刻，她害怕他指的是那只没连着身体的手臂，于是她说她没事，真的。只是这一天很怪，她说。怪异而美妙。

"葬礼的讨厌之处就是，"芬缇说，"那么多好人唱着你喜欢的歌，说着你有多好，但你却不在。我宁愿现在就能听到。"

"不管怎么说，"珠母纽王小声嘀咕，"我觉得你万里挑一。"

芬缇变成了水煮甜菜头的颜色："我打赌你对所有姑娘都那么说。"

[①]《三只瞎老鼠》是一首英语儿歌，因为奎妮以前把歌倒过来唱，所以这里为《老鼠瞎三只》。——译者注

"确实是，亲，但这并不说明它不是真的。"他绽放出一个温柔的微笑，深棕色的眼睛一直看着芬缇。他以前一定很帅。

"哦，死开，"她咯咯地笑，"一边儿去，行不行啊你。"她之后就讲不出话了，因为一直在笑。

喝茶的时候，亨德森先生一直盯着我看。我以为是因为我把亚麻餐布糊得一团糟，但等盘子都收走，每个人都离开餐桌后，他仍看着我。他站起来，一瘸一拐地走过来，把他的齐默式助行架停在了我的旁边。

"我喜欢珀塞尔。"他说。

"所以，是真的吗？"玛丽·安贡努修女打完字之后问。她在通读纸页，检查错误。她抽出涂改液，修正了一处差错。

我给了她一个疑问的表情。

"今天是你第一次考虑你的葬礼吗？"

我点点头。是的。

"那样可以吗？"

只是刚好想到了那个想法。仅此而已。没掺杂别的什么。

玛丽·安贡努修女笑了笑。"好，"她说，"那就好。"

极有耐心

"哈罗德?"我说。

那是你回到啤酒厂的第一周。你记得吗?我需要你回想一下,因为你的理解非常重要。

你出门的时候晒黑了。我晒黑的话看起来会很窘迫,但你的皮肤却是蜜色的。头发里有金色的小颗粒,眼睛比我记忆中更蓝。那明显很适合你,我是说,好天气。我真想扑上去紧紧拥抱你,只是因为舒了一口气。我放心了,你又回来工作了,尼布斯离开了,你车里的味道又回来了,你的手又放在了方向盘上。你坐在驾驶座上,而我坐在你身边。

"你被挠痒痒啦?"你说。

我不得不假装自己在想着笑话。不是个很好的笑话。两个劫匪和一条短裤。噢,哈哈哈,你笑着。笑纹在你的脸上绽开。"蛮好,"你说,"蛮好。"于是连我都开始看到它好笑的一面。

之后我问你是怎么享受假期的,你说:"是啊,是啊。"然后你说:"你想我了吗?"只不过你是用开玩笑的语气说的那句话,就好像不会有人想你。

*在你的门前为我筑一座柳木小屋,不时来屋中拜谒我的灵魂。*① "我有自己的生活,哈罗德。"我带着笑意说。

"那你都在忙什么?"

"哦,平常的事啊。"我无法看你。我想起戴维在皇家舞厅里蹦蹦跳跳,保镖不停地松着肩膀。我想起我教戴维跳狐步舞时,他脸上的专注。

"你还好吧?"你问。我告诉你,我需要停车。我需要告诉你一些事情。或许是太阳的缘故,你说。我说,或许是吧。我只是需要透口气——

"有些事情让我担心。"我说。

你把车停到小厨师咖啡馆的路边。你努力回忆一下这件事,哈罗德。你在照不到太阳的地方给我找了一张桌子,然后去柜台帮我点了杯茶。我看着你从后兜里拽出钱包,说了些什么——我听不到——你的话让那个收银的姑娘笑了。

哈罗德?我发话了。

但你打断了我。你要不要糖?

我又试了一次。哈罗德?我说。

要不要再来点奶?

不要。谢谢你。不用再加奶。我的茶这样就很好。哈罗德——

"我妻子也在担心。"你说。莫名其妙来了一句。

"哦?"

---

① 出自莎士比亚的《第十二夜》。

"她担心我们的儿子。"

"为什么?"我感觉透不过气来。

"哦,你懂的。他不是小孩子了,我猜。我们不在家的时候,她很想他。我觉得这个假期她都过得不太好。"

这是老天给我的暗示,让我告诉你,我遇到戴维了。我们跳舞了。但现在你告诉我莫琳在担心,我就词穷了。这看似很残酷。要想告诉你跳舞的事情,就有其他很多事情也需要交代——比如,像你一样,我也知道怎么跳舞。比如有时我去皇家舞厅,就为了假装某个陌生人是你。比如我在大街上救过戴维一次。比如他叫我不要告诉你皇家舞厅的事。还有,对,莫琳的担心是对的。你的儿子是个麻烦人物。

总而言之,要在小厨师咖啡馆里说明的事情太多了。

我和你面对面,隔着一张薄板桌子,我感觉话语都枯竭了。我把头埋进手里。

"头疼吗?"你说。

"我会没事的。"

我去洗手间里冲了把脸。在镜子里不小心看到自己,我惊恐地发现,我看起来那么疲惫和紧张。

我们走回你的车,你的儿子已经在我们两人之间造成一小条黑暗的裂缝。

我真希望那天告诉了你真相。

对蓝色过敏的男孩

夜里,脚步声在走廊上来来去去,我被吵醒了。

"到床上来,芭芭拉,"一个护士叫喊,"让我帮你。"

我试图休息,但时睡时醒。我被三个版本的戴维唤醒。三段独立的记忆。我在脑海里做了笔记。跳舞。微笑。手套。我一遍遍地想着这几个词语,那样我就不会忘记。

早晨的例行程序很复杂。值班护士花了很长时间检查我的脖子和下颚。"你觉得哪儿疼吗?"她说,但我只是指向笔记本。我想告诉你那些记忆,在夜里奔向我的那些快照,哈罗德。一个父亲无法用陌生人的眼光来看自己的儿子,所以他会错过一些东西。这是生活的小悲剧之一。

来吧。

第一张记忆快照是戴维第一次跟我去皇家舞厅的三周后拍的。从那次之后我就没有回去过,三周后我觉得应该安全了。但戴维正在巴士站等我。

"你出什么事了？"

我找了个蹩脚的借口。他和我一起上了车，甚至都没问一声。我的心一沉。

他穿着大外套。我穿着舞裙。带了鞋。他把马丁靴换成了一双帆布鞋。在皇家舞厅，他跟着我走进舞池，问我们能不能跳狐步舞。慢，慢，快快慢，慢。我惊讶地发现他学得很快。他只消观看就会跳了。

往常的乐队指挥放假了，顶替他的人一副淘气的长相。他加快节奏。要跟上音乐跳。这是戴维的主意还是我的主意，我说不清，但我们也加速了。不再是慢，慢，快快慢，慢。变成了快快跑跑快快。戴维和我满舞池地飞，就好像我们没有脚。我正好奇怎么会没撞上人，这时才想起来，其他人都停下了，为我们腾出场地。戴维把我摆出去。拉回来。他用力地让我旋转，然后把我搂进怀里，再抛我出去拉住我的手。我心想，你这都是从哪儿学来的？但他不是学来的。他只是现编的。我的肺生疼。皮肤渗出汗珠。我这辈子从没这样跳过舞。音乐停止的时候，我在颤抖。

回家的一路上，戴维都在笑："他们鼓掌了，你看到没有？"

是的，戴维。有几个人鼓掌了。

"他们注意到了。"

他们当然注意到了。

"以前有过一次舞蹈比赛。我们在度假，我和我父母。我想赢。但我是个孩子。不知道怎么跳舞。我就，你知道吗，就乱甩身体。我以为人们大笑是因为我跳得好，但之后我看到不是的。他们大笑是因为我很奇怪。我四下里找父亲，但你猜怎么着？他也在大笑。而妈妈呢。好吧,她只是把头埋进手心里。就好像她不知道该怎么办好。我看着他们。小奎,感觉就像我没有归属。"

这故事打动了我。我同情戴维。我知道一个青少年看着自己的父母,发现他们和自己几乎没有一丝相像,这有多困惑。但我也知道你有多爱你的儿子。我想保护你:"或许你父亲在笑别的事。笑话或是什么。"

"他不是,"戴维说,"他不知道该拿我怎么办。"

"等你再长大一点就会容易些。"我告诉他。

他讥笑一下,转过身去。

戴维注视着窗外的漆黑。忧郁的瘦脸在黑暗里航行。他闭上眼睛睡着了。我看着他的额头靠在玻璃上,我看到你们两个化为一人。一个是想被人注意的戴维,一个是想消失的你。你和你儿子是同一个人的南北两极,而我夹在中间。或许我可以充当一座桥梁。或许我可以把你和戴维重新连在一起。

我告诉自己,没有必要提你儿子和我跳过舞的事。毕竟,我是在做修补的工作。我会再找个时间告诉你。

第二张记忆快照是在托特尼斯的大巴上拍的。戴维已是第三次出现,我很高兴见到他。我对他谈起你。你在啤酒厂多受人尊敬。你和酒吧老板们的关系处理得有多好。说实话,我是在自娱自乐。我喜欢谈论你——我也没有其他人可以说。

"是啦,是啦,行了。"戴维说。他把脚跷在对面的座椅上。

"你父亲喜欢带给人们快乐。"

"快乐?"他重复一遍。他有一种能力,能把非常中立的词变得听起来不适,或者说,至少变味。

"对。他喜欢看到别人笑。他是个好人。"

他的脸拧在一起。

"这样好多了,"我说,"现在你也在微笑了。"

"我不懂你什么意思。"他说。

不过,戴维显然一直在思考我的话,因为在回家的路上,我刚好看到他对着大巴的深色车窗深锁眉头。他皱起脸,上下动着嘴巴,甚至用指头把嘴推成半月形。当他注意到我在看时,说:"看起来就是不对劲。"

"什么东西看起来不对劲?"

"我笑的时候看起来老是不像我。"

"你觉得自己什么样?"

他做了个怪相。好幼稚。他伸出舌头,朝我鼓起眼睛,像某种食尸鬼,就好像他想吓唬我,尽管他这么做,自己却笑了。我递给他一颗薄荷糖,他却说:"少跟我来这些糖果扯淡。讲点真话,小奎。你有男朋友吗?"

这问题让我慌了阵脚,但我没有退缩:"我爱着一个不爱我的男人。"

沉默了一小会儿。

"太糟了。"他拍拍我的手,轻声说。我什么也没说。"他是谁,小奎?"

"这无关紧要。"

"他知道吗?"

"老天,不知道。"

"你快乐吗?"

"是的。"我大笑,"很快乐。"

戴维盯着我看了一会儿,想看进我的脑海里,找出那个我不愿意说出名字的男人。这一次转移目光的是我。

* * * * *

三号记忆。我们在码头下面。你儿子喝着啤酒。我们穿着外套,我戴了手套,因为我们刚从托特尼斯回来。天色已晚。我们看不到河水,但能听到船只撞击泊地的嘎吱声。这段记忆是在十月拍下的,就在戴维动身去剑桥之前。或许是夜风里腐朽的气息让我伤感。我们在一起只跳过四次舞,但有戴维在生活中,我就好像在照顾另一部分的你。

所以当他要我的课本时,我很惊讶。他提醒我说,我告诉过你一次,可以把课本借给他。我没意识到你会跟戴维提起这个想法。我好奇你还告诉过他我的什么事。同时,戴维说他去剑桥之前,可以在周末顺便过来一趟拿书。他问我要地址。我写在了车票背面。

他看都没看就把地址揣进兜里,然后说:"我觉得我对我的手套过敏。"

我哈哈大笑。这正是你会做的事情:突然间蹦出一句评论来,与之前的事情看似完全没有关系。

"你怎么会对手套过敏?它们甚至都不是羊毛的。"

"是颜色的问题。蓝色让我打喷嚏。我以前有过一条蓝色的围巾。母亲给我的。它也让我打喷嚏。就像一直在感冒一样。我不得不假装弄丢了它。"

"但那很荒谬啊,戴维。颜色不会让你打喷嚏的。"

"你是说颜色不会让你打喷嚏。人们总是假定一件事如果适用于他们，就一定适用于其他所有人。这么看待生活真是很狭隘。"

我扯下我的红色羊毛连指手套，递给他。戴维把手指拱进去，尽管这手套他戴太小了，几乎都撑不下他的指关节。他饶有兴趣地研究起自己的手来，侧过来翻过去地看，就好像他以前从没见过它们。我只能搓着掌心抵挡严寒。

"谢了，"他说，"我留着了，小奎。"

他真留着了。他留下了手套。

"你觉得我在剑桥能行吗？"他对着黑暗说话。

娱乐室里，芬缇打断写字的我，问我夜里有没有听到芭芭拉的动静。我正集中精力想写完关于戴维的三段记忆，所以一开始我没抬头。

"喂，小妞儿，"她说，"放下笔记本，我在跟你说话呢。"

我转向芬缇时，她正一副焦虑的表情。她过来坐在我旁边的椅子上，手臂紧紧环抱自己，膝盖高高地抵在胸前。她拨正她的粉色牛仔帽，把帽绳紧紧拉近脖子。她说："有些人是会这样。就在最后时刻，他们开始闹。他们放不下，你懂吗。我以前见过。"她用指节揉鼻子，我好奇她是不是在哭。

我们看到芭芭拉在椅子里睡觉。暗淡得像朵报春花。菲洛米娜修女握着她的手。

芬缇说："但她今天看起来好些了。我估计她会没事的，能挺过去。我真是那么估计的。你不认为吗？"

外面，修女们帮助病人在朝阳下走动。湿草闪着银光。似锦繁花几乎都消失了。一张蜘蛛网挂在窗户的一角，湿答答的，看起来像毡子做的。芬缇晃晃我的胳膊。她的脸贴近我的脸。泪光盈盈。

"如果我闹的话，"她低声说，"他妈的就开枪打死我。"

给戴维的信

"你儿子会没事的，"我在车里告诉你，"我敢肯定他会没事。大学多精彩啊。"

那正是在戴维离家之前。你还没有告诉我，你为他的离开担心。绝对不会那么直接。对你而言，我甚至不认识你儿子。你只是告诉我，你妻子在为戴维准备小包的食物。包在防油纸里的水果蛋糕。瓶装水果。一罐罐的腌洋葱。（显然是他的最爱。）都是能在他房间里放上很久的东西。她担心的是，如果任由戴维独自生活的话，他会忘记吃饭。她还专门去了一趟普利茅斯，给他买了礼服衬衫和一件夹克，因为她不确定剑桥的学生穿不穿黑T恤。

"但学生都很邋遢的。"我说。

"真的吗？"

"是啊，哈罗德。他们不打高尔夫球俱乐部的领带。"我大笑，你也笑了。

"我希望他写信回来。"你说。

"我肯定他会的。"

"如果莫琳收不到他的信,对她会很难的。他的沉默,你知道。嗯,会伤透她的心。"

戴维动身去大学的前一天下午,突然出现在我的公寓门口。他说他是过来拿我的课本的。他在门口徘徊,看起来出奇紧张。他一直在拨弄自己的刘海,尽管通常他都开开心心地让它盖得满脸都是。我向他说明,他不需要进屋,但他说想进来。事实是,我也很紧张。我们没有敲定一个具体时间,我也不太肯定他会露面。尽管只和他共度过几个晚上,我了解他会很叵测。

"我家很乱,你别介意。"我说。我的公寓一点都不乱,从来就没乱过,但我不知道还能说什么。在公众场合教一个十八岁的男孩跳狐步舞是一回事。让他踏进你的家门则怪异得多。他跟我走进客厅。

我很快把书摞成一堆。我在每本书里都写了自己的名字。我以为他会马上离开,但他拿起一本书,开始哗哗翻阅。尽管他在翻书,我仍能看到他在用眼角的余光观察电暖气旁的椅子,通往小厨房的门,还有我给自己当午餐的两个三明治。就好像他在为了自己,观察着我私生活的所有这些细节,以某种方式记在心里。

"我恐怕没有啤酒给你喝。"这是我在礼貌地送客。

但戴维一笑:"茶也不错,小奎。"

他顺势倒进我的椅子里,继续读书。他没有脱掉外套。当我把绿色的茶杯放在他脚边时,他用纤长的手指去够它。他似乎不经意地喝了茶,又貌似不经意地吃掉了我的午餐。之后他把腿跷在我的椅子扶手上,开始抽烟,不时把烟灰弹进我的绿色杯子里,有时没弹进去，就撒在地毯上。"你家里一定有很多事情要做，"我说，"父母一定在等你。"

"没事的。"他说着又要了些茶。

最后我坐到厨房里去。我想知道戴维有没有告诉你，他要来我家借课本。我再一次下定决心，不管有多难，都必须向你坦白交代。我没能跟戴维划清界限，现在该让事情回归正轨了。

"你好啊。"我没有听到他靠近，所以当转身发现戴维正默默地看着我时，我跳了起来。我不知道他在那儿站了多久。他咧开嘴犀利地一笑。他已经读完那本书了，他说。

"全部读完了？"那是柏拉图的《理想国》。

"是啊，还不错。"

他拿起一条长面包，又开始漫不经心地把它撕成小块，就好像他的身体习惯了自我进食，不需要大脑注意。然后他从外套口袋里抽出一个信封："这是给我的吗，小奎？"我的胃里翻江倒海。*致戴维*。是我的笔迹。

戴维露面之前，我才刚写完这封信。我把它夹进其中一本书里，打算让他到了剑桥再看。

我试着抢回那封信，但他把它悬在我的头顶上晃悠，我根本够不着。"信是写给我的。"他嘲笑我想拿回信件拍打他胳膊的样子。

"没写什么。"我说。

"感觉里面有现金。"

"还给我。"

"它是我的。我想知道里面有什么。"

他把信封撕开。往里窥视。我尴尬得要命，只得推开他离开厨房。他读信时，我就在小客厅里踱步。

事实是，这封给戴维的信我写了很长时间。父亲在我前往牛津前给了我一封类似的信，我仍留着它，把它夹在一本诗歌集里。我提醒戴维，他是一个多么有才华的年轻人，上天赐予他非凡的聪明才智和无比光明的未来。我敦促他开口之前要思考，因为大多数人都是因为忘记做这件事，才陷入困境的。像你一样，我也为他担心，他要进入一个更大的世界了。我见识过几次他对别人的影响，不想让他惹上麻烦。我补充说，如果家人偶尔能收到他的信会很好。我指的是你和莫琳。我想帮忙的。

尽管我故作轻松，这些话在一个十八岁的年轻人读起来，很可能还是太多愁善感了。戴维离开后不久，我发现信被丢掉，连同信封一起，丢在厨房的餐桌上。他唯一留下的东西是叠在信里的一张二十英镑纸币。最后看来，他还从我的钱包里自行拿走二十英镑，从冰箱里拿走一瓶哥顿金酒，还有我的搅蛋器。出于我不能理解的原因，他偷走搅蛋器这件事最让我愤怒。

每当我想做煎蛋饼却不得不用一把叉子将就着对付时，就回忆起他做过的事。为什么要拿我的搅蛋器？他要那个有什么用？但我还是没法出门再买一个。或许我是想给我生命的那一部分画上句号。我想告别那里，继续前进。自从多年以前戴维偷走我的搅蛋器后，我就再也没有去买一个新的。可以说，我一直过着没有搅蛋器的生活。

在这里我得加一句，有很多东西我一直努力丢掉。一双我摸彩赢来的拖鞋。一个向日葵装饰品，有阳光时它就会拍打它的塑料叶片，散发出某种化学毒剂的清爽气味，导致我所有的豆苗都死了。不管我多努力丢弃它们，这些东西就是阴魂不散。比如塑料向日葵，仍在我的窗台上。我写字的时候，拖鞋就在我的脚上。

戴维没有提及我的信件。他只是走进客厅抱起书，往门口走。但我对自己写的东西很紧张，于是脱口而出："你父亲知道吗？你来了这里？"

他半路上停下来，背对着我。有一小会儿他一动不动，只是站在那里。"别担心，"他说，"我们的秘密很安全。"

我磕磕巴巴地说："但我不想有秘密，戴维。"

他还是避着我。我担心我伤害了他，因为他的肩膀开始颤抖，连续点了几次头，抽着鼻子。我伸手去碰他的外套："你还好吗？"

他转身时，正用手指抹着脸。眼泪倾泻而出，嘴都肿了。他眼睛下面的皮肤好红，几乎都变成蓝色。"没事，没事。"他说着勇敢地点了一次头，表示他的情绪已经过去。

"我能帮上忙吗？"

"我只是紧张，我猜。要离家很远之类的。我会好起来的。"

我礼貌性地抱了他一下。戴维似乎紧张而不适。我注意到，要接近他不容易，除非在他跳舞的时候。我说："我很高兴你要去剑桥了。你需要那个地方。你需要大的环境。那里能容得下你。我在牛津时真的很开心。那是我第一次遇见像我一样爱书的人。你父母明天开车送你吗？"

戴维没有回答那个问题。他反而转回之前的话题："请不要告诉父亲跳舞和其他的屁事。他会叫我娘娘腔的。"

我哈哈大笑。这想法似乎太荒谬了。而且笑起来让我放松。它打破了紧张局面。

"他不会的。他应该不会。"

他把脸凑到我的眼前，眼睛显出漆黑色："就是别告诉他，行吗?"

我现在回顾那个时刻,再次试图去理解。我想戴维是想挡在我们中间。那就是真相。他看到我敬重你,像个孩子一样,他就想把它从我们俩的手中夺走。他想把他自己置于中间。我很抱歉这么说,哈罗德。我不相信他是故意想欺瞒。但我觉得他喜欢危险。这是他的本能。他喜欢摩擦东西,让它们着火。

我当时没看出这些。

戴维把书抱在手里,大步离去。"祝你好运!"我喊道。我没关门,等在那里,想知道他会不会转身挥手,但他没有。"记得写信!"他用驼背快步的走路方式踱进了暮色里,就好像已经忘记关于我的一切。独自一人真轻松,尽管我回到客厅里,看见空杯子、烟灰和那被揉皱的信封时,觉得自己再次孤立无援。

我那天晚上的大哭全无道理,但几个小时后,我止不住地哭。尽管我给自己的缄默找了理由,我并无意继续欺骗你。这太伤人了。

我最后打了电话给皇家舞厅那个戴假发的男人,接受了晚餐邀请。这不是因为肚子饿。这是因为,我再也无法忍受与我的头脑共处一室。那一晚就是个灾难。那是我来到金斯布里奇以后,第一次和一个男人约会,它非但不是逃脱,反而更像另一次背叛。

星期一早晨,我问你开车送戴维去剑桥怎么样。我几乎不能看向坐在驾驶座上的你。我对自己的所作所为十分羞耻。

"嗯。"你点了几次头,就好像在头脑里搜寻合适的词汇,却不太能伸手摸到它们。

"他兴奋吗?喜欢他的房间吗?"

"嗯，你知道，他要见好多的人。有事情要做。莫琳和我就等着，但是他——你知道。"

你没有告诉我更多。你的声音沉进了引擎的转动声里，你笑了笑，就好像谈话结束了。我猜戴维趁你不在时溜走了。一小会儿之后，你说："但是，不，不。我敢肯定一切都好。我敢肯定他会没事的。"你回答着一个我甚至没问的问题。

"要薄荷糖吗？"我问。

"不介意的话，我想来一颗。"

我把手伸进手提包里，心跳漏了一拍。我得把包大大地敞开，认真查看一下。我掏出了钱包、钥匙、支票簿、化妆镜、宝路牌薄荷糖。我放情诗的拉链内袋被打开了。

"怎么回事？"你边说边放慢了车速，"你还好吧？"

我的诗都没了。

午夜电话

喂？喂？你那里能听到我说话吗，哈罗德？你接到我的电话了吗？

根据日历，我已经边写边等，过了二十二天。但昨天实在太难熬了。又有一例死亡。不是芬缇、小芭、亨先生或珠母王，但是鬼都知道，下一个就是我们当中的某人。

我睡不着觉。

值班护士拿来一片新的止痛贴。一口吗啡都不够了。

沙阿医生检查了脸和脖子。他身上闻起来有熨过的衬衫和香草的味道。

沙阿医生（白脸）：x腺肿胀得更厉害了，合上的那只眼睛有感染。

一个声音（红脸）：还有，问题还出在——

我不想听。马在吃我的粉色拖鞋。（马儿万岁。）

护士：要诊盾洗手液吗？

沙阿医生：*谢谢。*

蓝色的鸟飞出了画框，鸟叫声叽叽喳喳。

顶着西柚的女士在唱《摇滚年代》。

今天太累，提不起笔。就算我提起了笔，又有什么意义？我只会写到我不想触及的部分。我最后一次见到戴维的部分，而他——

不。我写不了。听。挺。停。

更深层的心灵建议

"你又让自己不好过了。"玛丽·安贡努修女说。她拿着打字机,坐在我的床尾,但我只有昨晚写完的一张纸给她看。有时我只需要一个迹象,哈罗德。一张明信片。一个提醒,提醒我等待你是正确的。那就是我唯一需要的。

我是不是要疯了?

玛丽·安贡努修女读了我的话。她拿起我的手,笑了。

"我觉得这是一件非常艰难的事。你在做的这件事。对于一个走出自家前门,告诉朋友等他穿越英格兰的男人来说,一切都很好。但你作为另一端的女人,则是完全不同的两码事。我们理所应当地认为思想是坚定统一的,但臆想却能把我们领向各种地方。你自己得当心。"

我不想再去思考往事了。我很伤心。

"嗯,那确实,"她说,"但我希望你有时也能听取其他人的意见,休息一下。"

这时玛丽·安贡努修女把她的手指从我的手中脱开。"不好意思。"她说着抬起手，解开了修女头巾。这就好像在看她摘掉她的头。我几乎没法看她。让我惊讶的是，她的发色很深，像乌鸦翅膀一样又黑又亮。她编了辫子，在脸庞两侧盘成两个针插的形状。她狠狠地挠一只耳朵的后面。"你瞪着眼睛看什么呢？"她使了个眼色，"你以为修女不会痒痒是不是？"她又戴好了白布帽，把红彤彤的手放在膝上。我不知道最后这一小部分是不是我的梦。

"看看窗户，奎妮。你能看到什么？"

我写下，云。我表达道，灰色的云。我加了一句，这里是英格兰。你还指望什么？

她大笑："但你还看到天空了。"

嗯，是。

"还有太阳。"

我看到了。

"天空和太阳一直都在。只有云来了又去。别再执着于自己，看看你周围的世界。"

我咕哝了一声。还是觉得不快。

"你心里烦。恐惧。但又能怎么样？你不能再跑了。那样的日子结束了。你不能靠跳跳舞就把问题美化。你甚至不能用修枝剪叶来解决问题。那些日子也结束了。所以现在你唯一能做的事，就是别再试图解决问题。"

她伸出手来，抚摸我疲累的手指。

"不要试图提前去看美好的部分。不要试图提前去看结局。坚持留在当下，即使当下并不太好。还有，要考虑到你已经走了多远。"

我手忙脚乱地捡起铅笔，飞快地写下：什么叫，我已经走了多远？

她一边读我的话，一边笑："我第一次遇见你时，你那么害怕。你在娱乐室里不和其他人坐在一起。你不想去看花园。你不想喝营养饮料。你肯定也不认为自己能等到哈罗德·弗莱，吃不了桃子。人要花很长时间才能认识到，做事情有其他的方式。什么都不是一夜成就的。"

玛丽·安贡努修女噘起嘴，鼓起腮帮子。"听听我们现在的对话。这么有哲理。"她大笑道。

我们之后就不写了。只是看着云卷云舒。有时它们大得像冒烟的岛屿，有时只是几条绸带。我忘了其他的所有事。然后太阳出来了，开始下雨。降雨云熠熠发光，丰沛而泛着玫红，银色火花般的雨点斜打着落下。

"看啊，"她说，"看看那个。甚至都不花你一分钱。"

太美了，我们只能静静坐着不发一言，只是看着。

你觉得这是迹象吗？

玛丽·安贡努修女晃着她的大脚，叼着钢笔。我喜欢她的方式，没有透彻地理解问题之前，她不会作答。

"你的意思是，一个宗教上的神迹吗？一个让你继续等下去的神迹？"

我耸了一下肩。我猜那就是我的意思，尽管我不愿把它称作宗教神迹。又是一阵停顿。

"或许吧，"她最后说道，"或许它是个迹象。但它也不是一个迹象。它就是一朵云和几滴雨。你想来根香蕉吗？"

嗯，我说。我想。

斯特劳德传来喜讯

"好消息！好消息！"

凯瑟琳修女飞也似的跑进娱乐室，我都担心她会径直冲出去，从敞开的门飞进颐乐花园。

"哈罗德·弗莱正往斯特劳德去了！现在人在内尔斯沃思！他从电话亭打来电话了！我告诉他你在等他。我告诉他继续走下去！"这些句子并不是按这个顺序蹦出来的。有些词像是被吞掉了，然后被胡乱拼出来，但你要记得，她是从接待室跑过来的。她很激动。

"再过三个星期，他就要到这里了！"

"你听到了吗，小芭？"芬缇大呼小叫。

"哦，他现在提速了。"珠母纽王说。

芬缇本打算和凯瑟琳修女来个击掌，但凯瑟琳修女误解了，于是击掌变成了很疼的握手。芬缇咧着假牙闪过一个微笑："我说什么来着，奎妮·轩尼斯？我告诉过你不要放弃吧？"

将近一周，我没有给你写信。这里又有死亡了，没错。送葬人的灵车。有人哀悼。但也有其他事情。有音乐疗程。鸟鸣声。修女们把我们推到户外去看第一批雨燕。窗外树上的小叶已经舒展成了绿掌。花园里，玫瑰结了花苞，收获了第一茬的楼斗菜。我们享受了法式指甲、按摩、薰衣草精油还有美发。有营养饮料和纸牌游戏。露西修女又读了些《瓦特希普高原》给芭芭拉听，还有，受到芭芭拉新眼镜袋的启发，有个义工织了一整套相似的多色小包用来放注射泵。这听起来可能微不足道，毫无必要，但把这么实用的东西放进一个漂亮的编织袋里，让你重新感觉有了人味儿。一个病人甚至感觉身体好到可以回家了。在她儿子扶她坐进车里时，我们等在窗边挥手。

"多好的一个年轻人啊。"芬缇说。

"他有一个大背头，"亨德森先生说，"他很可能被巴士超车了。"

"好啊，你就顺嘴扯吧。"芬缇说。

我睡觉了，歌一直在脑子里放，这一次我没有去寻找歌词。脸

上被敷上了药膏。吃了药和止疼片，每个早晨都做手指伸展练习。我和其他病人去过花园散步，在露西修女和她的拼图旁边打过瞌睡。一个星期三，她交给我一份用纸巾包着的礼物，见我表情很惊讶，她只是捋直了衣袖，说：

"不是有人过生日吗？"

是一本新的笔记本。

我眼见窗口的光从白变蓝再变黑，中间有时渐变成粉红色。我躺在黑暗中，听着芭芭拉的歌，或是树间的风声。我们都在等，我们所有，哈罗德。歌声，风声，夜晚。我们等你。

从你开始走路已经四周又过半了。我能开始写信的结尾了。

"好，"玛丽·安贡努修女说，"一切都很好。"

快乐的一天

十月下旬。正值那些醇美的日子,光是金蓝色的,树木还没有掉光叶片。绿色染上了一点红色和棕色,变得更鲜明。米迦勒雏菊把道路两边都铺上了紫色。夏天已经过去,而阳光还在,是秋天的阳光,更友善,更沧桑。

你和我摇下车窗开着车。空气轻柔温和,抚着我们的脸。我突然想到问问剑桥那边怎么样,但我不想毁了这个傍晚,于是沉默不语。

然后车"劈啪"一声,你扫了一眼仪表盘,车又"咯噔"了一下。等你把车停靠在路边,熄了火后,引擎发出一声重重的嘶声,就好像在叹气。

"天杀的。"你说着打开车门,踏出车外。我记得乡村小道上的宁静。除了鸟叫和虫鸣,别无它响。一条温暖马路上的沉静。我们的前方只有树。身后也是。你搓着手,抬起了车前盖。我闭上眼睛片刻。感受秋阳落在我的皮肤上。

"怎么回事,哈罗德?"

没有回应。

我走下车时,你正对着引擎冥思苦想。光落在你的肩上,成了金色。你挠着头。等你停下检修后,有一小抹黑色的油污留在了你的左眼上。

"有故障吗?"我问。

看似如此。我们需要找间修理厂,但这是南德文郡。最近的也在金斯布里奇。还有,你补充道,还有一个更重大的问题。你完全不知道我们在哪儿。

"你是说,我们迷路了?"

"我还心存侥幸希望你没发现。"

我看着我们身前身后的空空小路。两个方向的柏油路面都闪烁着水汽般的薄雾。

"我们要怎么办?"

"我得喊人来帮忙。"

"但你不知道我们在哪里啊。"

你做了个鬼脸,叹了口气:"嗨,不知道啊。"

"你有地图吗?"

啊,有。地图。你钻进车里,翻出一张《全国地形测量图》。你重重地砸下车前盖后,非常仔细地打开地图,摊开来。我们俩都俯在上面,想办法弄明白我们身在何处。我一度忘记了你,忘记了秋天的光,全神贯注地辨认地图。所以当我意识到,我们几乎挨在一起,手臂贴着手臂,脸贴着脸,你的味道离我那么近,都留在我的皮肤上了,而我却还能看着地图,看到道路、等高线、农业建筑和教堂的标注时,我真的很惊讶。

"我们在这里，"我说着得意地指到一个点上，"这就是我们的位置。"

出乎我意料的是，你居然开始大笑。我直起身来，说真的，就算有人要哈哈大笑那也应该是我，因为左眼上有油污的人是你。"什么东西这么好笑？"我问。

这个好笑的事情让你丧失了沟通的能力。你捂着肚子爆笑，高声地"嘿嘿"着。

于是我拽你的袖子，你呜咽着抱怨，就好像我要挠你的痒痒，你咯咯地说："走开啦你！"我又问你什么东西这么好笑，你努力地摆出正常的面孔，说："你。"

"我？"

"对。你老是想争第一。"

当然，你说得对。我是很挑剔。我善于注意细节。我是一个努力的员工。还有，我好强。但你在这儿嘲笑我，我却不介意。我其实看到了好笑的一面。我也笑了。

"因为我是独生女啊。"

"我也是独生子啊。"

"好吧，我也不知道。你比我人好。"

"确实，那当然。"你说。

这一次我扬起地图来拍你。你缩起来，假装用胳膊防卫，为什么连这个都很好笑，我想不出原因。

我很快乐。那就是原因。我非常快乐。

"至少我知道我们在哪儿。"我说。我也逐渐明白，这句话不止一层意思。我知道你我在地图上处于什么位置。但我也看到，我们作为朋友处于什么位置。我的爱已经更深入了。我几乎可以碰你的胳膊,用《全国地形测量图》拍你。我可以待在你的身边,却仍能看见其他东西了。你不再抹掉我的景致。实际上,你的存在让其余的一切都变得更好更美。空气中木头的清香,我闻到了。天空中一条水汽痕迹的白丝带,变成金色后消散,我也看到了。金银花的浆果在光线里红得那么透亮,几乎在呐喊。爱着你,让整个世界都更加美好。我现在看到了以前不曾看到的东西。

我提议走回金斯布里奇。你建议我坐在车里等,我问你把我想成什么人了,女王吗?你说不是的,但你还是忍不住拿我的名字开玩笑。①

于是我们出发。你的脚踩在柏油路上,发出踏实的"啪嗒啪嗒"声。我的则更像"咯噔咯噔"声。成团的夏蝇绕着我们的头转。你坚定地大步向前,有时我得跑几步才能跟得上。

你"哦哦"了一两声。

"我真不明白你为什么要穿那种鞋子。"

"帆船鞋到底哪里不好?"

"没有不好。但你不是在船上。"

你停下来笑。"我连游泳都不会。"你抹抹眼睛,说道。

之后我们就不太说话了。我们走过了笼罩小径的绿叶隧道。你面红耳赤,我敢肯定我也是。我们走了一路,半个人影都没碰见。有时你问我还好吗,有时我正陷入沉思中,想着你和我,以及这一切会引发什么,以至于忘了回答,或者至少隔了一会儿才回答。

你说:"我从来不走路。"

"我也不走。"我说。

---

① 奎妮的英文名是 Queenie,与 Queen(女王)发音很像。

我们又走了半个小时。我能感觉到腋下暖暖地湿了一片。膝盖开始打软。等我们走到金斯布里奇时，道路一下宽阔起来，人行道出现了，还有街灯、房屋、花园和车辆。只有看到这些东西，我才突然想起来，我们正肩并肩地走着，步伐与你同一节奏，我们好亲近，几乎挨在一起。

几乎挨在一起了，而你又一次没看见。

这一年剩下的时间里，我都没有戴维的消息。没有来信。没有明信片。我偶尔在车里问你："你儿子有音信吗？"

我试图从你的回答里打探戴维有没有提过我的诗。他显然没有。我也问过他适应得怎么样。我问他喜不喜欢那个镇，觉得课程如何。我有一次甚至说："他喜欢撑篙吗？"

你看着前方的路面，复述了一遍这个词。"我不确定，"你说，"莫琳没提过什么撑篙。"我不知道为什么，但我俩都大笑起来。突然间，它似乎成了很疯癫的词。

就算戴维拿走了我的诗，正如我害怕的那样，他也不知道诗是写给你的。没有提及你的名字。没有你的外形描述。这些诗更偏重于爱的本质，而非我们在一起的记录史。如果戴维拿走了诗，它们现在肯定也葬身垃圾桶了。或许他反倒帮了我一个忙。或许是该放下我的诗了。

既然戴维已经离开,我又重回皇家舞厅和陌生人跳舞。头发稀疏的男人。脚步紧张。手心黏湿。售票亭的女人有一晚对我说:"真遗憾,你儿子不来了。我喜欢看他跳舞。"她把染黑的头发盘成一个巨大的蜂窝头,让头部看起来很难移动。但那只是随口一说。

"哦,他现在人在剑桥,"我说,"在读古典文学。"

"古典文学?"她挑起一边的眉毛,说道。一个门房过来站在她旁边。"很有脑子啊,这么说?"

"相当。"这对你来说看似荒唐,但我觉得充满骄傲感。

"或许他放假会再来吧。"

"或许。"

"哦,男孩子都爱他的妈咪。"从她目不转睛看我的方式,以及之后她又和门房交换的微笑来看,这场对话显然比我刚开始理解的要复杂许多。她一眼看透了我。尽管我只能自行想象她看到了什么。从那之后,我就避开卖票的女人。

我同情的是莫琳。你有一次告诉我,她还在等戴维打电话或写信回来:"她想他。非常想他。她一直对他说话,你要知道。他们俩一直讲个不停。不管我什么时候走进房间。他们都在——你知道——讲话。就好像我不在一样。"不知怎的,我从来没有想象过这样一幅画面。这幅戴维和莫琳讲话的画面。不知怎的,在我的脑子里,他被我想象成在家里一声不吭、悄悄踱步的样子,就像一只笼子已容不下的困兽。

"我敢肯定他很快就会和她联系。"我说。

十二月初,你又来了。又拿着空罐子站在院子里。雨下得很猛，来势汹汹，就像黑色的大头钉，但你从外套里拎出罐子，谨慎地把它们放进垃圾箱里。

那个圣诞我见过他一两次，尽管他没看到我。他正穿着他的厚外套，大步地走在福尔大街上，还戴了顶羽毛装饰的黑色费多拉帽。那顶帽子让我发笑。他经过时，人们驻足看他，要我说，他知道有人看他，也喜欢被人看。金斯布里奇容不下你了，我心想。尽管这对莫琳来说难以接受，我却为戴维高兴。他需要自由。

我们已经认识一年多了，你和我。我已经爱着你将近一年。我也开始和一个名叫比尔的男人约会。夜里，我不再独自离开皇家舞厅。我每周四和比尔跳舞，周六再和他见面。我们会看一部电影。随便吃点东西。但从来不在金斯布里奇约会。比尔刚刚丧妻，和两个成年的女儿住在一起。"为什么我不能去你住的地方？"他会说，我就编些理由，有其他住户啊，或者我的公寓太小。有一次他说，你觉得我给你丢脸，是不是？我马上对他保证说不是。即使我的话说出了口，却仍感到自己肩膀一沉，因为他是对的。我是觉得丢脸，既然话已经说开，就没必要再装了。我不像爱着你一样爱他。而且我做不到。我不愿意。我心里只能容下一个男人。

我有一次逮到你死死盯着我没戴戒指的手指。

"没人愿意娶我。"我笑了笑。

你一通狂笑，但你没说"我愿意"。

我好奇戴维是不是在忙着谈恋爱，因为复活节假期他几乎没露面。我当时觉得，那对莫琳一定又是一次打击。我也想起了自己的父母，真希望我在戴维那个年纪时曾对他们稍微好一点。但他不再夹在你我之间，这倒是个解脱。

我的四十一岁生日到了。我从面包店给你买了奶油泡芙。我们停下车，在路边吃完了它们。"有特殊原因吗？"你问。"完全没有。"我告诉你。这一次你没说，"你会让我变胖的"，这会很讽刺，因为你的腰和下巴都多了些肉。裤子也不再晃荡了。

让我吓一跳的是，比尔拿着花和"生日快乐"的气球在啤酒厂门口等我。他只是想看看我工作的地方，他说。为了努力藏起他，我几乎是逼着他双手背在脑后走过街道的——尽管要把一个拿"生日快乐"锡箔气球的男人藏起来很难。他坚持要带我在金斯布里奇吃饭，我很耻于说出来，但那个夜晚糟透了。吃提拉米苏的时候，比尔开始不耐烦："你觉得无聊了，是不是？你有别人了，是不是？"

"当然没有。"我听到自己说。

"你一直看着窗外。"他从口袋里摸出一个小盒子，试图把它塞进我手里。"嫁给我。"

外面的天还是亮的。我之所以记得，是因为我盯着窗户看了好久，设法思考该怎么办。如果嫁给比尔，我可以照顾他，照顾他的女儿们，可以组建一个家。我为了专心思考，眼睛一直落在外面的人行道上，但之后，我突然发现自己不是在专心思考，只是在找你。

比尔在他的椅子里换了个姿势。"我就知道有别人。"他说。

"对不起，"我告诉他，"我真的很抱歉。"

他静静地坐了片刻。然后他吃完了他的提拉米苏。把玻璃碗都刮得干干净净。真奇怪，即使当生命中的重大事件发生时，我们也试图把它们渺小化。"不过，就算你爱着别人，也可以，"他说，"我可以勉强接受。"

"不，你不行，"我去拿外套，"结束了。"皇家舞厅也就此结束。并不偶然，这也是我婚恋生活的结束。我再也没有和男人约会。别为我难过，哈罗德。这是我的选择。

不过，我仍和比尔的女儿保持联系。年纪较小的那个女儿结婚时，我寄给她一套酒杯。女孩们也偶尔写信给我。即使住在恩布尔顿湾，我也给她们寄卡片。直到我病倒了，才没再和她们联系。我病倒之后，就断绝了所有的友谊。

那个夏天你休了年假，但哪儿都没去。戴维告诉过你，他要拿着欧洲铁路通票去旅行，而且显然莫琳决定，她更愿意待在家里。我后来问起你做了什么时——没有你，我一个人在啤酒厂非常寂寞——你说："我割草了。"

我们又因为那个大笑了一通。

更多消息

我们收到一张新的明信片。"历史名城沃里克"。你无法想象凯瑟琳修女拿着邮袋走进娱乐室时引起的轰动。

"哈罗德·弗莱说什么?"芬缇高喊,"他说什么?"她收到一封信,问她最近有没有遭受什么意外;还有一封说她有资格获得上千英镑的补偿金。然后她大叫:"别,别,先别读明信片!让我们先喝褐色的奶昔。我们得让这件事变得特别,像电视广告上的圣诞节一样。过来,小芭。把你的眼珠塞回去。"

"哦,我爱圣诞节。"芭芭拉说。

露西修女放下《瓦特希普高原》,推来营养饮料的手推车。她还带来了鲜奶油、吸管和锡箔的鸡尾酒小伞。珠母纽王开始拆一个包裹。亨德森先生叠起报纸。

"你愿意让我帮忙吗?"珠母纽王亲切地说。他用那只完好的手把包裹放在手推车上,送到房间后面。凯瑟琳修女提出帮忙时,他回答说还能应付,又抛了个媚眼,让芬缇爆笑。"什么人呐,"

她仍在哈哈大笑，"是啊，你就是个笨蛋，你就是。我打赌你年轻的时候靠这个骗过酒喝。"

珠母纽王露齿一笑，说没错，他是骗过酒喝。"有一次我发现自己被绑在树上。"他说。

"我听过更糟的。"亨德森先生说。

"但那棵树在鹿特丹。而我最后有知觉的时候，人在伦敦东区的一间酒吧里。"

珠母纽王一杯接一杯地分发饮料。尽管他走路都很费劲，手有一点抖，大多数饮料还是留在杯子里，只有一小点洒在我们的腿上和地毯上。他一直在道歉，提出要去拿一块布来，而凯瑟琳修女只是大笑着说："上帝保佑你。"

"你能行吗，轩尼斯小姐？"亨德森先生边说边递给我一张纸巾。

我点头表示我可以。

我们正要举杯时，芭芭拉发话了："你们知道吗？我要哭了。倒不是因为我伤心难过。是因为你们都是这么好的人。感觉眼泪就像从脚底涌上来了。"

"我知道你什么意思，"芬缇说，"我这一辈子遇到过许多烂人。你们都很好，你们所有人。连你也是，亨尼。"她朝亨德森先生举杯。他看起来好像想笑，然后他似乎意识到自己的表情，又把脸重整成蹙眉的样子。

"致哈罗德·弗莱。"珠母纽王咆哮道。

"上帝保佑他。"凯瑟琳修女说。

芭芭拉举起酒杯。

"到最后，你是谁根本无关紧要。只有朋友才作数。"

我们又说了一次你的名字,然后喝下饮料。一开始,液体浓稠温暖,像糨糊一样留在嘴里。我不得不很努力地把它往后晃进喉咙。直到最近我才知道,一个简单的吞咽动作可以这么复杂。然后,液体里的某种东西,某种味道不像纸板、反而又甜又烈的东西,刺痛了我的牙龈,让味蕾焕发出活力。感觉就像重新成为一个完整的人。

我记得在海上花园度过的圣诞节。我以前常用线串起碎贝壳,把它们挂在树梢光秃秃的枝丫上。每年都有人来看。有一次,我和一个拾荒女人一起过圣诞,我们一边从塑料烧杯里小口啜饮黑刺李杜松子酒,一边看着风从海上刮进来,让我们头顶的贝壳装饰闪烁着舞蹈。她容光焕发。"我从没见过这样的地方。"她低声说道。我以为她会再说一句话毁了这氛围,但她没有。我拿来毛毯,她就坐在我的身边,我们一直在看。

"老古板们。"芬缇把她的玻璃杯重重地砸在娱乐室的桌上,用手背抹了一把嘴。"自打我被捕那天,就再没喝过那样的东西。"

亨德森先生含着吸管呛到了。

"因为什么被捕?"那是某个义工在问。

"我们这么说吧,那件事涉及一个格罗斯特来的男人和一个灭火器。"

"真够受的。"亨德森先生咕哝着,这吸引了我的目光。

"我听不懂,"露西修女说,看起来既欣喜又困惑,"你是说今天的营养饮料还不错吗?"

"它们比平时稍微好一点。"珠母纽王说,只不过他不得不低声说话,因为新来的两个病人已经放下杯子睡着了。于是珠母纽王听起来不太像拖拉机了,更像一只电动牙刷。

我们都把注意力转移到你的明信片上。它就待在凯瑟琳修女之前放的地方，靠在一瓶卫生漱口水和几根棉签上。"我受不了啦，我要听哈罗德·弗莱的消息，"芬缇说，一边紧闭眼睛，一边还稍微把脸藏在手后，"去啊，哪个人去读出来。赶紧的。那个家伙现在到哪儿了？他还在走路吗？"

露西修女捡起明信片，匆匆浏览了一遍。沉默的气氛更加紧张了。

"听听他都走过了哪些地方！"她终于来了一句。

"快点，快点，"芬缇说，"不然就要尿裤子了，我太紧张了。"

"他走过了切尔滕纳姆。"露西修女说。

"切尔滕纳姆？"珠母纽王说，"我去过那里一次。是去赛马的。我开着我的劳斯莱斯去，坐着大巴回。"他笑了好长时间。"对，那是美好的一天。"

露西修女继续读："他走过了布劳德威村。"

"布劳德威村？"芭芭拉说，"我去过那里一次，和邻居去的。我们喝了奶油下午茶。她还给她的音乐学校买了杯垫。"

露西修女说："他走过了埃文河畔的斯特拉特福德。"

轮到亨德森先生了。

"斯特拉特福德？我去过那里一次。我和玛丽一起看了《李尔王》，还在幕间休息时喂了天鹅。"

"还有，等一下，"露西修女说，"现在他已经到了巴金顿。"

露西修女停下来等人插话，但没有人。

她继续往下念："他说，他遇到一个名叫米克的好心年轻人，给他拍了照片，还给他买了一杯柠檬水。还有，盐醋味的薯片。他说——"这里她再次中断，凝视着明信片，"他已经决定，要不花钱旅行。从今以后他要依靠陌生人的善意，只在户外睡觉。"

还没等人回应，一阵怪声响起。是一声拉长的尖鸣呜咽声，就像水壶的哨音。我们都转身过去，菲洛米娜修女正把芭芭拉拖进她的怀里。被健康的修女抱着的芭芭拉，不过是套在便袍里的一捆小木棍。"你在伤心什么呢？"菲洛米娜修女说，"是哈罗德·弗莱吗？但他会没事的。正往这儿来呢。"

等了良久，话语声才传来，但极其小。

"我希望我能活到下一个圣诞节。"芭芭拉说。她在修女的怀抱里含泪颤抖。

我们都听到了，但没人说话。我们只是看着她，就像一个孩子看着另一个惹了麻烦的孩子，或者一个开车的人放慢车速，目睹一起撞车事故。我们试图去理解，却不愿交换位置。

"你会的，小芭，"芬缇喊道，"你会的。"

芭芭拉的身后，五月中旬的阳光从娱乐室的窗户倾泻洒入，像一条曲折的光之河流。

诗人

戴维在剑桥开始了他的第二学年。之后，毫无征兆地，突然来了一封信。信在一个周六送到我的公寓。按信件的标准来判断，这封信很短。他仍喜欢课程，戴维说，尽管阅读书目有时很枯燥。他说在欧洲玩得很疯！！！！！（我从来信不过感叹号，尤其是一大堆的感叹号。）他还说，他想念皇家舞厅，并给了我回信地址。有一条附言。我能不能给他一点现金？又有一条附言。他很抱歉。

我当天下午就回信了。我认为他敢再张口要钱实在很有种，但我原谅了他，一部分因为他还记得我，让我很感动，另一部分是因为他对皇家舞厅的评价。我寄给他一张卡片和一张五英镑的纸币，放在同一个信封里。

陆续有信寄来。不定期，每隔几个星期一封的样子，每次他都求我给钱。有时我直接无视这些信件。那些更紧急的我才回复。我得承认，哈罗德，我觉得被利用了。我知道如果我告诉你，你会很无地自容。十二月初，戴维写信询问，他能否来我家过个周末。他需要见我,他说;情况变得太压抑了!!!!!!他把我称作他的朋友。

为了不引起惊慌,我问你和莫琳有没有听说什么,你可能记得,可能不记得,但你的回答一如往日,说戴维太忙,没时间联系。在戴维的信里,他给了我长途大巴的班次,问我能不能帮他付车钱,于是我回信时寄了去。(这次是二十英镑。)我打扫了公寓,给他在沙发上置了一张床铺。等他一到金斯布里奇,我就打算建议他回去看你和莫琳。周五下午我早早下班,很小心地不让你看到我离开。

戴维没有出现。我拿着书在巴士站等了三个小时,而他压根没来,也没再写信。*蠢女人*,我心想。他当然从没想过要来。他只想要钱。他很可能已经把车费喝光了。但至少我不用骗你。

十二月中旬,你又拿着空罐子出现了。我不知道戴维敢不敢再次出现在我的公寓门口,但他没有。我第一次在金斯布里奇看见他时,都不敢相信那是他。

一年一度的圣尼古拉斯集市在码头那里办得热火朝天。我问你去不去,你说圣诞市场不是莫琳的菜。那是个没有雨的冷夜,摊档的灯光在河口黑水里投下晃动的图形。我记得,有热葡萄酒的辛辣气味,还有热狗和汉堡包的炸洋葱味。有一些露天游乐设施供幼童玩耍,人们的叫喊和起哄声压过了发动机的噪音。市场尽头,一大群人已经聚集起来,观看临时舞台上的一支本地乐队。我握着塑料杯装的热红酒暖和手指,看了他们一会儿——乐队的成员都很年轻,或许跟戴维同样年纪——观众里有人开始跳舞。我看到了纳比尔的秘书席拉,和她的丈夫一起,还有几个销售代表。温热的红酒撞击我的喉咙,让我情绪高昂。某种意义上,这又像是在皇家舞厅——你属于某样东西,又不属于。真是遗憾,我记得自己想着,真遗憾你留在家里。我继续走,因为另一群人已经聚集起来,我能听到笑声。我也想大笑。

我站在人群的最外面,很难看到里面,而且乐队的音乐也太吵,听也听不清。我侧身往里挤进去一点,就在那时,我不得不停下,确认我看到的真是我以为的那个人。

戴维站在一圈强光的正中央,拿着一个手持式麦克风。他的体重轻了不少。轮廓更加锐利,或者说更加疏离。我突然想到,他很可能用了化妆品。他留长了头发,绑成一个马尾。穿一件松垮的深色大翻领西服,搭配他的旧靴子,还有我的连指手套。我现在回想起那幅场景,是那副手套提供了唯一真实的色彩。就像看着一张黑白照片里一团扎眼的红,近乎触目惊心。

我仍在生戴维的气,因为他浪费我的时间,还找我拿钱,但我最主要的还是气我自己,气我被他利用。我继续躲在人群里,不想让他看见我。戴维在背一首诗。尽管天气很冷,他身上还是有着一种闲适,一种魅力,一种光辉,吸引人们靠近,让人愿意聆听。我能看得出来。他一边抽烟一边表演,脚边还有一个瓶子,他不时俯身举起瓶子灌一口。有人大声叫道:"把酒瓶传给大家啊,戴维!"他就大笑着说:"自己买酒去,先生。"似乎有不少人认得他。

戴维攥着几张纸,但他基本不看。他以深沉有力的嗓音表演,颇具感染力。就我听到的部分来说,这些诗都是讽刺作品。他每读完一首诗,观众就狂热地鼓掌。他们明显喜欢他,而他也知道。他的脚边放着他的费多拉帽,一个女人走上前去,往里面丢了几枚硬币。

我听到他说,他很快就要以小册子的形式出版作品了,几个人点头,表示他们会有兴趣一读。

"那么下一首,"戴维说,"叫《一个待字女仆的情歌》。"人群大笑,同时他停下来又猛灌一口。"它有一段类似迭句的地方,你们都可以,你们知道的,可以加入。"他从夹克口袋里抽出一条丝巾,在脖子上打了一个结。我推断那是莫琳的。有人高呼一声:"同性恋!"戴维咧嘴一笑,说:"是啊,对。"我又凑近一些。

戴维开始用尖锐的高音背诵,像在模仿一位年长的妇女,那是我熟知的语句。我一直放在手提包里的语句,直到我丢失它们。是我的诗。

("我看着世界,却只看见你"那种东西。我几乎难以复述。)

然后迭句开始了——这和我一点关系都没有,但整个人群都在吼——"我的爱是纯洁的。我是你的女仆。哦,我啊,哦,天啊,我会和你上床吗?"

人群刺耳地重复喊着这首诗,我的脸因为羞耻而烧得通红。

戴维又继续背了四首诗。我之所以留下,只是因为我听到的东西太伤人,脑子太乱,动弹不得。他所有的诗都在拙劣地模仿我。所有的诗都让人群起哄。等到第五首诗结束,我再也受不了。我转身,推开人群出来。

之后我开始跑。跑过了摊档,跑过了儿童的旋转木马。我用手捂着脸,这样就没人能看到我。等到了码头的另一边,我不得不停下,坐在一条长凳上。隔着油腻的黑水,我想象人群在哄笑,觉得自己就像被扒光了衣服。我无法自抑,痛苦地放声大哭。要是你已经看过那些诗呢?更糟糕。要是你妻子已经读过它们呢?我想待在自己的公寓里,但连站起来的力气都没有。人群开始吹起挑逗的口哨,开始鼓掌。我猜戴维的朗诵会结束了。我坐了很久,看着人们沿着码头走回家。家长扛着他们的孩子。几个男人——我认出他们是销售代表——把一个年轻女子举到水面上,假装要把她丢进去,那女子在尖叫。一匹被装扮成麋鹿的马被牵进马厩隔间。酒吧开始满了。集市将近尾声。

"嘿,是你。"一只纤细而坚定的长手扣住了我的肩膀,把我拉转过身。我闻到他的气味,不得不故作镇定。"你刚才在吗?"

我站起来要走,但戴维跟上来,挡住了去路。我看到他眼圈周围黑色的眼线,嘴唇上深红的色渍。他把脸盖上了一层白色的粉底。

"你父母都知道这些吗?"我冷冷地问。

他大笑着说,很可能不知道。他没提信,没提我寄的钱,也没提他未能兑现的拜访。他越过自己的肩膀扫了一眼集市。

"还不错。人们喜欢我。有现金吗?"

我的下巴都要掉了,他又开始大笑。"我开玩笑的。"他给我看那顶帽子。里面装满了硬币,还有几张纸币。"你想喝点东西吗?我请你喝一杯。"

"不用。"

"随你的便。"戴维耸耸肩,走开了。我看着他逛到街上,往外卖酒铺走去。

那个周一,我坐进你的车里时,几乎无法看你。你问我是不是感觉很憔悴?憔悴?我打断你的话。那算个什么词?你尴尬地笑了一下,继续专注于前方的路。

"圣诞节准备做什么好玩的事吗?"你说。我没回答。

我们一定沉默地行驶了一段时间,因为我记得你在停车带靠边。"在这儿等着。"你说,然后下车从行李箱里拿来一个袋子。

等你在驾驶座里坐稳后,你让我看。

你从袋子里举起一个红色的装饰球,小心地把它绑在后视镜上。你的手移动的时候,球转了一下。你拉下了我这边的遮光板,又挂上了一个装饰球,这次是一个金色的。然后你在方向指示灯上挂了一个蓝色的球,最后,是一个银色的,你绑在了我座椅后面的衣帽钩上。

"圣诞快乐,奎妮。"你说。

"我不懂,戴维。"

那天是节礼日[①],他决定突然拜访我。他站在公寓共用大门的门口,送来一瓶半满的金馥力娇酒,还有一小枝冬青。他因为湿冷而打着哆嗦——他只穿着夹克和牛仔裤,外面下着瓢泼大雨——但这个年轻人绝不可能进我的家门。

"和解吧?"他说着递出那瓶酒。

他的衬衫湿透了,领子像纸一样贴在皮肤上。我正准备关门,或许他察觉到了,我不知道,因为他抬起脸来,我就看到了。他哭过了。

他的身后,大雨击打着街道、人行道、河口。一切都是浸透的灰色,都是水。我看着戴维,他两眼通红,嘴巴因为悲伤而嘟起,瘦高的身体穿着湿衣服那么不适,我动了怜悯之心。

"那就进来吧。"

他穿过走道,进了公寓,划过地毯,径直停在了椅子处,所到之处留下了一条水迹,他脚踝缠绕着坐进椅子里,手臂紧抱着自己的身体。他的膝盖抖动着,上上下下。

[①] 每年的12月26日,为圣诞节次日或圣诞节后的第一个星期日,是在英联邦部分地区庆祝的节日。这一日传统上雇主会向雇员赠送礼物。

"戴维，我在生你的气。"我说。

"是啊，我知道。"他甩甩湿发，雨滴飞溅在衣服上。"而且我很抱歉，小奎。我真的抱歉。"

我给戴维沏了茶，拿来毛巾和一床毯子。我一直忙个不停，这样就不用坐下来和他对话。不过，现在他在我的公寓里，情况变得不同了。他看起来小了一点。他喝光了绿色茶杯里的茶，往里面倒满金馥酒。

我坐在地板的靠垫上。好了，我告诉他：解释一下。

他讲了一个下午。他跟我聊课程、大学，聊他在剑桥的生活。他承认功课很难。他有过一个女朋友，但她离开了他。现在他发现自己喝醉后更容易和人们打成一片；喝醉的他更有趣，更不受拘束。但功课很痛苦，当然。助教们已经盯上了他，父母不知道这件事。

朗诵自己的诗是向人们展现他是谁的一种方式，他说，可以不用惹恼他们或让他们反感。他在学生会和大街上做诗朗诵。这就像知识分子的街头卖艺。他喜欢这件事带来的关注，还有现金。

"我想让人们注意我，"他说，"父母对此一无所知。"

"但你偷了我的诗,戴维。你把它们当成笑料。"

他温柔地看着我,用你的那双眼睛,然后坦白地说:"我只是想有人看到我,小奎。看到我本来的样子。"

说到底,我们都想这样:被人看到。

"你朗诵的那些诗都不是你的。其他人怎么能从里面看到你呢?如果他们能从里面看到什么人,那也是我。"

他短暂一笑,然后再次开口,仍旧一副放下戒备的诚实模样:"可是,正是那样啊。你在看着我,小奎。你看到我是个骗子。"

我的愤慨、被背叛的感觉,都消融了。我想帮助这个男孩。我真的想。"你得表露你的真心,戴维。"我把手放在心口,感觉到它贴着我的手掌在搏动。

过了片刻,他问:"你在你的诗里就是这么做的吗?表露你的真心?"

这一次我不回答了。

戴维去拿他的瓶子,拧开瓶盖,又往绿色茶杯里倒满了金馥酒。他很小心地用袖子擦净瓶颈。最后我竟然加热了一块圣诞布丁(一人份),和他一起在火炉边分吃了。我们把盘子放在腿上吃。他跟我说起一点他夏天在欧洲的事,直到光暗下去,他才问道:"它们是写给谁的?你的诗?"

"不是你认识的人。我是好几年前写的。"

我抬起头时,他正非常仔细地看着我,微笑着。他相信我。他没有意识到我爱他的父亲。戴维给我倒了一杯金馥酒,我喝得太快,结果酒精直冲我的喉咙。"我只是想确切知道是谁。"他说。

接下来的几周,戴维打过几次电话。当然,他用的是应答付费方式,他告诉我他在剑桥的状况,让我放心,说自从我们谈过话后，他感觉好些了。更加踏实。他开始写自己的诗，他说，他真的很满意自己的作品。他的诗不再有趣，我觉得那样也可以吗？我向他保证，只要他真的在表达自我，那就是好的。真的很好。"我可以把它们寄给你吗，小奎？"他问。

显然他在剑桥遇到一个人，这个人又认识另外一个人，另外那个人读了诗，觉得戴维大有前途。说他有能力拎起一个主题，把它推至极致。第一批诗次日就到了：揉成厚厚一团，装在一个棕色信封里。

我得跟你说老实话，哈罗德。戴维的诗不怎么样。它们满是陈词滥调。大多数都没有写完。而且它们都有一种阴郁感，显得很是自我陶醉。我在页边的空白处写了注释。意象松散的地方，我提出新的构思。我在尽己所能地帮他。更多的诗寄来。它们更加阴冷。它们谈论死亡，那个黑洞。他经常在页尾写上一句："只给你一个人看！！！！"他强烈要求我不要告诉他的父母，否则他永远不再信任我。"你的秘密很安全。"我向他保证。然而我有所担心，而且我不知道该怎么告诉你。

复活节来了又去。我记得在你的车里藏起用锡箔纸包的巧克力蛋，作为复活节寻找彩蛋的惊喜，但你一屁股坐在一个巧克力蛋上，于是我们在咖啡馆里花了好久清理污迹。

戴维在家里短暂待了一阵。夏季开学，他回校后，又开始寄来诗歌。我继续帮着构想新的措辞，有时，我承认，我也借此机会来提其他的建议。或许他应该参加诗歌社团？他吃饭正常吗？如果有人问我，和戴维搅在一起做什么，我就会这么解释：我在通过帮助你的儿子来帮你。我，曾经也是一个牛剑[①]名校的学生。我，也有过敬畏我

[①] 牛津和剑桥大学的合称。

才智的父母。我希望戴维能站稳脚跟,然后我就会随意地在我们的谈话中顺便提及整个真相,关于我们去跳舞,我给他寄钱,诗歌,还有所有我未能向你承认的其他事情。事后再提的话,那些事件就会看似无足轻重,因为它们会安全地留在过去,戴维也会开心。

于是我们继续一同驾驶,你和我。我注视着你,给你带巧克力棒,用小东西表示我在那里。有时你绕远路回家,指点我看鸟。我们停过一次车,你还记得吗,因为你说觉得我看起来面色苍白。(我的确是。当天早上戴维寄给我一首诗,关于他脑海里的"蓝色野兽"。)我们坐在一棵无花果树下,但我苦不堪言。过了一会儿,你开始收集无花果,仔细地把它们沿着空荡荡的避让带排成一条直线。你玩过无花果球没有?你问。我说,没,我没玩过,你表示惊讶,告诉我很简单,就像保龄球一样,其实,只不过是换成无花果来玩。

"你在哪里都能玩。我真不明白为什么它不是奥运会项目。要是你找不到无花果,用板栗玩也可以。"

意外地,我很擅长玩无花果球。"你看,"你说,"现在你又笑了。"

"有一天我要和我儿子来这里。"

我们坐在斯莱普顿沙滩上的酒吧外面。我要了雪利酒。你要了一品脱的酸橙柠檬水。一包薯片躺在我俩之间的桌上。那一定是夏天——戴维在剑桥的第二年年末。海很平静,像磨光的玻璃,天空也闪着银色,间歇地被斯塔岬的眩光打破。"我们会来杯啤酒,"你说,"我和戴维。"

一杯啤酒?我心想。你确定吗?你就好像读出了我的想法,微微一笑:"要不还是柠檬水吧。我们会聊一聊。你知道的。"你蓝色的眼眸蒙上了雾,"男人与男人间的聊天。"

"那不错啊。"我说。

"人年轻的时候,不那么容易和父亲聊天。但有一天。有一天他会像我一样老。等我们都老了,聊天就会容易些。"

我想象戴维戴着我的连指手套。我放声大笑:"我无法想象戴维戴着驾驶手套的样子,哈罗德。"你看起来那么悲伤,那么不确定,而我在试图让你感觉好受些,但还没等我把这句意见说完,我就意识到自己说了什么。我真希望能把这些话塞回嘴里,但我只能吞掉剩下的雪利酒。

"我不理解,"你对着宁静说话,"你见过戴维吗?"海水默默地冲刷着海滨。

答一句"是"会很快。是,哈罗德;是,我见过。你把契机现成地摆在我的面前。我们跳过几次舞,我会说。他打电话给我。要过钱。坦白交代还不算太迟。永远都不会太迟——然后我想起我的诗,被他讽刺的诗,我不知该如何解释我爱你。

"没有。"我说。我又说了一次,生怕第一次不够大声。"没有。没见过。我从来没见过他。"

你夹着怪声地笑了一下。没有大笑那么猛烈,但比单单一个微笑要温暖。

"我觉得你会喜欢他的。他肯定会喜欢你。"

一切都变得不堪承受。

火警

深夜里,我们被火警吵醒。新来的一个病人在抽烟,导致他的氧气瓶轻微爆炸。夜班护工和修女把我们推到外面的颐乐花园里,用毯子给我们盖好,尽管这天挺暖和,空气也出奇柔和。我能闻到山楂树、峨参和最早一批接骨木的质朴芳香。

"那个白痴险些炸死我们。"一个夜班护工抱怨道。她看起来暴躁又疲倦,接近哭的边缘。

"对,但他没有,"菲洛米娜修女微笑着说,"没事的,芭芭拉。不用站起来。现在坐好。拉住我的手。"

逆着娱乐室的灯光,病人们的脸庞都微微发亮。黑暗中,什么都没有实体。人,树木,塔,假山的石头,星芹的银星和金链花的花瀑。沉寂中,它们都很暗淡。

"那里就像瓦特希普高原,"露西修女说,"一切安宁。"

"你在开玩笑吗?"亨德森先生厉声喊道。

露西修女说她没在开玩笑。跳过开头对她无关紧要。她认为那是个可爱的故事。她刚给芭芭拉读完。

"那些兔子呢?被碾轧,饱受伤害啊!"

露西修女用手捂住嘴。"兔子?"她重复一次,"哪里有兔子?"

"它们都是兔子,"亨德森先生说,"那正是重点。"

"什么?他们都是吗?"露西修女看起来整个人都崩溃了。"但他们说人话啊。我不知道他们是兔子。哦,不。"她沉默地坐着,琢磨这件事,有时脸一垮,又来一句"哦,不"。"那太让人不安了。"她喃喃自语。

你干吗非要跑去告诉她,说他们都他妈的是兔子啊?芬缇嘘道。亨德森先生说他很抱歉。他以为人人都知道它们是兔子,封面上甚至有一幅兔子的图片。他真希望自己没提过兔子。"哦,不。"露西修女啜泣道。菲洛米娜修女又拿了一床毯子,给年轻的修女裹上。我伸手去拉她的手。

一小会儿之后,有人说:"看啊,院长嬷嬷。你看月亮。"菲洛米娜修女看到了,她让护工把我们推到花园的一处地方,让我们也能赏月。

月亮低垂在空中,是小柑橘的颜色。周围,星辰闪烁跃动。亨德森先生指向北斗星和我父亲最爱的星座——名叫"七姊妹"的一小组星星。"你看到了吗,露西修女?"他问,"轩尼斯小姐,你也看到了吗?"

我想起我的海上花园。在月光里发亮的人像。风铃在风中呼唤。我想象风雪雨日中的恩布尔顿湾,我以各种方式见识的它。我见过冬日的海浪冲上黑板岩的石墙,也见过七月早晨的大海,就像一匹展开的粉色绸缎。现实中,恩布尔顿并不算远,只隔三十英里,但感觉上,我和我的花园相隔着一光年。

经过了氧气瓶和兔子事件的情绪波动，我不想哭了，不想让自己像个傻瓜。于是我在头脑里说，想点别的东西。想想哈罗德·弗莱。他也站在橘色的月亮和这些星辰下。

爱的方式

"人们可以用不同的方式去爱，"我告诉戴维，"你可以铆足全力去爱，折腾出许多动静，或者你可以安静地爱，洗碗碟时都可以。你甚至能爱一个人，而不让他知道。"我很小心地别过脸去。

那是戴维在剑桥的第三年圣诞，事情变得更糟。每每他过来拜访，都坐在我家电暖气旁的椅子里，缩在他的黑外套下，抽着大麻烟卷。如果我质问这个，他就说它有助于放松。貌似他仍在写诗，但他不想再拿给我看。我若问起作业，他就目光呆滞。我打听他的朋友时也是一样。他经常抱怨天冷，我永远都在给他拿毯子。我问他愿不愿意去看医生，但戴维只是嗤之以鼻。我建议他跟你聊聊时也是一样。

我对自己承诺过，要做你和你儿子之间的桥梁，但我力不从心。

或许是为了分散我的注意力，他又把我引回我们之前对爱的辩论上。洗碗碟时也可以爱，这个想法吓坏他了。我怎么能如此琐碎？

"有时你就得用寻常的方式思考，戴维，"我说，"有时生活不是如你预期的那样。"

"我宁可死,也不愿流于寻常,小奎。"他说着抬起头来,凝视我的眼睛,他的脸上有那么多烦恼,我无言以对。

不过,当戴维说他想要非同寻常时,我理解他的意思。我做学生时,也有同样的感觉。我一次又一次地爱上高大、黝黑的帅气男生。而高大的男生带我去约会,就是为了打听我高挑的女生朋友。我代他们写情书和优美的话语。之后,黝黑的帅气男生和我那些漂亮的金发女友说我输得起,像石头一样可靠,但那和"你人很好""你的脚蛮好看"没什么差别。只是为了表示支持。我不想要支持。我有连裤袜。我想要爱。

当我开始找到爱时,它们又都无疾而终。我选择的人都会辜负我。就算我没有选择会辜负我的人,我又会被那些注定被我辜负的人所选择。那些情事不必多说。学习如何去爱,这是件难事。比如说,我知道科比的那个人渣是个错误的选择,于是我不得不去做很多事情,来干扰自己,不去面对真相。当你明知一件事是错的,就得非常用力才能坚持下去。其实,我现在应该不要喊他"人渣"了。他很可能是个好丈夫。一个好父亲、好祖父。一个好邻居。诸如此类。

然后我遇见了你,爱上了你,这一次我终于可以留下。我在银行账户里存够了钱,能买一栋小房子。但随后就是戴维的可怕悲剧,于是又故技重施。我向你妻子传达了我的意思,第二天我就逃走了。我一路向北,掉头向东,直到我遇到大海(这座该死的小岛),又一次不得不停下。

等我停下后,我发现让爱停下却不那么容易。爱不因你的逃跑而结束。甚至当你决意重新开始时,爱也不会停下。你可以看着北海，眼中却只有英吉利海峡。你可以看着诺森伯兰的沙丘，却忆起南德文郡的那些。你逃不开这一事实：你的爱仍活着，必须妥善处理。

我开始建花园时并无计划。我对植物没有经验。它是缓慢成形的，就像爱一样。每天我沿着沙丘和海滨散步，观察石缝间和小路上长了什么。我记下笔记。在克莱斯特，我看其他人怎么挖坑种植。我研究面朝渔港的那些石头建的花园。我回到自己的海滩小屋后，就挖坑种树，打造自己的花园。每年它都扩大一点。每一季，它都更稳固一点。

这些年来，我的花园经受了各方面的考验。有我自己犯的错，这类错误很多。还有天气原因。有海鸥。也有其他人为因素。有时人们帮忙，却无意中添了堵。有时他们质疑我。我怎么能把我的生活都交给花园？怎么能待在一处不去旅行？我一一作答。谈论我的花园给我带来愉悦。一个夏天，我干活时被三个办婚前单身派对的年轻女人打断。我之所以记得，是因为她们其中一人披了一条"待嫁新娘"的肩带，还背着一个巨型塑料充气阳具。这种细节你是不会忘记的。

三个女人都穿着短裤、比基尼胸衣，戴银色小皇冠。皮肤丰满紧绷，肩膀和胸口上都有阳光和海盐的痕迹。

好漂亮的花园，一个女人说。

阳光地段真不错，第二个女人说。

但太靠近悬崖绝壁了，待嫁新娘说。

于是我放下园艺叉，像往常一样讲了故事。我的花园是献给一个我不能拥有的男人的。它是我为一个可怕错误的赎罪。我领着年轻女人们观看有海葵和蓝色小鱼的石池，蓝色小鱼是我用贝壳雕出来的。我给她们展示人像、海草旗帜和彩色卵石做的花环，每颗卵石上都有一个大海推挤出的洞。我给她们看百子莲和欧白芷的花塔（我一向喜爱稍高的花），白色的毛地黄，还有我的最爱——蓝罂粟和鸢尾花。季节更替。植物枯死复苏。花园的每一部分都有故事，我说。它让我想起我学过什么，抛下什么。

"但一座花园怎么能填补一个男人呢？"待嫁新娘问。

"特丽莎下周就要结婚了。"她的朋友说。

"今晚我们要去纽卡斯尔泡吧，"另一个朋友说，"庆祝她最后几天自由的日子。"三个年轻女人放声大笑。

"自由和婚姻，她不能兼得吗？"我问。

"要是你认识我未婚夫，就知道不行。"待嫁新娘说。

我告诉年轻女人们，我在花园里学到，有的时候需要我介入，也有的时候，无论我多爱一棵植物，都不能去打扰它。我的花园不归我占有，它也无关我的精神升华。

"我宁愿要一场婚礼。"待嫁新娘说。

"你应该看看她的礼服和面纱。"她的朋友说。另一个朋友说："一个女人就应该有一个属于她的特别日子。她得当一回公主。"

我考虑了我的人生。没有派对,没有人致辞说我善良,没有特别的裙子,没有五彩纸屑。没有人每晚和我坐在一起,也没有人每个清晨在我身边醒来。尽管我告诉自己,这是我的选择,我拥有一座花园和我的独处,但站在阳光里我还是觉得冷,吃不下东西。

大概一年以后,待嫁新娘回来了。瘦了不少。她告诉我那段婚姻没能走下去。她问我知不知道什么植物适合放在她的窗台花箱里,于是我给了她几根插条。她又遇到别人了,但她这一次会慢慢来。"不办婚礼。"她说。我们看着大海,我想我们俩都笑了。

我之后没有听说过戴维的诗,除了一次,在他的第三学年末,他提起自己先是被人说很了不起,之后又被抛弃,就好像自己一直以来什么都不是,这件事很难受。他回家来了,可能是在准备期末考试。他说,不抱期望地活着应该更好。

"但你期望什么呢?"我问,"人们之前告诉你,你是什么?"

"一个诗人。他们说我会出名。"

"为什么你需要别人来告诉你你是什么呢?为什么你不能为了写诗而写诗?你并不需要出名才能写诗。"

他愤怒地摇头,又点着一根烟:"你不懂。"

"对,"我同意,"但我想弄懂。"

"如果没人知道你是诗人,那做个他妈的诗人有什么用。我宁愿当个路人,像父亲那样。我宁愿知道自己什么都不是,然后就那么活着。"

"你不是个路人,戴维,"我说,"你父亲也不是。"

他烦躁地哼了一声,摇摇晃晃地从我的椅子里起身,就好像我变得难以忍受一样。他把外套搭在肩膀上,离开我的公寓。

有时我记得戴维想要出名。我记得戴维说，他之所以是个失败者，是因为整个世界没有端坐般注意他。我想到浪费，而且，我告诉你，哈罗德，我想摔东西。如我所说，学习去爱，是一件难事。但我认为，学习接受平凡，是更艰难的事。

几年以后，我开始在恩布尔顿湾打造我的花园，在找到一根让我想起你的长条浮木后，又找到另一根。当时我正走在海滩上，希望在克拉吉礁瞅见蛎鹬，这时一个硬东西戳到了我光着的脚。我停下来。把沙子清掉。那是一根变黑的浮木，大概有我的手臂长，但弓成了一个打结的V形，两头都磨脆了。它满身悲伤，几乎让我停止呼吸。我只能看到戴维。我小心地把这根浮木搬回花园，花了一整天来决定该把它安放在哪儿。最后我选择了一片石床和一株乳白色的伯内特玫瑰。我在周围种了延龄草，当红色的浆果长出来时，我想起我的羊毛连指手套。

那一夜，我一直在花园里干活，太阳下山后我仍在忙，月亮升起，在海浪上投下银色的光痕后，我仍在忙。我需要听到海和风的声音，需要手头上一直忙个不停。我无法忍受回屋待着。

关于未来

昨晚我梦到自己又重回我的海上花园。

在梦里,哈罗德,我试图固定木头人像,给种球打好桩,但风一直在抽打大海,把它搅成黑白两色,风掀乱我的头发,猛击我的花园。花草和人像都被拔起,任风吹着,就像一场风中的海难,我努力追赶它们,但追不上,眼看着风暴把它们带走。

玛丽·安贡努修女过来时,我无法思考我的信,能写的只有一句话:

我的海上花园会怎么样?

玛丽·安贡努修女坐在窗前,红彤彤的手指举在嘴边,两手掌心相对。她的身后,一丛丛的树叶也像圆鼓鼓的指头,花骨朵从枝上凸起。她正陷入沉思。"这是你头一次想到这件事吗?"她最后说。

不是。这个问题在我脑海里有一段时间了,但它一直潜伏在阴影里,我一直不想去看它,所以总在专注于其他事。

等待玛丽·安贡努修女的回答时,我小心地注视她。我太害怕她要说出口的话，但又必须得到真相，结果，除了她，我什么都看不见了。树消失了。我甚至忘了我是我自己。我只看到玛丽·安贡努修女和她绿色的眼睛。

"你立遗嘱了没有？"

没有。我感到喉咙一紧。

"你得立一份遗嘱，奎妮。你知道的，不是吗？"

我开始哭，她握住我的手，但这种情绪不再是恐惧，也不是悲痛。我哭是因为她是对的，而且我知道她是对的。我只是在等有人说出这些话。

"宝贝儿，立遗嘱没那么可怕。就像你去度假前要清理屋子一样。只是为了让事情井井有条。你需要问问菲洛米娜修女。你需要说，你想立遗嘱了。"

一小会儿之后，露西修女给我洗头。她把护发素揉进我的头皮里，我感觉我的脚趾和手都融化了。我又一次在脑中描绘我的海上花园，但这一次，混乱已经过去，唯一的动态是橙色的尖翅粉蝶飞掠水面。下方的海湾里，大海是一片平整的蓝，海浪是蕾丝花边。没有风。露西修女用温毛巾裹住我的头。她吹干我的头发，然后给我涂指甲。

"你今天看起来开心些了，"凯瑟琳修女说，"想去花园里待一段时间吗？"

我捏捏她的手说谢谢。

"好，"她笑了，"我也是。我去拿我的羊毛衫。"

西班牙宗教法庭

"莫琳说我需要一件夹克。"你告诉我。你记得那一天吗?哪种夹克?我问。"就是那种父亲会穿去参加儿子毕业典礼的夹克。"

我们正开着车回啤酒厂。德文郡的小巷都被花草包围了,就像开车穿过茂盛的绿色林冠。开了几英里后,你清清喉咙,说:"你有什么想法吗,奎妮,那会是哪种夹克?"

"你是在请我帮忙吗,哈罗德?"

"我是啊,确实。"戴维式的回答,如果我听过的话。

我们停在金斯布里奇的男式服装店。你把我介绍给售货员——他儿子和戴维以前读一个学校。

"这位是轩尼斯小姐。讲件好笑的事。我们遇见是在——"

"食堂。"我说。

"文具柜。"你哈哈大笑。

我记得售货员打听戴维的消息,你说他已经考完期末考试。售货员告诉我们,他儿子找了一份开垃圾车的工作。没有人明说,这是当然的,但那两个缺席的男孩若并排站,显然戴维是优秀的那个。售货员去取各种夹克给我们挑选时,仍在用恭敬的词语讲起戴维的才智。他比老师都聪明。他有一个周末用图书馆借来的书自学古希腊语,还有如何拆卸一辆自行车。我记得自己注意你的脸。你满面红光的样子。

"你还记得那天吗?"售货员大笑道,"他们在科学大楼的天台发现那小子?他在干什么?背诗吗?"

红光不见了。你瞥向我这边,目光低垂,看向自己的脚,就像你在担心我会怎么想。就你而言,我还没见过戴维。"啊,对,"你讷讷地说,"我忘了那事。"

"瞧我这张嘴。"售货员对我说。

"我喜欢这件上衣。"我说着,指向一件圆点哈里斯毛料夹克。我没有真的在看;我只是在转移话题,因为你看起来被戴维站在天台上的记忆弄得痛苦无比。那件夹克有个大翻领、三颗扣子和一个胸袋,而且它是哈罗德式的棕色系。售货员说它是秋季新品,适合九月份穿,又用了一条梅红色的领带和它搭配。哦,不,你马上说,并用一条浅棕色的领带换了它。这让我想到,你如此拼命避免关注的原因或许与你的童年有关,尽管你只提过母亲两次。或许因为你挣扎着要把袖子从胳膊上甩开,我在你身上看到一个迷失的男孩,我冲过去帮忙。

"谢谢你,奎妮。你介意帮我拿好夹克吗?"

"不客气。"我照顾了你三年多,要记得。我小心地把你的夹克搭在手臂上叠好。

现在回顾起来,那件哈里斯毛料外套太正式,也太厚了。我再也没见你穿过它。但当你把它披上肩膀时,售货员又被另一件陈年旧事给逗乐了,他开始大笑:"警察发现戴维在福尔大街上玩捉迷藏的那一晚又是怎么回事?他差点害死他自己,那个臭小子。"

你现在看起来不太舒服。

"瞧我这张嘴。"售货员又加了一句。

你硬是挤出一个微笑,说夹克穿起来应该不错,谢谢,领带也是。我们飞快地离开,你开车回啤酒厂的一路都心不在焉,一直用手刮头发,甩着头,就像受到了小型电击。

"去参加儿子的毕业典礼一定很兴奋。"我说。我的意思是,会没事的,哈罗德。你长大了,能够面对这件事。戴维需要你。

当我问戴维,他的期末考试有没有一个题目关于柏拉图的《理想国》时,他在电话那头大笑。"这是在干什么?"他说,"该死的西班牙宗教法庭吗?"至少我觉得他说的是那个。他的原话是:"喷四干什?该-的西部总家法提吗?"

他没有掩饰自己喝酒喝得更凶了。他回家后来拜访我时,身上的酒味那么重,我生怕点一根火柴,我俩都得烧起来。我会给他烤吐司,让吐司吸掉酒精,还为他倒一杯牛奶,但他已经不在我面前吃东西了。我会把盘子和牛奶留在他的脚边,然后走开去做其他事情。他就像一头焦头烂额的动物。干瘦、惊恐,无法参与最基本的日常事务。我有一次提议,如果他想,我们可以去跳舞,他瞥了我一眼,就好像我刚骂了他。去看医生怎么样?"我没毛病,"他打断我。"我很累。不过如此。我很疲惫。"

其他时候他会抱怨天冷,我就从卧室给他拿来毯子,回来时却发现他已经在扶手椅里睡着了。睡眠中的戴维那般单薄,这让我很惊讶,就好像如果突然刮起一股风,他就会腾空,被吹出窗外。我想在他身上压一床厚厚的羊毛毯,只是为了让他显得更坚实。我得找个方式跟你讲。

戴维的毕业典礼过后,机会来了。我们坐在车里,我问你典礼怎么样。哈里斯毛料夹克还合适吗?我问。你回答的是老一套:"对,对。"还说它有一点扎人。弯曲手臂都很困难。一会儿之后,你承认戴维一直很忙。你都没怎么见到他,因为他有朋友要见。什么朋友?我心想。他没有朋友。我记得自己的毕业典礼。我的母亲,她两腿大开地坐在草地上,跷着小拇指吃三明治。我的父亲,他仍托着母亲的草帽,只不过用它来当盘子接面包屑。他们都露怯了。他们是负担,我等不及要逃跑。但我还是没有扔下他们。

我深吸一口气:"戴维还好吗?"

你脸色一白。我猜我也脸色一白。我们之间,有种不安的气氛。

"还好?"你重复一句。

"有时候学生们发现生活艰辛。在他们毕业之后。我知道我当时有一点迷失。我找不到工作。"我在尽力谨慎用词。

你一连叹了好几口气,还把方向盘转得猛了些,我们一反常态,转弯飞快,但我穷追不舍:"他需不需要——"我没有继续说"帮助"这个词,因为发现这件事太难以启齿,就打住了。还没等我再说下去,你就直接贸然回答。

"他要去徒步旅行了。去湖区。只是作为过渡。直到他找到工作。"

这倒是件新鲜事,让我对戴维抱有希望。这意味着他在考虑未来。你把两人之间的沉默都填满了,就好像要阻止我聊得更深。"至少他有个学位证书。至少戴维这辈子做成了一件事。"

你的口气听起来不像你,而像某个在生你气的人。

我以为放个假对戴维有好处。我也松了一口气。你儿子在家的时候,哈罗德,你看起来很疲累,而且你处置的不再是啤酒罐了。都是空瓶子。

所以当戴维告诉我他的想法时,我也鼓励他。那是几个月来他第一次看起来兴奋。锻炼、空气、景色的变换。我希望这些东西都有帮助。他向我要钱买一双徒步靴,因为莫琳给的钱不够,我给了。我记得自己话中有话地说,期望能看到那双靴子,他大笑着说:"行,好吧。"至少他要得很得体。

你相信他去了湖区吗?我有时甚至怀疑他有没有参加期末考试。他对自己的事隐瞒太多。在戴维身上,我回过头看,太多东西都说不通。

但现在戴维显然很快乐,你似乎也快乐一些。我们又玩了无花果球,我记得。我问起戴维的假期,你说他给莫琳打过几次电话。我为我们的驾车之行准备野餐。又一个下午,我提议去伯尔博瑞高原看鸟,我那时还不知道,那是我们的最后一次。几天之后,戴维提前结束假期回来了。

他似乎已经进入另一个空间。他说话时,都在支支吾吾,就好像不太能把自己头脑里的想法和语言对上。他不能保持眼神交流,他的面颊就是脸上的两块凹陷。皮肤没有颜色,甚至连眼睛、嘴巴、头发都蒙上了少许灰色。有些日子他过来拜访,几乎就是跌进房间的。不然他就在深更半夜打来电话,告诉我他在码头下面。他一直用对方付费方式,很难弄懂他说的一大堆话是什么意思,但如果我挂掉,他就又打回来。他指责我不听他讲话,指责我避开他。

他会连续痛骂上几个小时。好几次我走下码头，发现他晕倒在长凳上。我把他扶回福斯桥路，但是，为了不让你难堪，我从来没走到你家的前门。我帮他打开花园大门，指向小路。我总是确保有灯亮着。一次我甚至看到你从楼上窗户往外张望。你看起来那么劳累，哈罗德。

我试着再给你敲一次警钟。那是午餐时间，我看到你匆匆离开食堂时追上你。我想让你知道我有多担心。我想让你知道戴维需要帮助。"哈罗德？"我喊了一声。"能不能说句话？"

你转过身说："啊，你好。老天爷。"你在哭。你试图用手帕掩饰。

销售代表们从我们身边挤过，你不得不一直别过脸去，这样他们就看不到你的眼睛。要是我一开始没有犯下那个愚蠢的错误，要是我告诉了你，我和戴维跳舞了，那该多好。或许我应该干脆说出口，说我爱你。一切都变得太纠结，太复杂。话到嘴边却说不出口。

你说："对不起啊，奎妮。我有点东西，你知道，有东西进眼睛了。能不能等下次再说？"

"哈罗德，这很重要。等不了——"

"我得走了，"你说，匆促走开时，你又说了一句，"下次吧，奎妮。下次。"

没有下次了。戴维消失了一周。回顾当初，我看到即便已然那样，我们一定仍在相信，你和我，以我们的方式，相信我们救他仍不算太晚。相信你的一部分，你的一块血肉，不会无可救药，单纯地就因为他曾是你的一部分。

但五天之后，戴维死了。

可怜的芭芭拉

"娱乐室里为什么有一棵圣诞树?"亨德森先生问,"现在是五月二十号。"

"而且那是什么怪味?"芬缇边说边深吸一口气。

我们坐在轮椅里,等在门口,呼吸着松脂味。娱乐室的窗帘都被拉开了,房间昏暗,日光是窗沿上的一涓细流。唯一真正的光源是一株缀着银色灯泡和红色装饰球的小冷杉。它在黑暗中闪烁。似乎有一个身影独自坐在椅子上,尽管很难看清。

"把病人带进来,"菲洛米娜修女对其他修女说,"我去把芭芭拉带过来。"

露西修女特别开心,她一直在大笑,同时推着我的轮椅撞上家

具。我扬起脸来看她,做出困惑的表情。她头一次看起来没有惊慌失措。她说:

"等着看吧。"

我不认识的那个人仍然隔着距离。由于我的眼睛已经适应黑暗,我能看到她很矮小,大概和我差不多高。她坐着,穿一件轻薄的夏季外套,脚边放着一个手提包。从她的坐姿来看,穿的是出门的衣服,但同时又坐得那么僵直,看起来不像个病人,也不像是常来的访客。我想起几个星期前的自己,不想让任何人对我说话,或者看我。我尝试对陌生人微笑,表达友好,但她打了个颤。我忘了那些日子。我忘了我是什么样子。

菲洛米娜修女终于把芭芭拉抱进房间。她小得像个孩子。"发生什么事了?"她喃喃地说。话说得很慢,但那可能是药物的作用。"我能看出来有事发生。我是死了吗?我没死吧,是不是?"她的脸萎缩得很厉害,以至于脖子上的皮肤一层层耷拉着,像一件宽松衬衣。

"没有,没有,"菲洛米娜修女笑着说,"你没死,芭芭拉。"

我们全都大笑了。可能是欣慰。"没死,小芭,"芬缇咯咯地笑着说,"想也别想,没门儿。"

一看到芭芭拉,陌生人马上坐直了,差点从椅子里弹出去。她僵住了,靠在座位边沿,双手高举着,把衣领抓到耳边。

菲洛米娜修女把芭芭拉放在紧挨陌生人的一张躺椅里。陌生人紧紧地捂着自己的嘴。菲洛米娜叫一个义工去拿一床毯子来,还有几个枕头。他们在芭芭拉四周又裹又披,问她舒不舒服,够不够暖和,但芭芭拉没有回答。

菲洛米娜修女轻柔地说:"芭芭拉,有人来看你了。"

陌生人啜泣了一声,就像打了一个小嗝。她从盒子里抽出一张纸巾,一把捂到嘴上。

"你听得到我说话吗,芭芭拉?"菲洛米娜修女说。

芭芭拉点点头。她的右手稍稍向躺椅扶手的方向摸索了几下,穿过空气,指向陌生人。突然间,陌生人紧紧抓住芭芭拉的手,我看到了,当然,她不是一个陌生人。她是那位邻居。芭芭拉的邻居。她来拜访了。

"哦,对不起,对不起,"邻居急匆匆地说,"我一直太忙了。"

她箭一般的目光一个接一个地移向我们,就好像她是个被定罪的犯人,在为自己的性命辩护。

"至少你出现了,亲爱的。"珠母纽王说。那个女人看起来又受到了惊吓。或许她错把他的声音当成了一台重型机械。

"聊胜于无。"芬缇说。

菲洛米娜修女站起来,伸手从树上拿下一个装饰球。她把它放进芭芭拉的手里。"你能感觉到它有多闪亮吗?"她问,话语听起来就像一首催眠曲。芭芭拉点头示意她有感觉。她仍紧握着邻居的手。看起来好像永远不会放手了。

菲洛米娜修女把树顶的纸天使也摘下来,递给芭芭拉。她问芭芭拉能不能闻到松香,然后牵起她的手指,引导它们指向树枝。

菲洛米娜修女拉着芭芭拉的左手,低声说着她的名字,告诉她是圣诞节,是圣诞节啊,她的邻居在这儿。现在一切都会好。

我在夜里听到芭芭拉短暂地唱了一会儿歌。《马槽圣婴》,我觉得是这首歌。歌声来了又去,很微弱,我不得不安定地躺着才能听到。这周头一次,我没听到芭芭拉起身。没有听到她在走廊里漫步。

灵车在早上来了。

娱乐室里，没有人说话。没有人喝营养饮料。沉重的寂静压在我们身上，把所有的生命都挤走了。就像你第一封信寄来的那天，哈罗德，只不过这次更难，因为那时我们没有期待，而现在我们已经渐渐习惯了什么，但它再次不见了。无论我们尝试如何看待生命，一切都结束了。除了终结，很难看到别的东西。

"我刚想到——"芬缇说。她放弃了。

"拼字游戏？"露西修女问。

"还是不了，你要是不介意的话，"珠母纽王说，"或许以后都别玩儿了。"

他的身后，"哈罗德·弗莱之角"看起来疲倦又过时。一颗图钉一定是从其中一张明信片上松脱的，它斜悬着，马上就要掉下来。

我们闭上眼睛。睡了。

吗啡疯狂症

吸溜。吸溜。

"我担心眼睛。"有个人说。我分辨不出是谁。他们都在俯身看我。我只能闻到他们身上的清洁气息。

"我觉得她熬不过去了。"顶着葡萄柚的女士说。

沙阿医生：*消毒敷药？*

护士：*是，医生。*

沙阿医生：*眼药水？*

咕嘟咕嘟。

我听到有人说"感染"，还有人说"温度"。

护士：*别担心，奎妮。会没事的。*（但明明就有事。她的嘴里有蜘蛛。）

菲洛米娜修女：*奎妮在等一个名叫哈罗德·弗莱的朋友。*

哈哈哈，马儿在笑。

沙阿医生：*我听说这事儿了。*

护士：*真是相当了不起的故事，对吧？*

护士微微一笑。（更多的蜘蛛。）

沙阿医生：*你觉得他希望尽快赶到这儿吗？*

*尽快？*顶着葡萄柚的女士大笑。

*尽快？*马儿大笑。

你在哪儿，哈罗德·弗莱？

六块白手帕

　　我两天没写字。一直感觉不太好。看到的事、记起的事，没有一件让我感动到想要动笔。玛丽·安贡努修女来探望过我，但我只是睡觉和服药。或许有人昨晚忘记拉窗帘了，要不就是夜班护士趁我没留意，早早拉开了窗帘，反正我今天早上醒来时，窗口的光是银色的。

　　一直有几颗零落的星星。树上的暗色叶子一动不动地挂着。没有一丝风。就是这个时段，在太阳升起前，你只能看到一小抹灰色正把黑暗擦淡，但仅此而已，没有蓝。这是我最爱在花园里干活的时段。我会看着迷蒙的沉静升离植物和木头人像。我会看着颜色浮现在拍打的大海里。就像在看着一天苏醒。

　　这一时段的名字似乎很有意义。我怀疑是"黎明前"这个词，但要是用那个词来描述我窗前这场神奇的光之洗礼，听起来很是不够火候。

　　夜班护士过来给我换止痛贴时，我在笔记本上写给她看。**这种**

光叫什么？

夜班护士说，很可能叫"**夜晚**"，不过也可能是"**黎明**"，她很抱歉，在换班前她还有好多事情要顾及。我点头，表示我当然能理解。稍后，凯瑟琳修女拿着一杯水来敲我的门。

"我听说你想了解一下'黎明'？我在电脑上查了一下，"她从口袋里掏出一张纸，"我做了一点小研究。"

现在我可以告诉你，黎明之前的时段不叫"黎明前"。它就叫"夜晚"。但黎明有三个阶段，它们被称作"天文上的黎明"（看起来就像夜晚）"航海上的黎明"（光亮只够从黑暗里辨析物体）以及"世俗上的黎明"（这个时候，光亮足够让头脑清醒的人起床而不撞上东西）。

"但有人称它为'银色时段'，"凯瑟琳修女说，"我最喜欢那个说法。"凯瑟琳修女移到窗边，向外眺望天空。她摸着玻璃，就好像在伸手去触碰外面的空气。"听听那些鸟鸣。在这样的早晨里走路，一定非常美好。如果我有朝一日能走路去圣地亚哥·德·孔波斯特拉，就会那么做。我会在黎明中走路。我猜我也会交到朋友。甚至和我不认识的人。"

六只白鸽飞过，它们看起来像落向大地的白色手帕。

凯瑟琳修女转过身来："你在做什么，奎妮？"她大笑起来，"你已经开始写了啊？"

前方的路

你的儿子死后,哈罗德,世界就变了。对纳比尔来说,世界没有变。对我的女房东、你的邻居或在街上擦肩而过的人,世界也没有变。就算世界对他们有所转变,那也很短暂,只是打了个嗝,或是踩漏一步。突然清除一个人这种方式,是在提醒我们自身的脆弱,之后又会继续习以为常地过活,继续以为自己无坚不摧。但从我的角度来看,天崩地裂的转变发生了。就像大多数天崩地裂的转变那样,它剖开一切,扯裂一切。每个早晨我醒过来,或许有那么个片刻,只有一个片刻,生活如常,然后,安静的恐惧潜入,我会回忆起发生了什么。记起自己的所作所为后,我不得不起床。我得忙碌起来,才能不去思考。我不知道你怎能承受丧子之痛,还能否恢复过来。无论我多么努力尝试,都看不到前方的路。

我记得自己感觉非常愤怒。这让我震惊,因为在所有与痛苦联系的情绪中,愤怒最不被谈及。寂寞,有。悔恨,有。但一触即发的狂怒?它刹那间袭来,我甚至始料不及。一天在福尔大街上,一个女人提着购物袋挤到我前面。她勾到了我的脚踝,其实没什么大不了的,但我追上了她。我想让她知道她错得有多严重,想让她一心只觉羞愧,因为那就是我当时的感觉。怒气在我的腹部抽动,就好像在呼吸。"你有什么毛病?"我要求道歉时,她说,"找点有用的事情做。"

于是我试图让事情恢复到戴维死前的样子。早晨我穿上衣服,搭巴士去上班。我在回家的路上买牛奶。我给自己烤吐司当晚餐。我在夜里读书。但无论把这些事情做上千遍万遍,都没有实质意义。它们就是我手头上做的事情,但都不作数。

与此同时,你在安葬你的儿子。你开始喝酒。其他事件也发生了。其他可怕的事件,我在后面会提到。我很清楚地知道,这都怪我。我没有尽力拯救戴维,而且我对你造成的痛苦不可原谅。是时候继续上路,但我还是做不到。我不能忍受离开你和金斯布里奇。

等最后上路的时候,我走得很仓促。我把东西丢进行李箱。我没有收进舞鞋,也没有收进舞裙。棕色的羊毛套装呢?对,我把那套衣服也丢下了。留声机。没地方放。整个过程就像在蜕皮。除了衣服,我只容许自己带了几本心爱的书、绿色茶杯和茶碟。我把它们裹在我的短袜和连裤袜里。黎明升起时,我搭乘第一班车去埃克赛特。我一直在扫视马路,在寻找你,但那时尚早。你甚至都还没到厂里。

我在埃克赛特圣大卫火车站对面的咖啡馆里等着,遇到了那个寂寞的绅士,他其实根本不寂寞。之后我逃去买了一张火车票。于是我上路了。在去纽卡斯尔的路上。

我真希望自己走到火车站台时，一头栽下去。那也是一种形式的逃避。但实情是，我摇摇晃晃地跌倒在地，磕青了膝盖，引起了一小阵无谓的注意。那天下午晚些时候，我在一个廉价旅馆里要了一个房间。是环岛旁边的一处新址，那里的墙壁那么单薄，说是睡在巴士站的一张床上也无妨。一个清洁工正推着一车干净床单、毛巾和小件浴室用品。她见我独自一人，就给我演示怎样开门，这里面有个小窍门，她说。我承认我没在看。我只想知道走进房间后要如何自处。房间内部似乎没有噪声，只有下面大街上的车声和喊叫声。

外面仍然相当暖和，但我的房间很冷。我都记得。即使站在门口，我也能感觉到冷冻的气流。我盯着白色的单人床，空荡荡的橱柜，光秃秃的墙壁，没法再往里走。我告诉清洁工，我需要走一走。没等她回答。我把行李箱留在大门口，就跑掉了。

我快步疾走，很饿，但感觉自己永远不会放慢脚步，不会坐在桌边，不会再吃东西。一度，我只能看到母亲和婴儿。现在是母亲和成年的儿子。到处都是他们。不同版本的你的妻儿。为了停止回忆，我愿意交出一切，但莫琳的话语在我耳边新鲜如初，甚至在纽卡斯尔，在我沿着泰恩河踱步时仍听得到，不管我走得多快多远，都摆脱不了它们。等回到旅馆时，天色已晚，我因为缺乏食物而感觉体虚。前台的灯是亮的，但没有人。

直到站在房门外，才想起我没拿钥匙。行李箱无影无踪，我试着推门，但门是锁上的。我一直对回到那个房间发怵，而既然我站在了门口，既然决定上床睡觉了，别的什么我都不想要了。我极度渴望那个空荡荡房间的冷白色，极度渴望睡下。

"没人在这儿上班吗？"我再三把手压在前台的按铃上。没人钻出来。最后，我爬到桌子后面，自行取回了钥匙。

你以为开门这件事，应该再简单不过。它本来就应该很简单。是那些你不过脑子就能做的一件事，同时你可以想些其他更有趣的事情。不管我转动多少次钥匙，也感觉到锁簧打开，门就是岿然不动。我又推又拉，咣当咣当地晃它，甚至踢了它。没用。在一波波的绝望间，我尝试镇定下来，仔细思考，但无论怎么做，都没有差别。这一道蠢门就是打不开。最后我一屁股坐在地毯上，尝试在走廊上打瞌睡。

是清洁工发现了我。"但我演示给你看了，亲，"她边说边扶我起来，"我解释过怎么开门。"她从我手里拿过钥匙，轻轻地在锁眼里拧转。她握住门把手，用最小的力气把门移向左边。当然，这是一道滑动门。"你现在可以吗？"她问。我真希望能告诉你，那一晚我睡着了，因为我已经几个星期没有合眼，但生活不是那样的，我还是没睡着。

次日早晨，我搭乘早班车去安尼克。换了一辆车。我在脑子里想好了，我必须一直北上。巴士一直开到一个名叫恩布尔顿的村庄，在特威德河畔贝里克以南三十英里，然后它抛锚了。再换一辆车？行，但它明天才开来。全部人请换车。似乎，每一件事，都在逼近终结。我试图移动，却处处受阻。

村落里几乎没人。我本可以在本地旅馆或商店里叫一辆出租车，但我不想见任何人。没有求助的意愿，因为帮助隐含着一场对话，一次交换，而我只想独自一人，继续前进。我拖着行李箱，沿着一条标示通往高尔夫球场的道路走下去。这条道路像一个邀请，引人走向大海。我现在知道它的每根树篱，每道大门，每一朵花。我知道自己为什么跟着它走，因为像那样一条宽阔笔直的大路，有一种引力。在我和远处的一条蓝线之间，浅色的沙丘和大团的滨草隆起。我不知道自己走路时想的就是戴维，但各种结局的确占据了我的脑海。

我走过高尔夫球场那块修剪的绿地，沿着松软的小径上坡下坡。到达入海口时，我闻到了藻床的咸味，同时风开始拉扯我的衣服和头发。

海湾在我的周围广阔延伸，一道完美的白色弧线。在海湾的另一侧，邓斯坦伯格城堡衰败的轮廓刺向天空。潮退了，沙子亮得像玻璃。远处，海浪接上陆地，又被截断。那是班森姆海滩，我心想。我走了六百英里，又回到开始的地方。下一步去哪儿？还剩下什么？

我迈着沉重的步伐往前走，经过了藻床，经过了黑石，直到海水拍打到我的脚指头。这一次，我会继续走下去。让水漫过我的脚。轻拍我的腰、胸部、下巴。克服一下，这次做个了结吧。海浪层层拍向我的鞋子，海水很冽，刺痛了脚踝，我几乎大喊出声。我继续往前推进。

当海浪下方某些灰白闪烁的小东西吸引我的目光时，海水几乎已经没到我的膝盖了。我头一次往下细看。成串的绿色海藻在脚踝边缠绕。贝壳和石头在沙沟里组成图案。每一波海浪过去，图像就变形一点，散失不见，然后又回来。大海里的一座花园，我轻易就会错过它。

我想起旅馆的门，它不能拉也不能推，却只能从右向左滑动。有时，哈罗德，前路出其不意。你试图把一件事向熟悉的方向硬拗，却发现它需要向不同的维度移动。前方的路不在前方，却在掉头一侧，在一处你以前没有留意的地方。

我离开大海,把行李箱拖向沙丘。

"真是戏水的好日子啊。"我对一家裹着外套的年轻人说。他们瞠目结舌。

我回到滨海小路。

朝圣者们

凯瑟琳修女把我推进娱乐室时,芬缇没在她的躺椅里。我的胃一沉。别是芬缇。求你了,别是她。我无法自控。感觉被掏空了。

"你怎么样啊?"我不知道她的声音从哪儿传来。或许她已经化成鬼来纠缠我了。这种事芬缇能干得出来。

我环视房间。其他所有座位都被占了,连以前芭芭拉的那张也是。膝上放着一个包裹的珠母纽王在打盹。亨德森先生盯着报纸,却没有翻页。露西修女坐在桌边,俯身对着她的拼图,一块也没捏。新的病人和家人朋友们拉着手,没有人说话,只是在等。窗边还有一个戴黄色防水帽的渔民,举着一副双筒望远镜瞄准北海。但没有芬缇的身影。没有她的踪迹。芬缇没了。

"在这儿,小妞儿!"

渔民转过身来,摘下防水帽。他是光头。他是——

"芬缇?"还没等我反应过来,我的怪叫就脱口而出。

"我在等哈罗德·弗莱!"她举起双筒望远镜,再次把它对准地平线。

没人说话。每个人都继续无所事事,就好像那顶黄帽子不存在。我打开笔记本,翻到新的一页,但铅笔刮划纸面的声音在寂静里太响,足以让我再次停笔。

"你在哪儿,哈罗德·弗莱?"芬缇喃喃自语。

亨德森先生放下报纸:"你看的是北海,女人。我不知道你有没有想过,哈罗德·弗莱不是坐船来的。而且就算是,我也不信他会取道奥克尼群岛①。"

芬缇觉得这很好笑,但没有打消她的想法。("取道?哈哈哈。")亨德森先生和我交换了一个无望的表情。

芬缇说:"我一直在想啊,自从小芭走后,这个地方就一点都不好玩了。现在我或许是个要死的人没错,但我他妈的还没死啊。如果哈罗德·弗莱走路是认真的,他或许也可以为我做这件事。我要做的只是等待。那很简单。"

我的嗓子眼堵上了,就好像要哭出来,尽管我不知道伴随而来的那种感情是一种喜悦还是悲伤。

"你在等他吗,芬缇?"凯瑟琳修女慢慢地说,"在等哈罗德·弗莱?"

"太对了,我就是在等,修女。"

芬缇提议再来一轮营养饮料,之后是小睡和一些午后祷告。她以前还没参加过教堂活动。从现在开始,她说,她必须保存体力,扩大她的选项范围。"因为那个男人一天没到这里,我就不能死。就这么说定了。"她回到她在窗边的岗位,又全副武装好双筒望远

---

① 苏格兰北部的一处群岛。

镜和防水帽。

珠母纽王开始发出一阵奇怪的嘎嘎声,让露西修女拿起一杯水就冲过去救他。"托你的福。我是在笑。"他哼着。她问他需不需要什么东西,他说想要加入芬缇,也到窗边去。"我支持她,"他在露西修女身旁缓慢挪动时说,"我也在等,如果你问我,是因为哈罗德·弗莱听起来像是个钻石级的怪老头。"于是,有个戴黄帽子的单薄渔民,还有一个魁梧的有着海盗气息的独臂珠母纽王在守望着你。我往椅子里陷了一点。

"亨尼?"芬缇说,"你等不等?"

每个人都转向亨德森先生。他则瞥了我一眼,仗义地点了一下头。

"如果哈罗德·弗莱是轩尼斯小姐的朋友,那他就是我的朋友。"

"太好啦!"芬缇尖叫一声,"亨尼也加入了。来吧,你们这些人。还有谁在等哈罗德·弗莱的?"

我不敢看。我想,不会有其他人答应的。甚至没有人会回答。我知道他们是对的,因为我这是在干什么?死亡无处不在时(我指的不只是在疗养院里),我却在等着你。

默默地,一个又一个病人举起了手。凹陷的脸。骨瘦如柴的手腕。绷带和导管。阳光从窗外泼洒进来,空气里闪着微尘,像镀银的雪片一般翻扬。病人的亲友们也开始举手,义工和修女们也是。最后,娱乐室里的每个人都举起了一只手。高的、矮的、年轻的、年老的、胖的、瘦的、健康的、垂死的。他们带着领悟的惊叹面面相觑。新的东西在发生。我感觉得到。

"那么,就定了,"芬缇说,"全体一致赞成。从现在开始,不许有人死。我们都等哈罗德·弗莱。"

发生什么事了？

过去几天里起了变化。有那么多人关注我,我很难找到安静的时间给你写信。

周二:亨德森先生拿出他的钢笔,说要试试报纸上的填字游戏。我成功地帮他解决了几条神秘线索。凯瑟琳修女的邮包里装了三张祝福者的贺卡,分别来自圣博斯韦尔斯村、厄姆斯顿和彼得伯勒。露西修女把它们钉在"哈罗德·弗莱之角"上。我把剩下的一天都花在回复康复卡上了。

周三:亨德森先生在空中挥舞着报纸说:"天哪,哈罗德·弗莱今天甚至登上了本地新闻。"他什么意思?一个义工问。露西修女一脸困惑地宣读了一篇短文,关于哈罗德·弗莱以及传奇一代的勇气。之后凯瑟琳修女让我看颐乐花园的一朵芍药。我承认我掉泪了。

周四:一个来看望新病人的女人转向我,我发誓她笑了。一个来看望父亲的文身男人向我竖起大拇指,说:"上帝保佑你,夫人。"我们还收到一份礼品递送,是一篮玛芬蛋糕、布朗尼和纸杯蛋糕。("天杀的,"芬缇说,"你们就不能把那些东西变成液体吗?")露西修女问,有没有人愿意帮她拼图,三个病人说愿意。他们拼完了威尔士和英格兰南部,现在正加速往中西部地区迈进。

* * * * *

周五:一个女人试图用她的手机拍凯瑟琳修女给我搅奶昔的照片,菲洛米娜修女大喊着冲进来:"不行,不行,这里不能拍照。拜托。"之后,一个拿着长焦相机的男人不得不被护送出颐乐花园。我又收到六张祝福者寄来的贺卡、威尔士一家癌症单位送来的花、本地妇女协会捐赠的自制果酱,还有橄榄油、身体乳、一个头部按摩器和三个热水瓶。亨德森先生对我说:"接下来就会是梨树上的一只鹧鸪[①]了。对吧,轩尼斯小姐?"

今天早晨,值班护士给我换敷药之类的东西时,她说:"这世界真疯狂。"

我写道,发生什么事了?

"没人告诉你吗?"

我摇摇头。

"你听说过推特吗?"

[①] 这一典故出自英格兰的一首圣诞颂歌《圣诞节的十二天》,这首歌列举了在圣诞节的十二天里,排场越来越大的一系列礼物。原歌词为"在圣诞节的第一天/我的真爱送给我/梨树上的一只鹧鸪"。——译者注

我了解一点，当然，因为西蒙——那个以前常来海滩小屋帮我的义工——聊起过它。有时我坐在花园里一个由毯子搭起的帐篷里时，他就在玩手机。我写过那些有花木盆栽和玫瑰花架的日子，人们过来参观我的花园，带来礼物，有时他说："哦，好可爱。"有时他只是对着手机点头。在花园里，我和西蒙坐在一起度过了很多时光。

值班护士给我敷脸。她贴着我的耳朵说话，声音都有点让人发痒。她说："星号，哈罗德·弗莱。星号，奎妮·轩尼斯。星号，不可能的朝圣。星号，疗养院。星号，尊重。星号，永生。我不知道啦。你们的名字似乎铺天盖地。"

芬缇整个下午都在和一个义工学习如何发推文。她现在有三百个关注者了。

关于一栋海滩小屋

今天早晨我静静地躺着,想到我的海上花园。我没准备好去娱乐室。我只想着风铃,越是想它们,就记起越多。当外面吹起一阵微风时,树上的绿叶都飒飒作响,我笑了,因为我发誓,我能听到贝壳和铁钥匙的叮当声。

玛丽·安贡努修女坐在椅子里,边吃着一个用特百惠保鲜盒塞得满满的午饭,边读她的新杂志《打开梵蒂冈之门》(我无法想象那里面有很多笑话,但她似乎觉得很幽默。)。

"或许你应该写一写你的海上花园。"她最后说,并用一张餐巾纸抹嘴。

我想告诉你,哈罗德,我是怎么在诺森伯兰安家的。

天空是一片松石蓝,只有飘渺的几片云;阳光落在我的脖子和手臂上;极远处,平整的大海闪着微光,像一匹蓝布。除了拍打海岸的潮汐在不停地更替、翻转和慢慢移动,其他什么也没有。

二十年前的那一天，我走出大海，走回陆地时，没有想过建造花园。我没有想过找一栋房子。我把行李箱猛地拽上恩布尔顿湾的沙丘，不知道自己要再往哪儿去，只知道我在寻找，虽然不清楚那到底是什么。往大海去的一小段路上，一块石头岩层给鸟儿提供了栖息地，海浪碰到它时，白色的鸟儿就打着转儿振翅飞起。我只能听到海鸥的叫声和海浪声。

海滩别墅群和我不期而遇。那就像你以为自己独自一人时，却撞上了一场派对。它们大体上都被木板围住，尽管有几栋仍开放，有折叠式躺椅摆在外面的草地上。没有哪两栋小屋是相似的。有些只不过是木棚。其他的刷了油漆，有阳台、楼梯和圆形窗户。它们彼此隔开，没有任何形式感或秩序，之间也没有真正的小路相连，就好像有人抓了一把海滩别墅，然后任它们落在多沙的峭壁上一样。我的那栋是最后发现的。一块手写的指示牌，上面是"待售"。

房屋外围被碎板条压着，房顶尽管不怎么样，也是铁皮做的。窗框都腐烂了，没有镶玻璃，每当有风吹来，面海的窗户上破烂的红窗帘就像舌头一样伸出来。百叶窗摇摇欲坠。一根石头烟囱从海滩小屋的这一侧伸出来，一棵老树从另一侧长出来。这片地方被灌木包围了。

我把行李箱留在向阳处，一路踢踏来到门廊。门廊就是由两根油漆剥落的木头柱子撑起的一片层压板。我推推前门，被挡了回来。不过，它不是一道滑动门。我检查过了。门是靠鞋带绑在门框上支撑的。我得把鞋带解开，然后把门提到一侧。

还没等我进去，湿气和腐朽植被的气味就扑鼻而来。有雨水打进来的地方，楼板梁都烂掉了，在空隙里生出了成团的粉花海石竹。油漆从木墙上脱落。我得非常小心地落脚。走错一步，脚就会把地板踩穿。我试了试一个石制盥洗池上方悬着的水龙头，那东西啪嗒一声直接断在我手里了。

这栋海滩小屋被分隔成四个同样大小的房间，每个房间都有一扇窗户。前部的两个房间面朝大海。后部的两个房间——其中一个变成了我的浴室——俯瞰绿崖。我从每扇破窗向外凝视，但看不到其他海滩别墅。只有荨麻的苗床，止于悬崖边缘。下方，就是大海，黑色尖端的参差海岸线缀有白色的流苏状泡沫，还有破败城堡的遥远剪影。海滩小屋给人的印象是，它既不扎根在陆上，也不在海里。我把行李箱留在小屋旁边，返回滨海小路。

我在下面的高尔夫球场打听，但没人对那栋海滩小屋有所了解。他们建议我去商店问问。往村庄去的中途，我意识到自己已不在走路，而在奔跑。那儿没人，村庄小店里的人告诉我。没人在那儿住。它已经挂牌出售很久了，包括那栋房子和它下面的地皮（半英亩土地）。屋主很多年没在海湾避暑了。谁能怪他们呢？那栋房子要塌了。它很可能挺不过下一个冬天。我要了屋主的电话号码，还买了一条面包和一瓶水。

我回到海滩小屋，带着行李箱坐在太阳底下，吃着面包喝着水，同时眺望下方的海湾。日头正高，在海上洒下星光点点。空气因为热气闪烁着，就像一层水纱。更远处，我依稀辨出海平面上有一艘游轮，它那么静止，就好像被贴在那里一样，直到我看得更真切些，发现它确实动了。棕头鸥在海岸线上盘旋，像石块一样猛地俯冲下去捕鱼。人们沿着滨海小路行走，都是人头小点，在往邓斯坦伯城堡去的途中。我们所有人，一辈子都在到处走动。游轮上的乘客。周末的步行者。海鸥。鱼。带着一个行李箱的我。荨麻摇曳了。

诺森伯兰的海岸完全不像德文郡,就算说它像,也只是个精简的版本。南部褶皱交叠的地貌在这里变得平坦。德文郡的窄巷两边悬垂有高大的灌木篱墙,于是我无法知道转角那边有什么,而在恩布尔顿,土地宽广开阔。我俯瞰海湾、高尔夫球场、峭壁和杂乱无章的城堡,感觉就像在重新呼吸。我能看到每样东西了。

我会在这里住下,我想。我需要在这里住下。我已经对那个颓败的地方泛起一股柔情。

我当晚就给屋主打了电话,提出买下他们的海滩小屋。

进一步的疯狂

亲爱的奎妮,形势有了意外的转折。太多人问候你。祝好,哈罗德·弗莱。

附:邮局一个好心的女人没有收我邮票钱。她也祝福你。

你最新的明信片到了。这次娱乐室里人满为患——太多义工、护士、病人、家属和朋友都聚集一堂听你的消息——结果芬缇让露西修女站在一把餐椅上大声读出来。之后是房间里各式各样的人对邮局那位女士的善举、邮政服务的拖沓以及慈善事业的一场热烈讨论。举个例子,一个女人,她是一个病人的姐妹,告诉我们她每年跑三次马拉松,用以支持本地福利院。芬缇说,既然这位女士心肠这么好,能不能把手机借来用用,因为她需要查看自己的推特账户。露西修女把你的明信片钉在了"哈罗德·弗莱之角"里。我不想小题大做,就没问图片是什么。

"我们得向他传递一条消息,"芬缇宣布,"那样他就能知道这里的进展。"

"具体是什么进展?"亨德森先生问。他坐着没动,值班护士在更换他的注射泵。

"他需要知道我们都在等,"芬缇边说边指向娱乐室里的一大群人,"如果他知道我们有多少人在等,或许能快点到达。"

"如果哈罗德·弗莱发现我们有多少人在等,"亨德森先生说,"他或许直接就回家了。而且你到底打算怎么给一个正在徒步穿越全英的人传达消息?"

芬缇忽略了这个问题。她转而对着义工那桌人致辞:"我们需要开始拟订计划。哈罗德·弗莱随时都可能到达这里。我们必须准备好。"说到这儿,她不得不停顿,往纸巾里咳了些东西。

菲洛米娜修女和值班护士分发营养饮料和止痛药时,芬缇开始列出计划纲要。它们出人意料地具体。

"首先,我们需要制作一条'欢迎你,哈罗德·弗莱'的横幅。有人想做这个吗?"

凯瑟琳修女被指派去负责横幅制作小组。她取来了黏胶图形,还有毛毡、剪刀、胶水和一长段帆布。

芬缇还提议在音乐疗程时写一首歌来欢迎你:"或许本地报纸能来给我们拍照。还有一件事,我们得考虑一下发起筹款。"

"请问我现在能不能把手机拿回来?"马拉松女士小声地嘀咕。

"你不介意吧?"芬缇抢白她,"我现在正发推特呢。我在一心多用。"

"为什么我们要考虑发起筹款?"一个新病人问道。

"为了资助一场派对啊。他到的时候会需要一场派对。他不会只想走到这里,然后,比如,就……坐下。"

我扫了一眼满屋的椅子。除了坐下,我想象不出你还要做什么。我瞧了瞧亨德森先生,他皱了一下眉头。

"搞个抽奖怎么样?"珠母纽王咆哮道。

"很赞的主意。"芬缇说。她叫人来夺走我手里的铅笔和笔记本。她需要列个清单。

一个义工提出制作礼品卡来筹集资金。另一个建议做纸杯蛋糕。

"我不确定我们要办派对,"菲洛米娜修女默默地说,"这里是疗养院。如果你们想为哈罗德·弗莱的到来做准备,我们可以说服露西修女拿出她的吹风筒。"

"你们要是喜欢的话,"露西修女说,她的话让这个议题更起劲,"我甚至可以理发。"

有人窃窃私语表示赞同。芬缇短暂地消停了一会儿,拽拽她的帽子。(一顶亮色的拉斯塔法里羊毛帽。但我们现在不用深究那个。)几个病人的朋友们说,如果露西修女提供理发的话,他们也想要理。他们赞同说,近期每天都往医院跑之类的,都没什么时间来考虑美发这种事。

"你能把我的头发剪到多短,露西修女?"一个义工问。她的头发往外爆,像一圈静态的光环。

"哦,能剪到很短,"露西修女明快地说,"你要是喜欢的话,可以来个巴西式的。"

这天剩下的时间里,各种活动继续进行。凯瑟琳修女监督横幅的事。因为吹风机热风的关系,露西修女的脸变得粉红。芬缇安排自己负责媒体关系。珠母纽王说,他可以联系几个他认识的人来捐助摸彩奖品。我握着笔记本坐在窗边。

"我估摸芬缇有一千个关注者了。"身旁有个轻柔的声音说。我很惊讶地发现是亨德森先生。我太专注于自己的书写,都没注意到他靠近我。"要一千个关注者干吗?"他在我旁边的椅子里坐定,"我有一个妻子和一个最好的朋友。那就是我需要的一切。"

他俯视颐乐花园。雨燕正在树间俯冲,木塔在草上投下长长的影子。亨德森先生和我观看着。我没有写字。花园的叶片都变成了同一种雅绿。

芬缇从房间另一头发出一声嗷叫。"哈哈!"她粗声大喊,"我他妈的发起热门话题了!"欢呼和呼哨声响起。

亨德森先生对着雨燕微笑。"*何其多哉,*"他喃喃自语,"*人之将死,其心愉悦!*[①]"

---

① 出自莎士比亚的《罗密欧与朱丽叶》第五幕第三场,是罗密欧死前的独白。

我安家栽花之处

我走出我的海滩新屋，一脚踩进一个水果蛋糕里。

荨麻地里还放有一锅炖菜、一品脱牛奶、一包克莱斯特牌烟熏鱼和一个酒瓶。

我买下这栋海滩小屋和几乎寸草不生的地皮时，本地人带着好奇旁观，就好像我脑筋不太正常，因此或许需要人照顾一样。刚开始谣言四起，说我买下地皮是为了开发它，尽管没人愿意住在这栋海滩小屋里，人们也不想看到它被拆毁重建。一场抗议大会在城堡酒店召开。除去抗议人和他的两个朋友（一个水管工和他的妻子），我就是唯一露面的人。我们喝了苹果酒，水管工和他的妻子最后提出帮我翻新海滩小屋。作为交换，我同意看看他们的账簿。尽管这件事让我痛心，这个活儿，它把我带回金斯布里奇和你与戴维的岁月，我承认有时你无法彻底清除过去。你必须带着悲伤生活下去。

抗议人借给我一顶帐篷和一块防水布，供我在屋顶修好前使用。他帮我在海滩小屋里把它支了起来。他说，也没有什么要我酬谢的，要不就帮忙改改他那篇呼吁保护臭氧层活动的讲稿吧。

我的睡榻，一块铺着旧垫子的木托板，一个睡袋，都是水管工和他妻子的一个邻居给我的。作为交换，邻居请我辅导她儿子的普通级拉丁语。于是现在我有三份工作——会计、教书还有抗议。我和衣而眠。

送饭送菜仍在继续。有时他们在荨麻地里弄出一条美食小径。用饼模、特百惠包装盒还有包在锡纸里的耐热碗来保温。如果我很馋，就走到下面的高尔夫球场，在俱乐部会所里叫一份热菜。与厨房伙计讲话时，话题都是天气，于是它适时地变成了我们的语言，就像你和我在你的车里有一种语言一样。好天气。坏天气。我们用天气术语来描述我们的情绪。有时，他们当中的一个会问："你在那上面还好吗，宝贝儿？待够了吗？"

水管工和他妻子还有我给屋顶做了支承结构，防止它坍塌。我们不得不用独轮车把东西推上去。我们清掉了屋顶上的苔藓和碎片，那样雨水就不会再在铁皮屋顶上积成死水潭，渗进屋里。水管工的另一个朋友安装了水槽，并换掉了腐朽的窗框。以前只有碎玻璃的地方都粘上了有机玻璃板。作为报酬，我同意也接下这个朋友的账簿，还有每个星期帮他辅导一次自信技巧。他觉得羞怯在生活中拖了后腿，尽管我也从未觉得自己是个特别直率的人，我发现和纳比尔的周旋技能派上了用场。

木地板被我在高尔夫球场碰到的三个建筑工人换掉了。作为交换，我在他们的家庭烧烤聚餐上烤鱼和香肠，还有从酒吧里搬苹果酒的瓶子。门重新挂上了新的铰链。我付了钱，用我母亲的话来说，那是"现钱"。刚好在海滩小屋的第一个圣诞节之前，我在邮局碰到的一对夫妇送给我一个二手木火炉。我了解到他们的婚姻岌岌可危。作为答谢，我提出每个周日下午，在他们家的厨房给他们上舞蹈课。慢，慢，快快慢，慢。我想起母亲剥着豆子，我的鞋踩在父亲的靴子上。我不知道是因为跳舞还是欢乐的节日季，不管怎样，那对夫妇继续过下去了。后来的几年，他们都会到我的花园来，在鹅卵石小径上跳狐步舞。我们会在窗户旁摆上他们的卡带播放机，如果当中有谁问起，你呢，奎妮？你的舞伴怎么了？我可能就在花园里点上一盏灯，然后想起你来。

　　第一个冬天，我的大部分时间都在想办法让木火炉一直烧着。夜里，我躺在床上打着寒战，尽管我全副武装了渔夫袜、针织毛衣还有一顶羊毛帽（全部都是旅馆的一个女人捐献的；作为交换，我每周帮她给在澳洲的女儿写一封信）。海滩小屋在风中摇摆、木板嘎吱作响。大海掀起墙壁般的海浪。但我很安全。我已经做成了没人说我能做成的事。我独自一人在恩布尔顿湾过了一冬。

　　春天来了。管鼻鹱在岩石上做了窝，三趾鸥也是。天气开始变得明朗后，我买回了沥青油漆——迄今为止最贵的采购——重新装饰了整个外观。那是欢庆的一天。其他海滩别墅的屋主都开始开放他们的夏季民宅了。我邀请他们过来，还有所有帮过我的人。我的客人们带来了吉他和野餐食物，我们在沙地上跳舞直至夜深。后来我把窗框漆成了蓝色，还有木质百叶窗。我把内墙刷成浅灰色。窗帘被换成了丝绸幕帘，是我在一次杂货义卖上顺手买的。

　　所以你看，现在，我有了一个家，而且我爱它，我的海滩小屋，因为我把它从一无所有中拯救回来，让它重获新生。我每周还有至少十个与当地人的约定，教他们我一路以来学到的技能。有时我暂住在他们家里，分享同一盘食物，有时我们沿着滨海小路走去城堡废墟。有时我和他们一起喝酒，在牛顿池边看鸟，或者在克莱斯特海港坐下吃螃蟹。但我从没说起我从哪儿来，也没聊到那件我认为自己做过的可怕的事。而且永远的永远，是你的缺席。

随着夏天到来，我以为能感到平静。但我又开始梦到戴维。夜里我让窗户开着，希望让大海抚慰我，但没有用，我常常哭着醒来。正是那时，我决定清理荨麻，并发现自己无意间开始堆出一座假山。

我在海滩那边发现一块黑巨石，大得足以坐人。我和几个高尔夫球手花了一整个早上，把这东西推上滨海小路。我把它放在屋前几尺的一个中央位置上。它标志着这一空间的核心，就像车轮的轮毂。我喜欢从窗里看它，看它在太阳雨露中变幻色彩，看它的影子拉长，然后随着时间推移又缩回去。一个高尔夫球手建议，说我应该刻出一条沙阶，从我的花园直通下面的海滩。如果你沿着恩布尔顿湾的沙路往克莱吉暗礁走，仍能看到通往我家花园的小路轮廓，尽管最近我让大海接管了它，沙阶不再那么容易找了。

不久以后，我挖了个洞，填满堆肥，种了一棵犬蔷薇。它是个娇弱的东西，我担心贫瘠的土壤加上大风会让它受不了。一个早晨，我正走在海滩上时，捡到了一根浮木，大概有手杖长。我把它拧进了玫瑰旁边的土壤里，充当桩子。于是现在那里有了一座假山，一块黑巨石和一棵玫瑰。我的花园展露雏形。

我的灵感来自于所见。我研究其他人的花园、人行道，正如告诉过你的那样，还研究沙里的图案：细沟，辐条，沙脊，一行行椎骨般的压痕。我可以浪费一整个早晨，尝试辨认石池里的颜色和形状：有黑色长触手的海葵，锈绿色的花，银白的藤壶，蹦跳的黑蟹和粉斑的海星。涨潮时，我看着海雾席卷陆地，要么我就坐在黑色的岩石群上，它们看起来像格雷梅尔岩下方一堆搁浅的海豹。我收集海藻，把它们挂在木头门廊上晾干，所以当风暴来袭时，它们舞动得就像塑料缎带。

后来，我开始注意到，以前我说我的花园寸草不生是不对的。大量植物生长在这片不毛之地。我当时只是不懂得珍惜。我挖出了海甘蓝和耧斗菜，罂粟花和金雀花，海石竹和野老鹳。我给它们每一个都安排了位置。

在海滩小屋的第二年，我建造了石池。它的直径大概有四英尺，是由玄武燧石筑成的。为了保持水位，我小心地把石头排好。在海滩上闲逛时，我发现了很小的煤粉石，有珠子大小，我用它们给石池堆了个外沿。后来我又堆了两座石池，用的是黑色花岗岩平板和灰色鹅卵石。摆放石头时，有时第一次就放得刚刚好，其他的时候，我得花上好几天摆了又摆，看了又看。我只能通过犯错来找出正确之道。石池完工后就是石径，它从花园的一个区通向下一区。我对栽培更加雄心勃勃了。

人们开始驻足，赞美我的作品。他们带着朋友们回来。他们会从海滩或高尔夫球场散步上来，要么就会在下班回家的路上开车过来。有一个夏天，我利用坏掉的工具和报废的铁器做了风铃。我立起一根晾衣绳替代围墙，把风铃挂了上去，于是，即使你人在海滩也能听到它们当啷作响。人们给我带来东西——他们不需要的一块块废品。我把每个物件都放在花园里。每一季，它都扩张得更大。

游客们说起我的花园时像说起一件美的作品，一个魔法。我得跟你实话实说，这让我感觉良好。有时我跪在花园中心，调整着石头，或许把它白色的一面掉转朝向太阳，但我不是真的在忙碌什么，只是在等有人停下。我用贝壳做出蓝色的小鱼，把它们放进石池里，在翡翠绿的帽贝旁遨游。

木头人像在花园最鼎盛的时期来到。当然，我做的第一根就是你。我把你放在巨石旁，就在正中心。然后是戴维，我用多刺的伯内特玫瑰给他做了一张床。其他人陆续来到。毕竟，我有无穷无尽的时间。我边在沙滩上闲逛边仔细挑选，如果没找到需要的，就停下，改日再继续搜寻。最后，纳比尔是一小根有光泽的尖利打火石，它让我发笑。莫琳是一根脆弱的浮木，她的心脏位置有一个洞。我给席拉找了两块圆鼓鼓的岩石。我父亲是一把高铁锹，倒向一根结实的树枝——那是我的母亲（我给了她一顶美丽的红藻帽。）。苏荷区的女艺术家们是七片总被吹走的羽毛。连那个人渣都有他自己的一个潮湿小角落。我给每个人都留了位置，因为他们曾是我生命的一部分，即使他们都不在了，我也不会把他们留在身后。它们在月光下闪烁，那些人像，似乎活了过来。

但我最爱的，是花园正中那个高大的人像。

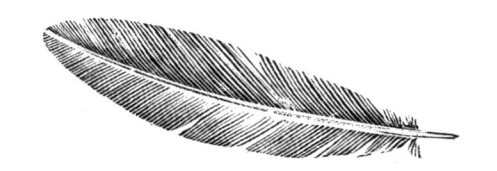

婚礼钟声

一个年轻的男病人被他的男友搀扶着走进娱乐室。病人穿着慢跑裤,一件T恤从肩膀上耷拉下来。他的男友穿一套利落的蓝色西服。
"大家好,"男友喊道,"介意和你们坐在一起吗?"

"请便。"芬缇说。她移开自己剪出的图形,小心地折起"欢迎你,哈罗德·弗莱"的横幅。

"哈罗德·弗莱?"男友说,"我觉得听说过他。"

"对啊,他在为我们走路,"芬缇边说边示意房间里的每一个人,"哪天都有可能抵达。"

男友扶着伴侣坐下,问他需不需要什么,比如水啊,或者一张毛毯。伴侣抬起手说不用,我还好。他把头靠在男友的肩上。男友抚摸着伴侣的脸颊,对着他的耳朵低语。只是微小的、静态的话语,比如得了,得了。好的。我爱你。我在这里。

"你们是男同吗,还是什么?"芬缇插嘴说。

男友说:"你想让我们坐到别的地方去吗?"

"靠，才不是，"芬缇用颤音说，"你是我几周来看到的第一个有真头发的人。你就坐在那儿别动。"

"彼得和我今天要结婚了，"男友说，"你们愿意的话可以都来。"

"我觉得我们走不到教堂，哥们儿。"珠母纽王咆哮着说。他指向膝上的蓝色钩织袋，里面装着他的注射泵。

"我们也走不到，"男友说，"菲洛米娜修女和全体员工开了个会。他们同意我们在娱乐室里举办仪式。"

"那上帝呢？"亨德森先生问。

"菲洛米娜修女的观点是，上帝的眼界更广。"

"婚礼？"芬缇喊叫一声，"那意味着我得去借顶新帽子？"

事实上，没时间去借帽子。没时间准备五彩纸屑。一个小时后，我们围坐成一圈，新病人和他的男友坐在中间。护士们加入了我们，几个修女也是。那些对在天主教疗养院里举办同性恋婚礼持怀疑态度的人，得到机会去其他地方做事了。男友把一枚戒指套上彼得骨瘦如柴的手指，然后撑着他的手，让彼得也把一枚戒指戴在自己的手指上。一个穿紫红色裤装的女人主持了一个简短的婚礼仪式。她说，有我们在那里见证彼得的婚礼对他有多重要。"我错过全世界也不能错过这个，"芬缇啜泣着，"你们俩看起来太他妈的幸福了。"

"你能听到我说话吗，彼得？"男友低声说，"你能听到吗？现在我是你的丈夫了。"

彼得笑了，合上了眼睛。

芬缇用光了一整盒家庭装的纸巾。她说他们不准备开派对实在是遗憾,彼得的新婚丈夫轻松地耸了耸肩。"但等哈罗德·弗莱抵达时,我们会给他举办派对的,"她说,"你们可以来参加那一场。你们知道那个同性恋家伙吗?他叫什么来着?那个歌手?或许他能过来。"

丈夫亲吻了彼得的额头,大笑着说,不,他不认识什么歌手,不管他是弯、直的,还是双性向。

"啊,好吧,"芬缇说,"无所谓啦。你们愿意的话,可以来加入我们。你们两个臭小子也可以等哈罗德·弗莱。"

彼得的丈夫弯起右手,带着一种心醉的神情凝望他的婚戒,就好像他从未见过这么美丽的东西。

今天早晨彼得没在他的椅子里。

我都看到了,颐乐花园里,菲洛米娜修女把他的丈夫搂在怀里。后来她带他去看花丛。她挑起一枝山梅花,他俯身去嗅它的甜橙味。

送葬人停好了灵车,走下车来迎他们。

大震惊

"见鬼了！快到这儿来！"

当时玛丽·安贡努修女在我的房间里，我没在笔记本上写字，甚至也没记起什么特别的事，只是在盯着一只大鸽子看，它试图在一根尤其繁茂的树枝上保持平衡，就在那时，我们被娱乐室传来的一阵叫春似的声音惊扰。

"哈罗德·弗莱上电视了！快啊，大家！快来！"

玛丽·安贡努修女疲倦地摇了摇头，此时露西修女夺门而入。年轻的修女把我从床上抱起，绑进轮椅里。她推着我冲过走廊时，其他门也突然打开，病人们由家属或义工扶着出现。

我到达娱乐室时，人们转身，给我在前面腾出空间。菲洛米娜修女拿起遥控器，调大音量。

电视上像是在开一场派对。我们看到一群人走下一条乡间小路，有人装备着专业的拐杖和靴子之类的，其他人摇着铃铛打着鼓。队伍的最前面，一个高大的男人大步流星，他皮肤被晒得黝黑,头发稀疏,留着大胡子。

是你。

我的内脏翻江倒海,好像刚踩漏了一步,就要跌倒。

"电视上的男人说,哈罗德·弗莱现在有一些新人和他一起走了。"芬缇说。她站起身来,用她的红指甲敲打电视机屏幕。几个人抱怨说她挡住视线了,他们不滚下轮椅都看不到,但她无视他们,继续指着集结的步行者们。"那是一只大猩猩,对,还有一个戴帽子的娘们儿。然后是这个男孩儿,似乎是个搅屎棍,另外有个女人,看上去像在吮柠檬一样。他们刚刚经过哈罗盖特镇。他们都在走路救我们。"

我的心又是一沉。是你身边的那个男孩让我不安。有那么一刻,我敢发誓,你在和戴维一起走路。

嗯哼。没人提起（戴维·弗莱）

我听到消息时，哈罗德，不知道要怎么办。销售代表们在走廊里议论你。"你们听说弗莱出什么事了吗？"他们似乎急于告诉彼此，因为这是一个故事，一个悲剧，但没有触动他们的任何神经。我听得僵住了。我的第一冲动是直接去你家找你，想坦白一切。但我却走进了洗手间，几乎昏厥。那太震惊了。我感觉就像世界刚被捅出一个大窟窿，没有其他人知道，但我负有直接责任。我几乎无法走直线。

"你的气色很差。"席拉说。她把手背举到我的额头上，搁在那里。"我的天啊，"她低声说道，"你都沸腾了。"这一姿势让我想起母亲，而想到她让我不堪重负。这么多年来，我头一次想她想得要命，就像在她过世后我想念她那样。我想让她和父亲把我带离这件事。我想让他握着我的手。"你应该回家。"席拉说。

我不记得那天下午的大巴行程。我不知道自己有没有付车费，或者有没有跟人说话。我记得那股炎热，我记得那个。我渴望独处的愿望超过一切。但当我走进公寓后，感觉更糟。

是寂静。我看到戴维以前爱坐的那张椅子，忍受着去目睹那张缺了他的扶手椅就像直接看他消逝。外面有车，有海鸥，有傍晚沿着河口散步的人们。每样东西都理所应当。除了戴维·弗莱没了。我想到你，还有他，我哭了几个小时。

那一夜在床上，我和衣躺下，手臂紧抱双膝，脚蜷缩得很高。不管我加盖多少层，都止不住地发抖。我一闭上眼睛，就只能看到戴维的画面，黑暗里的一具蓝色身影，悬挂在你家花园棚屋的大梁上。要是没听到销售代表们说起那个就好了。我的脑海里出现了更多他的画面，绑套索，找站的地方，把绳索绕在脖子上。他想死的吗？连窒息时也想吗？他有没有希望被人救下？我多渴望他来踹我家的门，透过邮筒喊叫我的名字。每当我入睡，总是睡不实。

我在凌晨某个时刻醒来，太热了，动弹不得。我觉得自己被吞进了混凝土中。我还是起来了，唯一能做的就是别闲下来。厨房，浴室，客厅，门口。几乎没停下过。我匆忙穿衣。无法忍受独自多待一秒了。我必须回到啤酒厂。

我无意中听到销售代表们说，你要离开至少两周。葬礼之前会有一次尸检。这连想都没法想，席拉说。这件事似乎连谈都没法谈，因为它再也没被提起过。

我不知道以后还怎么直视你。我知道如果我坦白真相，你一定会恨我。同样地，我也知道，在街上、巴士上、食堂里擦肩而过的所有人中，我最需要找到的，就是你。

* * * * *

那是一个酷热的下午。戴维离世已有一周。如果有什么区别的话,那就是我感觉更糟了。失眠。没有食欲。我没法不想他。从他去世之前开始,我就没见过你。

我乘巴士去了殡仪馆。我必须以某种方式标志他的离世,因为像这样假装一副样子,而明明知道自己是另一副样子的感觉,太难受了。太阳灼伤了我的眼睛。每一样东西——天空、人行道、过往的车辆——都太白,太猛烈。我推开殡仪馆的门。这地方有一种冷却的甜味,我知道和尸体保存有关。然而感觉仍像走进了一个不同的宇宙。我的鞋子在冰冷的地板上发出回响。真希望有件外套。

一个穿西服的男人向我问好。问能不能帮上忙。他打了一条黑色领带,戴了袖扣;身上有种职业的哀悼气氛,没有我们这种外行的聒噪。我推测他是殡仪员。

我请求见戴维·弗莱。听到戴维的名字,那男人对着我的脸变温和了,头一次,看起来有人可能理解我在承受的悲痛。它在这里有了位置。

"你预约了吗?"他问。

我解释说我并没有具体预约,但我是这家人的朋友。我重复说想见见戴维。我需要见他,我补充说。

我的回答不是正确答案。殡仪员变得不安。他后退几步,伸手去拿记事本和钢笔之类的。我口干舌燥。他需要致电给客户,殡仪员说。除非我有预约,否则不能瞻仰死者。

"但他哪儿也不会去啊。"我回答道,提高了声音。话还没说完我就开始哭了。常态与悲痛欲绝之间仿佛不再有界限。

殡仪员的脸变得冷酷。或许他怀疑我是记者。我不知道。"我不能允许你留下，女士。"他说着已经往门的方向走，要为我开门了，热气和光亮从外面闯进来，太强烈，以至于像噪声。我想留在里面。我无法忍受被赶出去，尤其是我花了那么大力气才敢面对，现在我人在这里，却一无所获。

或许殡仪员察觉到了我的痛苦，因为他问我有没有东西要放进棺材里。他可以把它转交给客户；他可以为我做那个。我猜测他是在要钱，就像他们在教堂里传递银盘子那样，我的愧疚、痛苦有那么多，如果这能给你带来某种安慰的话，我愿意掏出我存下来的每一分钱。我打开手提包，这时另一个穿西装的男人从接待处另一头的一个房间里冒出来。我几乎没看到那个房间里的东西；在抛光的木质棺材后面，或许有一道蓝色的软墙，黄铜把手。我甚至不知道那是不是戴维的棺材，但感觉就像被打了一拳。

我全身都疼。连我的肺里都在疼。

我请殡仪员把戴维的红手套带给他。它们在我的手提包里。从我发现他把它们丢下的那天起，就一直在那里。手套属于死者吗？是的，它们属于死者。殡仪员会咨询他的客户。不必麻烦了，我说。你就把东西收下，行不行？就让我把它们拿出手提包吧。因为我在这里饱受煎熬。一切都太痛苦了。我把手套放进他手里，趁他交还给我前就离开了。

我在巴士站等车时，看到你的车慢慢停靠在殡仪馆外面。我看到你出来，走向乘客门，但还没等你走到那里，门就猛地开了，差点打到你，一个瘦小、单薄的女人，比我高一点，冲了出来。莫琳穿一条黑色的夏季连衣裙，戴黑墨镜，夹着一个枕头和一个泰迪熊。当然，是带来入棺的东西。她的步子快而细碎。她等不及要走进殡仪馆。而你则相反,移动得很缓慢。你走在她的后面,手里什么也没拿,而且你似乎无法抬起头来。在门口,莫琳停下了,对你说了些什么,因为你点点头,让到了一旁。等你独自一人后,你拿出一根香烟,向一个路人借了火。我听到一声尖叫,一种可怕的女人的哭声,在殡仪馆里回荡。我想象殡仪员已经领她走进那间不准我进的房间了。你冲到角落里,对着一个垃圾桶呕吐。

在街的对面,我看到了一切。但你没看到我。

几天后我们遇上了。这次我没有回避你。我当时在药店里,正在满柜架地找能帮我睡眠的东西,然后你推开了门。你安静地问柜台后面的伙计,要给妻子买处方药。你试图审慎些,但你的到来还是让整个药店变得十分拘谨和庄严,就好像你是店里唯一的活物。看到你让我的心搅了一圈又一圈。

药剂师忙着找莫琳的药片。把袋子递给你时,他说:"请接受我的哀悼,弗莱先生。"店里的另一个女人,就是离你最近的顾客,也用不自然的方式重复一句说,她也"对你失去亲人"深表遗憾。似乎没有人嘴边有合适的词语可供使用,还是保持沉默或者至少坚持老生常谈的措辞更安全。你转而倦怠地点点头,就好像你希望每个人都能停下这件事,让你走就好。

你是个不一样的人了,哈罗德。

你曾经挺得那么直的肩膀,现在驼了。你的夹克上沾有油污,头发看起来没梳过。你刮过胡子,但一撮胡楂从你凹陷的左颊上长了出来。或许你没注意到。要不或许就算你刮胡子时,想的也是戴维,然后问,又有什么所谓呢?把胡子刮得干干净净还是留起络腮胡又有什么分别呢?但还是你肩膀的佝偻让我最揪心。那个,还有高尔夫球俱乐部的领带。

　　人们有时说起另一个人,说他变成一具空壳,或者他从前本人的一个影子,但这两样东西你都不占。你全化成液体了。无法想象你大笑或跳舞或做任何癫狂的事情,比如玩无花果球。那部分的你都没了。你显得更小、更慢、也更老了,而且近乎天真。你被剥光了,回到你最原始的样子。你收好了处方药,拖着脚步朝门走去。

　　"哦,你好。"你说。我一定动弹了,甚至可能弄出了噪声。

　　你隔着药店给我一个微笑。一边是我,一个愧疚的女人,一个辜负了你和你儿子的人,搅和你的人生并且说谎又说谎的朋友,一边是穿着棕色夹克打着领带的你,对我微笑。

　　你问我愿不愿意走到大街上。至少我认为你想走。我注意到我们往门口走时,人们如何给我们让路。没有说话。我记得那个。你的眼睛盯着地面,在寻找从你生命中消失的东西,而另一个顾客冲去开门,放我们走。

　　"莫琳怎么样?"我在外面问。

　　"你说什么?"

　　你试图再次微笑,但笑不出来。你的眼睛里满是泪水。"我的儿子死了。"你说。你又告诉我一次:"戴维死了。"那就是你生命中唯一的话语。

　　我说我知道。听说了。我很遗憾,我说。非常抱歉——

　　"是,"你盯着地面,"是。"

　　"有没有我能做的?"

　　"做?"你重复这个词,就好像临时会错了它的意思,对此非常抱歉。

　　"能帮上什么忙?"

你闭上眼睛,又缓慢地睁开。然后你轻柔地说:"真好,奎妮,但我觉得没有。现在没有。"

你问我近况怎样,我说不过马马虎虎。马马虎虎?你重复说。对,我说。你的脸皱成一团,慢慢地说,对不起,我记不起我们刚才在聊什么了。你转身离去。

因为我觉得你马上要走了,我才敢大喊出来:"你还好吗,哈罗德?"

你在哭泣,但不想让我看到,于是我瞟一眼自己的脚来让你好受些,但我真希望做了别的事情,我希望我有勇气抱住你让你哭。"当然,莫琳更难接受,"你说,"做母亲的总是更难接受。"你致歉后拖着沉重的步伐离开,就好像你每走一步都很疼。为了避开一个推着婴儿车的女人,你迈到一侧,闪了个趔趄。酒瓶状的一个东西从你的外套口袋里晃出来。你现在喝酒了。

几天后我在地方报纸上读到,戴维的葬礼将是私人事件。仅限家属。我意识到,这指的是你和莫琳。你没有其他家属。啤酒厂里没有人再提起戴维。你的儿子死了,世界吞下那条消息后继续运转。第一周之后,我再没听过任何人提到他。

于是你埋葬了你的儿子。唯一一次见你没穿浅棕色就是你回来上班的那个下午,你穿了一套黑色西服。

"哈罗德?"我温柔地问,"你在这儿能行吗?"销售代表们纷纷给你让路。

你退缩的样子像个刚被揍了一顿的男人,预料到还会被揍却试图保持勇敢。

"行。"你说。

就那么完了。

谢谢，谢谢，谢谢

哈罗德，三天来一直很难找到时间给你写信，也没时间考虑我的海上花园。连和玛丽·安贡努修女静静坐在一起，看看窗外的云都很难。有太多其他事情需要处理。娱乐室的墙上钉满了祝福者寄来的贺卡。有太多的花送到，弄得几个义工都得了花粉热。今天早上我已经编出十张致谢函，因为看字费劲，两眼酸疼。手也累。还有，我晚上没睡觉。没人睡觉。

"晚上会有一场通宵祈祷。"芬缇说。（这是星期二说的，我想。她在忙着做她的横幅。）

"一场什么？"珠母纽王说。他尝试帮忙，但大多数时间都在睡觉。

"一个新病人告诉我的。广播上说了。人们要带来蜡烛和一些东西，在外面为我们祈祷。"

事实证明，所谓的通宵祈祷更像是一场派对。无论工作人员何时来查房，看起来都怒气冲冲的，而且疲劳。好像嫌我们要烦心的事情还不够似的,我无意中听到一个人抱怨着。芬缇整夜没睡,从她的窗口跟着一起哼唱也无济于事。守夜者们打算一直待到你来。

"他们不用回家吗?"值班护士说。

兴奋劲儿过去后,芬缇上床睡觉去了。

失去一座花园

不是说我后悔来到恩布尔顿湾，安家落户，甚至打造出一座海上花园。但事情变得愈发不可收拾了。所有的人。所有的纷扰。有时我觉得自己不得不改变花园，只是为了展示新东西。它不再是为爱存在的一座花园。它是一处游览胜地。而且跟我无关了。它关乎其他人，以及我觉得别人期望见到的东西。

鉴于我的花园现在如此珍贵，或者至少它承载了如此沉重的期许，我必须考虑保护它了。毕竟，克莱斯特也有一座小港湾来保护渔船安全。我开始为围墙收集石头，大的放在底下，小点的火石放在中间，贝壳放在最顶上。我又花了一个夏天建造围墙，因为人们开始帮忙了。他们利用周末的时间顶着太阳在沙滩上找石头，还帮忙堆砌围墙。但问题就出在这儿：我解释说大石头要放在最底下，贝壳要放在最顶上时，他们不听我讲。有时我要花上一整夜的时间扒掉旁人堆的墙，把所有压碎的贝壳扔出去，那是有人塞进中层的。你明白我说的意思了吧。我的花园已经不是我最初开创的样子。

有一晚我躺在床上，在给花园想新点子，然后我意识到，尽管有石墙和我的努力在保护它，它依然很脆弱。假如大风侵袭它呢，或者海鸥来滋扰它呢？第二天一早，我就搭巴士去了特威德河畔贝里克，从五金店买了好几块防水帆布。我用石头压住防水帆布，固定位置，又刷了一块木头标志，请求人们在花园里走动时要多加小心。即使我人不在，即使在本该睡觉的时候，我的思绪也一直陷入如何确保花园安全的各种方法中，不能自拔。不过，我对大风或海鸥的威胁判断错误了。五年前，别的东西伤害了它。

一群绵羊。

它们显然是从本地一处农场逃出来的，不遗余力地啃光了高尔夫球场，然后列成一路纵队走上滨海小道。它们跳过围墙，吃掉花园里的一切。

我接受了这场浩劫，散乱的石头、撞毁的石池、折断的木棍、遍地海藻，还有碎裂的贝壳，太痛苦了，我的头脑一片空白。我那起保护作用的防水帆布也没了踪影。在从前花园的位置上，现在只有三十只昏昏欲睡的绵羊。

我哭了好久。我待在海滩小屋里，那里没人可以打扰我，或者试图帮忙。很多天都无法直视我的花园。每次我离开海滩小屋，都得抬头盯着天空，因为看到那片废墟让我太心疼——做了那么多，最后落得一场空。我甚至考虑过，要不要出售房产然后继续上路，尽管不知怎的，我已经没有旅行的意愿了。就在这个时候，我感觉到有个肿块，在我的下巴底下。邻居们听说我要去医院，都很体贴。但过了一小段时间，状况转坏，我还是关门避世更容易些。

大约一年多以后，我在海滩上闲逛时，捡到了一根浮木。我用它充当手杖，帮我爬上小路。我回到海滩小屋后，把它插进地里，就没再管。

早上我打开百叶窗，出乎意料的是，它立在那里，像一根金色的船桅闪闪发光。我的花园又启动了。但这次不用维护什么，让我轻松很多，因为再也没有理由害怕失去它了。我不再需要向其他人展示我爱情的美好。我病了，只剩精力把它留存于心。

亨德森先生给我的惊喜

"《贝里克小报》上有一张你的照片。"亨德森先生说。

"让我们看看!让我们看看!"芬缇大声喧哗。报纸被病人一一传阅,直到最终传到我手里。是一个年轻女子在二十岁左右时的肖像,一头浓密的棕发。一定是在牛津拍的。

我无法相信那个年轻女子就是我。

亨德森先生指向另一张照片。一个穿"朝圣者"T恤的高个子男人,炫耀着一脸的大胡子。我过了一小会儿才意识到那是你,等我意识到时,我的脉搏突突狂跳。"还有,你看到了吗?"亨德森先生说,"你看到那个人脚上穿的是什么吗?"

不是——我开始微笑。不是——

"帆船鞋!"他捂住肚子轰然大笑。

这是我第一次看见亨德森先生这么开心。

所以我要为此谢谢你。

列举鞋子

哈罗德，今天，我一直在想着脚穿帆船鞋的你。你大概应该买双步行靴，但若如我猜想，你一直都穿着帆船鞋，从来没穿过步行靴，大概还是不该买不适合你的东西吧。

我用了一个下午的时间，和玛丽·安贡努修女一起回忆我拥有过的每双鞋子。这是个让人脸红的练习。你应该不记得，但我的脚又小又宽。我想要的鞋子都是我穿不进去的款式。

我已经提过我在金斯布里奇买的鞋子——我的会计鞋。那双鞋圆头、矮跟，脚踩在混凝土路面上时，发出结实的响声。记得吗？

除了那双鞋，我还数出了三双我在学生时代穿的黑色系带鞋、我母亲最恨的软木楔跟鞋、平底人字拖、懒人鞋、红色漆皮高跟鞋（几乎没穿过）、我丢下的天鹅

绒舞鞋、布洛克鞋、惠灵顿长筒靴、园艺鞋、网球鞋、两双蓝色的低跟浅口鞋（为什么？）和过去五年里我走到哪儿都穿着的一双白色运动鞋。我最喜欢的还是那双舞鞋。毋庸置疑。

我用女鞋度量了我的一生。

一次我在海上花园旁边遇到一个女人。这是在绵羊事件以后。我已经开始重建花园，但它现在完全是一处更加素净低调的地方。你会步行经过而注意不到，或者只看到几块石头、几根棍子。人们已经忘记了参观，我也放弃了沙阶。

那个女人当时正靠在我的墙边抖鞋子。我没看到她脚上穿的是什么，只看到她整洁的白夹克，有垫肩和金纽扣。我问她需不需要帮忙时，她跳了起来。没看到我，她笑着大声惊呼。更确切地说，她把我错当成花园里的众多石头之一了。女人告诉我，她正在高尔夫球俱乐部参加一场婚宴，是逃出来偷偷抽支烟的。

"这些该死的高跟鞋。"她说。她告诉我，情绪低落时，总是更换鞋子。是你在世界上造成的噪声大小决定了你的幸福程度，她说。她当时脚蹬一双六英寸的虎纹高跟鞋，离去时，脚踩在石头上发出"砰砰砰"的声音。

过了没多久，我又看到她了。这次她在远处的海湾下面对我挥手。走近些察看时，我发现她的细鞋跟卡进了一块石头的裂缝里。她不单是在招手。她被困住了。

我们回到海滩小屋——就她来说，是打着赤脚——提早喝下午茶。尽管实际上我们坐在花园里边喝金酒边看海浪。结果我发现，她是物理学讲师。这件事只是告诉你一个道理，绝不应该根据鞋跟来判断一个女人。

热

我的身体又不太好了。守夜的领头人每晚都在外面,我知道他们为我们祈祷,跳舞唱颂是很贴心,但我真心希望他们能默默地做这件事。

我今天和炎热搏斗了。阳光落进窗来,一大道光束正好照着躺在床上的我,它那么晃眼,这道光,又白又盛,让我头疼。值班护士打开窗户,但不起作用。外面的空气僵滞浓稠,结满种穗。露西修女给我洗了头,但连水感觉都是烫的。

沙阿医生: *她舒适吗?*

护士: *我没法给她降温。*

沙阿医生: *肿胀得更厉害了。*

护士: *止痛贴是今天早上新换的。*

沙阿医生: *她还能吞服流质吗?*

护士: *一点点。*

沙阿医生：*你可以把口服剂量提到每四小时一次。*

不管我怎么转身，感觉床单都太紧绷，挨着我的皮肤太硌人。炎热就像一股力量，在吸走我所有的能量。整个早上都在和炎热、床单还有心里的挫败感作战。我只想逃脱。

"你得成为炎热。"玛丽·安贡努修女说。

我要是还有力气，就会用枕头扔她。

就好像我说了大意如此的话，她哈哈大笑："炎热在那儿，你做什么都没法阻挡它。"

于是我反过来向它的猛烈屈服。我感觉到皮肤上滑溜溜的薄衣、下部不适的刺痛感、喉咙的干燥和眼睛上的白翳。我不是一个不想被热到的老妇人，我就是炎热。只有很小的差别，但我睡着了。

"你现在感觉好点没有？"玛丽·安贡努修女问。光已经退去，一阵凉风在窗帘间嬉戏。我能听到树叶响。"我知道过去几天一直很愉快，"她说，"这么多贺卡，这些活动，等等。但你或许最好还是回到你自己的信上来，亲爱的。"

穆拉诺小丑

我知道是你,哈罗德,闯进啤酒厂的那个人。我知道是你砸烂了纳比尔的玻璃小丑。就算我人不在,也能猜到,但我在那里。我看到了一切。

戴维的葬礼之后,我发现自己晚上要离开啤酒厂很难。更具体地说,我发现回公寓很难。我虚构了各种理由夜不归宿:我一遍接一遍地看同一部电影。我沿着码头散步。(尽管我很小心地不去看戴维和我一起坐过的长凳,我在那里给了他我的手套。)任何事,只要能推迟我用钥匙扭开前门、看到戴维那张空椅子都可以。尽管你回来上班了,纳比尔没有让我们两人出过一次车。我松了口气。我还没准备好和你单独在一起。

有一晚,我试图工作到很晚。我发现了一箱旧账簿,尽管它们已经过期十年了,我告诉自己,需要把它们过一遍。我或许已经独自在大楼里待了几个小时,甚至没在看面前的数字,我专注于自己的思绪,直到楼下有什么东西发出破裂声。响声把我带回当下,我意识到自己几乎坐在黑暗中。唯一的光是窗口一轮满月洒下的一片银色。

我听了听，但再也没有声音了。我试着专心工作。

又来了。一阵响动。沉闷地撞击在内门上。砰、砰。有人试图闯进一间上锁的房间。

我脱掉鞋子，悄悄地移动。手指下，走廊的混凝土墙壁又暗又凉，接近潮湿。我尽可能地迅速朝楼梯方向继续移动。大楼每发出嘎吱一声或一记巨响，我都被吓得不轻。等我接近楼梯天井时，从底层照上来的一柱强光突然倾入整片漆黑。我完全暴露在光线中，很难看到其他东西。我每次只上一级楼梯，不得不吞下呼吸声，不让它碰撞上寂静。

我听到了啜泣。你的啜泣。从声音的湿润，以及那种不管不顾和困倦感，我能辨出你已经哭了很久。我完全知道要去哪儿找你。

我很快从楼梯间的亮光中挪开，朝纳比尔上锁的办公室走去。脚下的地面从坚硬的瓷砖变成了地毯。现在墙面是镶板的了。拐过一个转角，我看到了你。我靠边一站。

你正在咔嗒咔嗒地转动纳比尔的门把手，一边用拳头砸着镶板，一边用脚来踢。有时，你把头抵在门上靠在那里，被悲痛耗得疲倦不堪。其他时候，你往后一跳，对着门抡起手臂一通乱打。之后你一定是有了新的主意。你向后退了几步，调集肩膀的全部重量来撞门。门发出裂开的声响，你飞出我的视线，冲进了纳比尔的办公室。我蹑手蹑脚地走近一些。

我第一次看清了你的脸，尽管窗口的月亮被云朵遮蔽了。

一身浅棕色的你，与其说像个人，不如说更像只动物。你咧开嘴一声尖叫，影子在你的前额投下深沟一样的凿痕。你在房间里杂

乱无章地招摇乱走,手握成拳头举在头顶。你的移动全无逻辑,就好像你的悲恸不知如何安放。外面的云朵从满月前移开,纳比尔的玻璃小丑们一闪而过,像活了过来。我和你同时瞥见它们。我大喊着阻止你,但太迟了。你没听到。

你提起两只玻璃人偶。一手一只。你把它们举高,就像父母亲把秋千上的小孩拉高,让小孩从最高点荡下来一样,然后往地上掷。它们就在你的脚边摔得粉碎,你又拿起两只,再拿起两只。直到二十只小丑全部摔完,你才罢休。你践踏它们。踢它们。由始至终,你一直在咆哮。

我没有阻拦你。我怎么能?你不想让你儿子轻轻地离开。你想大发雷霆。

而且,你处在一个你自己的空间里。这样疯狂闹腾几分钟后,你戛然而止,明白过来自己做了什么。你陷进倾泻的清冷月光中,把头埋进手里。

我正要走上前去,你却摇摇晃晃地朝门走来。你刚好和我擦身而过。我们几乎要碰到了,哈罗德。你的脚就挨着我的脚。你的手就挨着我的手。但你吃力地走过我的身旁,就好像我不过是墙的另一部分。我闻到你身上的酒味。听到你撞出大楼时,我走向纳比尔的窗户。你像一道影子般横穿啤酒厂的院子。你停下来一次,回头看了一眼窗户,没看到我在那儿,之后钻进了车里。

我把碎片扫成一堆，试图尽力妥善处理好。然后我回到办公室，等待早晨。

纳比尔走进大楼看到破坏后，发出一声尖叫。我告诉你这个，是因为你不在那里。你听不到他咆哮着穿过大楼的声音。我去找他之前，他已经炒掉了清洁工。一帮销售代表很快开始肃清啤酒厂。就好像你只有积极地去寻找那一个不积极的人，才能躲过一劫并证明你的无辜。角落里有流言蜚语。楼梯上也有。至少有一个嫌疑人被请出了食堂，接受审问，后来抱着一只胳膊从院子里冒出来。

我一个早上都在给你放哨。一看到你的车，我就急匆匆地下楼去迎你。你记得这件事吗？

我说："啤酒厂出事了。是晚上发生的。"我用力扯着你的袖子，因为你甚至站都站不直。我不敢一鼓作气去拉你的手。你抬起眼睛与我对视。它们就像两颗荔枝。那么红肿，那么脆弱。

我说："你在听吗？因为这件事很严重，哈罗德。非常严重。纳比尔不会善罢甘休的。"

恐惧让你的脸变得煞白。罪行在你身上昭然若揭。你的领带松垮地挂在脖子上，像一条项链。衬衫上最高的一粒纽扣也没扣。还有你的手。哈罗德，你甚至懒得去洗一下或者涂点药膏。你在想什么？它们满是裂纹和割伤。我突然理解了，你当然想让纳比尔查出来是你。你回来就是想让他看到你，然后做出最糟的事来。

"回家去，"我说，"让我来处理这件事。"

"你不懂。"你的话语几乎没声音。

"你不该在这里，哈罗德。还用不着。回家去。"

你慢慢地转身背对我。我看着你费力地走过镶板走廊，因为失去平衡，肩膀好几次撞上墙，你的膝盖打软，脑袋耷拉着。你喃喃地说了些什么，我没听到。我真希望自己在你离开时向你大喊。再见。原谅我。我爱你。但我那时不知道是最后一次了。我很肯定我还能再看到你。

你拐过转角——啪，从我面前消失了。我深吸一口气，朝纳比尔的办公室走去。

谜一样的男人

三天前,珠母纽王没能露面。有包裹寄来,但他没有坐在椅子里拆包。

"我有个噩耗。"菲洛米娜修女说。

"哦,不。"芬缇叹息道。她开始哭。"不,不。别是他。不。"

"一位真正的绅士。"亨德森先生说。

今天早上我们正和几个义工坐在娱乐室里,马蹄声嗒嗒,踏入宁静中。一辆马拉的玻璃灵车驶过窗口,在"此处禁停"的标志旁停了下来。黑色马匹佩有紫色的羽状饰物。灵车是玻璃拱顶的,那么透亮,在夏日的阳光里闪烁。它载满洁白的花圈。送葬人走下车,从口袋里掏出了什么东西喂马。

"哇,我从没……"一个义工说。

芬缇用手捂着嘴巴观看。

一整个早晨,许多哀悼者抵达,前来致谢菲洛米娜修女和圣伯纳丁的团队。有一支队伍从这里步行至教堂，珠母纽王会在那里下葬。修女们力求照顾好花园里的宾客，但老天开始下雨，再加上守夜的头头们堵塞了外面的人行道，包间里都是新病人和他们的家属，除了娱乐室，其他人真没地方可待了。

修女们端来茶水，哀悼者们都在大声喧哗。他们的穿戴和灵车是同一风格。羽毛、黑面纱、大礼帽还有晨礼服。他们第一次了解珠母纽王的病情，就是收到他去世的消息。

"他为什么不说呢？为什么不告诉我们？"一个女人用咆哮的声音说，我们推测她是他的一个女儿。

"他不想让我们担心。"其中一个男人说。

原来，珠母纽王告诉亲朋好友们，他一直在马耳他度假。

"我爱那个傻瓜。"芬缇说。

她没有忙着做她的横幅。

是我的错

"你干了什么?"纳比尔厉声叫道。他脖子上的血管凸起,像紫色的绳索。我在房间的一端。他站在他几乎空空如也的办公桌后面。我们两人之间铺着上千片的玻璃碴。他不允许席拉动它们。除非找出元凶,否则谁也别想回家。

我抓紧手提包。头一阵阵痛。我因为缺觉而筋疲力尽。

"我说都是我的错。"

他又尖叫一声,用拳头砸着桌子:"小丑们?我母亲的小丑们?"

"那是个意外。"

纳比尔整个人变成了奶油芝士的颜色:"那是我仅有的她的东西。"他从桌上操起什么,瞬间就朝我的头飞来。我一个闪躲,那个不知什么猛地砸到对面墙上,砰一声落在地上,转了几圈之后倒下。一个沉甸甸的玻璃镇纸。我真好奇自己是怎么躲掉的。

然后是连珠炮式的谩骂。他用很多脏字骂我。口沫横飞,满嘴狂喷,同时跳起来攥紧手指在房间里踱步。他没法安定下来。等他松开右臂的时候,就该开始出拳揍我了。我从没被男人打过。但我会忍下来。我能做到。一报还一报。

我娓娓道来。"我留到很晚,在做文书工作。离开大楼前,想把报表送到你桌子上。但我脚下一滑,就摔倒了。我很抱歉。我真的很抱歉。"

我止不住地说。我已经不知道是在对谁说话。

纳比尔停下脚步,扭过脸来面朝我。他站着没动,一边露出当权者的平静微笑,一边掸去他那件夹克肩上的灰尘。我不知道哪一个更恐怖,他的平静,还是暴怒。

"你滑倒了?"

"是。"

"于是你打烂了我的每一个玻璃小丑?"

"是。"

"然后呢?你践踏它们?把它们踩进地板里?"

我没法看他,只能重复自己已经说过的话:"那是个意外。我很抱歉。"

纳比尔靠得很近了,散发出汗臭和烟味。几乎要碰到我。"要不是因为你是个女人,我他妈的会把你撕成两半,"他龇着尖牙说,"滚。我永远不想再看到你。听明白没有?我不想听到你的消息,不想闻到你的气味,甚至不想在街上和你擦身而过。听懂我的话没有?你要是好自为之的话,今晚就离开。"

他扬起手,我缩了一下,以为会挨一拳,但他低下头,抓起我身边的一把椅子。他的关节变成了白骨色,同时他在发抖。

"那哈罗德·弗莱的工作呢?"我低声问道,脉搏都跳到了嘴里。"他能保住工作吗?"

纳比尔发出一声很像号哭的长叹。我不知道他是不是想再扔一件重物过来,不过事实上几乎没剩东西了。除非他操起椅子或掀翻桌子来丢。之后,他头都没动地咕哝一声:"滚出去。"话说得很紧,是从嗓子眼里挤出来的。

我走开时,地板在我脚下开裂爆破。我伸手去够门,却注意到门框里那个扯开的洞,是你用肩膀的力道撞开门锁时留下的。我正碰到它时,纳比尔用最后一个问题震慑住我:"不是你做的,轩尼斯。对不对?"我的脊柱从头冰到尾。

我小心地关上身后的破门,就像用一个沉默的句号标志一个句子的结束。

我从办公室拿回手提包,和席拉告别。你接下来要做什么?她问。我告诉她,我需要找到哈罗德·弗莱。

那是我最后一次在啤酒厂。

曾经有个女人来参观我的海上花园。她和丈夫是来诺森伯兰度假的,趁丈夫玩一轮高尔夫球的时间,她沿着崖顶散步。结果我发现,这对夫妇就住在金斯布里奇附近,而且他们知道啤酒厂。她有着一张和善的脸,我记得那个,很温柔的眼眸,我认为她觉得自己惹烦我了。"没有,没有,"我擦掉眼泪说,"只是很久没有人跟我讲过啤酒厂的事了。请你留下坐一会儿吧。"我用绿色茶杯上茶,我们坐在铺在巨石上的软垫上。她也提到了纳比尔。是一次机动车意外,她说。这给我的感觉非常怪异,因为你一定知道所有这些事,而我却不知道。

她小口地抿茶。"多好的一个人。"她喃喃自语。

我一度以为她指的是你。我的茶杯在手里震颤。

"我认识他的母亲,艾格尼丝。他对她无微不至。"

"你说的是纳比尔吗?"

她微微一笑:"是啊,当然。"显然他每天都给他的母亲打电话,直到去世当晚。他每年租一次小巴,开车带母亲和母亲的朋友们去普利茅斯喝茶。他再迷人不过了,我的访客说。

所以你看,人们很少是我们直观认为的样子。连故事里的反派都会摇身一变,吓到我们。

我喜欢那个顺便拜访我的花园,向我讲述金斯布里奇的女人。我给了她一株伯内特玫瑰的插枝带回家。是的,有时我想象你经过那株白色的玫瑰,也能闻到它的芳香。

一场晚宴

昨夜疗养院里又有更多的惊喜,哈罗德。是这么开始的:

"祝你好胃口啊,轩尼斯小姐。"亨德森先生说。餐厅里都坐满了,开着窗。几个病人在和他们的家人吃饭。修女们穿着塑料围裙,保护她们的长袍,义工去找了更多椅子。我一直在看着外面,一场温和的六月细雨滴答落在粉色的玫瑰上,玫瑰轻轻打颤,散发出一种干净的甜香,像亚麻布餐巾的味道。

我旁边的餐桌坐着亨德森先生,他举起他那杯水向我祝酒,但玻璃杯在他手里摇晃不定,凯瑟琳修女不得不去救下杯子。"蠢蛋。"他嘟囔一句。

"对不起,亨德森先生。"

"不,不。我才是那个笨蛋。谢谢你,修女。"

慢慢地,他把脸转向我,连点了好几次头,就好像在接受许多针对他的批评。我摇头说不。不,你不蠢,亨德森先生。我们都会犯错。

"我以为我活不到亲眼看到玫瑰花这一天了，"他说，"或许你的朋友哈罗德·弗莱最终也救了我。"

凯瑟琳修女为每张餐桌点上茶烛，尽管出于健康和安全考虑，她没给戴氧气瓶的病人点蜡烛。她给我们每人一小瓶从颐乐花园摘来的美洲石竹。她帮我展开餐布，铺在腿上。正吃着开胃菜时，我看到亨德森先生成功地吞下了两瓣西柚。我吃了半瓣。

我们喝着鸡汤时，亨德森先生告诉了我他当老师的事。回想起来，他觉得自己对小学生们太苛刻了。他认为他把对自己的失望投射到了他们身上。他的手端着勺子发抖，一些汤溅到了下巴上。"请原谅，请原谅。"他说。我也是在露西修女的帮助下才能喝汤的。即便如此，能吞下去的也很少。亨德森先生说话时，讷讷地说些"啊"和"呃，嗯"这样的词。

他说："要是放在几年前，我会选一块上好的牛排。细切薯条。我想象你会要当日的特色鱼，轩尼斯小姐。"

我笑了。我会要克莱斯特烟熏铺里的腌鱼，加一片黑面包。我们会坐在我的海上花园里，把餐盘放在腿上，随心地喝着新鲜的苏维翁红酒。我或许会在松石色的玻璃灯里点上蜡烛，把它们挂在枝头，那么花园里的每处地方都会有深蓝色的眼睛。

"我不喜欢鱼，"露西修女说，"鱼脸总是吓到我。我不敢看。它们让我毛骨悚然。"为了证明这一点，她还哆嗦了一下，塑料围裙发出沙沙声。

亨德森先生跟我们讲起他的前妻玛丽。那是一次不幸福的婚姻。他们分离得很难看。亨德森先生在法庭上代表自己；玛丽在伦敦雇了一个民事律师为她服务，那个律师也是他最好的朋友。"如果她选了一个我不喜欢的人，会容易得多。但事实却是，他们把我洗劫一空。"讲到这里,他吃药停顿了一下,"我失去了他们两个人。我的妻子和我最好的朋友。恐怕是这件事把我变成了一个尖酸的人。"

"太凄惨了,亨德森先生。"露西修女说。

"啊,"他说,"生活就是这样的。"

"你们两个在那里搞什么呢?"一个戴着宽边草帽的鬼魂喊叫道,"在为哈罗德·弗莱订计划吗?"她指向身边一个举着麦克风表情尴尬的年轻人说,"我今晚要上本地电台啦!"

"这一切已经压得人有点透不过气了,是不是?"亨德森先生悄悄地说。我点头表示赞同,对,是的。

"我猜哈罗德·弗莱对你意义重大?"

还没等我回答,凯瑟琳修女就推着小车打断了我们,她提供各种甜点选择。

"我就来一个绿果冻吧,修女,"亨德森先生说,"轩尼斯小姐,哪个能诱惑你?"

我指向一个玻璃小碗。

"给轩尼斯小姐来一个奶冻。"

"要不要挤奶油?"凯瑟琳修女问。

"要不要挤奶油?"亨德森先生又问一遍。

我摇摇头。

"她的杯子漫出来了[①]。"亨德森先生说。

"她的杯子怎么了?"露西修女问,赶紧检查桌子下面。

亨德森先生递给我一张新的餐巾纸。"要是放在几年前,"他说,"我会推荐一杯上好的餐后甜酒,轩尼斯小姐,然后再来杯

---

① 亨德森先生用的是古语"overfloweth"。

咖啡和几颗薄荷糖。之后我们可以沿着河口散个步，看看落日。你和哈罗德·弗莱做过这样的事情吗？"我的神经极度忧虑，都没法抬眼看他，尽管我感觉到他在研究我，很认真地研究了很久，就好像他正直接看进我的心坎里。"哦，我明白了，"他最后低声说，"我明白了。你一定很不好过。"

"甜品来喽！"凯瑟琳修女宣布说，同时递来我们的碗。"叮铃铃！"

亨德森先生的最后一道甜点吃得比我还少。他只能一小勺一小勺地吃果冻，几乎没咽下去。最后他用勺子把它捣碎，把纸巾挡在碗上。在我尽量吃完奶冻时，他稍稍打了个盹儿。

"我希望你我在几年前相遇，"他说，"我们或许能享受一段时光。但这就是命。又或许，放在几年前，你和我不会注意到对方。我们得对现在知足。"他向凯瑟琳修女示意他准备离开了。他从他的花瓶里抽出一支美洲石竹，放在我的餐桌上。

我在我的笔记本里写字，让露西修女给他看。**谢谢你和我一同用餐，亨德森先生。**

"请你，"他说，"叫我内维尔吧。"凯瑟琳修女把他推回了房间。

今天早上，内维尔没有坐在娱乐室里他那把自动躺椅上。下午也没在。

送葬人的灵车——

好了。剩下的你都知道。

我把内维尔的花夹在笔记本的两页纸之间，因为我无法在花园里照顾它了，你懂的。

一条重要的口信及一篮晾洗的衣物

我手里抱着一捧花。白菊,包在塑料纸里。

"打扰一下。"我待在你家花园的大门口,大喊一声。门的另一侧,你的妻子正挂起洗净的衣物。一开始她没注意到我。她一件一件地从篮里抓起衣物,把它们夹在晾衣绳上。她穿着一件居家服,我记得那个。正站在无力的阳光里。身后是一堆裂木板的残骸,碎玻璃也四散在丛生的杂草里。我之后明白过来,你拆掉了花园棚屋。我朝屋子的窗户瞄了一眼,好奇你有没有听到我的声音往外张望,但窗上都挂着新的纱网窗帘。没有你的踪影。

拆掉棚屋是在你砸烂纳比尔的玻璃小丑之前还是之后的事?一起暴力行径显然不够。你和莫琳,你们看似希望家里的花园里有一堆残骸。或许我应该说,看上去你似乎需要它。你需要看到你内心的崩塌。从你的后车窗望出去,不是一片草坪和栅栏,而是混乱。

我早就知道面对纳比尔会很难,但打一开始我也知道,和他的谈话只有一个结局,那就是我辞职。但现在这个场面则全然不同。

看到你的妻子和她的晾洗衣物,周围的摧毁,封死窗户的纱网,我再也不知道接下来会发生什么。我转身想走,然后我又想起自己做过的事。我必须找到你,告诉你真相。

"打扰一下。"我又说一遍。这次莫琳抬起了头。她迎着光,皱起眉头,紧紧抿着嘴,就好像在试图弄懂她是不是应该认识我。"我叫奎妮·轩尼斯。在啤酒厂工作。"没有回应。她从篮子里拉出一个枕头套,像之前一样,把它挂在绳子上,用两个衣夹固定住。

莫琳的头发剪短了,像男孩的发型,尽管在我看来她像是被恶搞了。我不知道是不是她自己剪的,随后我想起最后一次见到戴维时,他的头发。她的脸很窄,非常苍白。

我递上菊花。我不知道我是打算把它们留给你,还是送给她,又或许在某种奇特的意义上,它们是给戴维的。我还是不知道,我为什么要在来你家的路上买那些花。

"哈罗德在家吗?"我喊道。我们之间有一条花砖铺砌的小径。我不知道她会不会邀请我进门。她没有。

"哈罗德?"她又念了一遍你的名字,就好像我说的方式有哪里不对劲。

我告诉她,我有点事情要对她丈夫说。非常重要的事,我告诉她。

"但他人不在这里。"

这不是我期待的回答。我从没想过我会找不到你。

"他在哪儿呢?"

"我不知道。外面。在上班。我不清楚。"

莫琳继续晾她的衣服。她拉住篮子里的一条毛巾,或许它和其他衣物搅在一起了,因为她的脸由于烦躁而扭曲起来,同时猛力一拽。她把它扔在晾衣绳上,又从口袋里顺手掏出两个夹子,把它们啪啪地夹在毛巾上。

"你知道他什么时候回来吗?"

"不知道。"她没看我就回答道,"我不清楚。"

头顶上空,一群海鸥翱翔飞过,发出一阵喧哗。其中一只嘴里有个大东西——一块面包,我想——它发出野蛮的吵声,听起来就像"走开,走开"。其他海鸥围着有面包的海鸥打转盘旋,一边喊着"嗬嗬嗬"。我们俩都抬眼一瞥,莫琳和我。"该死的臭鸟,"莫琳说,"都是害虫,真的。"她非常尖锐地看着我。攫住我的那双眼睛瞪得很大,很狠,并非如我预期的那样,被悲伤折磨得疲倦不堪,而是眼中带刺,充满悲伤的控诉。那时是夏末,但我的脊柱一个激灵。我发现我不敢回望她的注视。"你要什么?"她说。

匆忙中我问她,能否带个口信给你。我告诉她,你在啤酒厂里被卷进一些麻烦事里。都处理好了,我说。她没必要担心。我本不打算说出整个故事,但鉴于她不讲话,鉴于她只是用那种愤怒的疏离表情看着我,我就倒出了一切。我本希望以某种方法打动她,期待她的同情,但她越是不讲话,我告诉她的就越多。我解释说,你打碎了纳比尔的宝贝东西,我担下了过错,不得不离开金斯布里奇。悲恸让人们做出可怕的事情,我说。即使我说着这话,心里仍觉得荒谬。我又是谁,凭什么对她遭受的骇人的丧子之痛讲这些陈词滥调?

她一直盯着我,冷眼旁观。我注意到她的手紧紧地攥成了拳头。

我递出花束。"请收下,"我说,"是送给你的。"

"送给我?"

"我真的非常抱歉。"说出这些话时,我开始哭。这是她最不需要的东西，我敢肯定。我试图擤鼻涕，让眼泪被轻松带过，但我能感觉到她在看着我，我会说，她心里有些东西变柔软了。或许她需要有一个人哭出来，才能进行某种真正的谈话。

莫琳走上前来。她停在大门的一侧，而我待在另一侧。现在我们距离很近，我能看到她眼睛里的红血丝。她明显没怎么睡觉。"为什么？"她说，"你为什么要抱歉？又不是你的错。"

我就快要尖叫。"求你了，"我说，"收下它们吧。"

莫琳接过花，稍微碰了碰蓬松的白色花瓣。"死人的花。"她低声说道，苦笑了一声，就好像这笑话只是说给她自己听的。

"你就是奎妮·轩尼斯，是吧？"

我怀疑她有没有听到我对她说的任何话。我说："你能告诉你丈夫，我来道别过吗？"

她一开始没有回答，只是用那双苔绿色的眼睛攫住我。"我猜你爱上他了。"她的声音很安静，很克制。我的感觉则完全相反：脸烧得厉害。

莫琳没有退让，也没有把目光挪开。

"其实他知道吗？"

"不。完全不知道。我永远不会——"我没有再往下说。我说不出口。

"噢，"她喃喃地说，就好像我已经不由自主地告诉她整个故事了，"好啊，把他带走吧。要是你想要他的话。到屋里去。帮他打包。去吧。"她往回瞟了一眼，看了看那些漂白的窗户。然后她那双疯狂愤怒的眼睛回到我的身上。"去啊，"她唾弃道，"走啊。"

我彻底蒙了。有一个你和我的画面，肩并肩，你戴着驾驶手套，我坐在乘客座位上，我无法自控，开始发抖。尽管树叶已经开始移向，我们仍站在阳光里，莫琳和我。但我什么都感觉不到，只有冷。冷进我的手心，我的皮肤，我的发间。我被彻底冷透了。

"要不，还是我走，"她尖刻地笑着说，"那样怎么样？那样更合你的心意吧？"

她转身，朝晾洗衣物大步走去。她把我的花扔在篮子的最顶上，之后什么东西吸引了她的目光，她弯下腰去，温柔地拎出一件T恤。我马上认出它来。那是戴维的一件T恤。她把它挂上绳子理平时，脸部第二次柔软下来，就好像他在衣服里面，而她在帮他检查折痕。

那时我意识到，她的悲痛像天空一样无垠。那是一种形式的错乱，但又不是，因为她只剩下错乱。无论莫琳走到哪里，无论她做什么，说什么，看什么，她的缺失无处不在。无法逃脱。

"我没有一张他像样的照片。"她说。我一瞬间愚蠢地以为我们仍在谈论你，然后我明白了，当然，我们聊的不是你。戴维是她脑中的唯一。"现在我开始忘记他长什么样了。我才失去他几个星期而已，但当我开始试着在头脑里想他的样子时，有些部分已经有点模糊了，我没法看清他。我的头脑怎么能那么对我？"她带着不加掩饰的困惑说。

我不知道该说什么。现在跟你讲这个故事，我明白了莫琳并不期待，甚至不想让我回答。她只是需要发出这些话语的声音，让某个人、任何人听到都好。她并不期待我帮忙，因为根本帮不上忙。站在那里的可以是我，可以是一个邻居；我们都是一样的，因为我们都不是戴维。

她拉直T恤的袖子。"我儿子去过湖区。那个时候还可以。我大概知道他人在哪里。夜里的时候，我可以对自己说，他那边也是夜里。白天也是一样。但这次我毫无头绪了。我不知道他在哪里。

我只知道我再也见不到他了。"她开始哭。一开始是小声哭，但很快变成了生硬激烈的爆发，就像在大吼大叫。她站在淡蓝色的天空下，瘦削的身子痉挛性地颤抖。留在这里感觉不对，太私密了。但同样地，走开也是一种抛弃。于是我只是站在你家的花园门口，尽量不低下头来和她一起哭泣。哭完以后，她愤怒地抹一把脸。

她说："如果你觉得想要我丈夫，就把他带走。但如果你不想，就从我们的生活中消失。"

莫琳弯腰去顾洗衣篮。这一次她挂出来各种男士袜子。它们是你的。她全然没有刚才挂戴维T恤时那种温柔。她抽出每只袜子，抛到绳子上，两两之间留出很远的间隔，于是它们看起来像一排展平的单只的脚。那个晾晒的活儿中，有种格外空洞、孤独的东西。她朝下看了看，那个洗衣篮现在想必空了，里面有一束菊花。尽管才刚刚挂完衣物，她又开始松开夹子，把每一只袜子扯下来，一只接一只地把它们重新扔回洗衣篮里。几分钟之后，绳子又空了。我不知道她会不会解释她做的事情，但没有，她只是眯起眼睛，盯着那一篮压着花的湿衣物，就好像她憎恶那一整堆该死的东西。

"你会记得吗？告诉他我来道别过？"我大叫，心悬在嗓子眼里。

她飞快地转头朝向我。眼睛里燃着怒火。"你还没走吗？"她大喊道。

我赶紧退后，飞快地走下福斯桥路，都能感觉到自己的腿在打颤，但我仍觉得走得不够快。直到接近山脚时，我才停下来，回头张望。她还在那里，站在晾衣绳旁，比绳子高出一点，又在重新晾晒她洗好的衣物。我渐渐明白了，这件事她可能已经做了几个小时。她可能会做上几天。即使她告诉过我，她实际上并不爱你，如果我想，可以把你带走，我还是看到了附在她身上的沉重分量，我知道无论发生什么，她都是对的。我不想从她身边带走你。我从来没想过要那么做。

我最开始的打算是站在配角的位置上，安静地爱着你。但我却把自己置于你生活的正中了，看看我都做出了多么可怕的破坏。

我看了莫琳最后一眼。她擦了擦眼睛，擤了一把鼻涕，然后提起空篮子。她把它架在臀部上，小心地踩过碎玻璃和木板条的荒地，朝房屋的后门走去。没有转身。

我放下你了，哈罗德，因为你不是我的，永远不会。你属于你的妻子。

最后一个走的人

晚上，我的门开了，针一般细的光线穿过房间。一个小小的轮廓浮现出来，那么单薄，一开始我还以为来了个小孩探访。

"我需要找到我的床。"

是芬缇。

她飞也似的冲进房间，像一片发光的碎片，我意识到她是光着身子的。她一直在踱步。她朝我的橱柜里、窗帘后面看。她似乎不知道我在那里。

"它去哪儿了？他们他妈的到底把它放到哪儿去了？"

不，不，我叫道。我试图发出声音叫她的名字，但并没能让她停下。她检查门背后，在那里没有找到她的床，于是她四脚着地，盯着我的椅子下面看。她的光屁股就是两块凸出的关节。

她转过身来，似乎头一次注意到我的床。只不过她没看到我在里面。她拉开被子，跳进来躺在我身旁。她的身体又白又冷，牙齿在打颤。

"我他妈的好热。"她说。尽管她现在躺下了,还是不得安宁。她一直在拍打床单,手脚拍个不停。

"芬缇?"我说,"成为燥热。"

我不知道是如何实现的,但她听到了。

芬缇把脸转向我,就好像这是她第一次发现我,因为她笑了。她没有涂口红,没有画眉毛。她的脸有一副面具的表情。

"我的脑袋里面有火焰,奎妮。"她说。

"我知道,我知道。你必须成为火焰。"

"我感觉不太好。"

我说:"不要和燥热搏斗,芬缇。你听见我说话吗?成为它的一部分。"

她突然变得很安宁,我以为她一定是睡着了。或许她确实稍微眯了一下。我转过头去查看,她的眼白闪耀,穿透黑暗,大得像两颗乒乓球。她微微一笑。当然,没有牙。即使如此,我也不知道她是不是好些了。不过她的手确实感觉不冷了。我能从她的脚上感觉到暖意。

"抱我,妞儿。"她说。

我伸出手臂搂她。她小得像一把骨头。

"唱歌,妞儿。"她说。

我不知道还能做什么,于是我开始哼歌。《三只瞎老鼠》。我想不到别的歌。她的胸腔里只有嘎啦嘎啦的声音。

她说:"我在这里度过了一生中最好的时光。"她变得非常安静,是为了再吸上一口新的空气。就像有什么重物被拖拉划过地板。在之后的寂静中,我生怕刚听到的是她最后一声呼吸,我感觉到她从怀中消失,我以为我要号哭出来,但之后她传出另一声呼吸，和第一声一样拖拉沉重。我把她搂得更紧。

　　我听着她断断续续的呼吸节奏，直到我的呼吸也跟上她，最后我们变成一样的了。后来我的思绪开始飘移。我回想起你第一封信寄来的那个早晨，一切从那改变。我记起芬缇让我喝营养饮料的那天。我想到我们一起做过的其他事情。葬礼计划以及横幅。我想起芬缇所有的帽子。绿色头巾，防水帽，粉色牛仔帽。她笑了。她笑了吗？我不知道。或许是因为疼痛。不管是什么，她合上了眼睛。我握着她的手，也睡了。

　　我醒来时，露西修女正抱着我穿过走廊。她不需要轮椅了。晨曦落进走廊里，汇成明亮的光池。你千万别想不开，她一直在说。

　　我不用问为什么。

　　那天是六月二十二日。

　　送葬人来的时候，赶上了喝早间咖啡。

一张明信片

距我上一次给你写信已有三天。尽管身体不够好,没法离开房间,我还是在脑海里为芬缇办了一个好女人的入葬仪式。我想象她的棺木上放着从我花园里采来的明丽的蜀葵。还有用来纪念的迷迭香和紫罗兰。我给她安排了一个福音唱诗班,唱着席琳·迪翁的《我心永恒》。插了吸管的玻璃杯里是波普甜酒,每个人都穿着鲜红明黄,在停车场里跳舞,完全按照她的心意来。从那以后,我的健康状况一直欠佳,无法好好地安静下来给你写信。

我的朝圣同行者们都抛下我,开溜上路了。我想到芬缇在我身旁死去,那不可怕,但我有太多东西想对她说,而不是在那里嘟哝地哼着《三只瞎老鼠》。事物并不总以消失的方式终结。也不总是以突然出现的方式开始。你以为会有一个时间说再见,但人们往往在你回过神来之前已经消失。我指的不单是死亡。

我很少去娱乐室,即使去了,也远离其他人,坐在窗边的一张椅子里。我没去了解新病人们的名字。我没参加音乐治疗,也不让露西修女给我涂指甲。我坐在这里，等，坐着的每一天都在想，你到哪里了，还能不能到这里，有时这些太过沉重，这样翘首企盼，这么多未知。

"哈罗德·弗莱寄了一张明信片来，"露西修女说，"他已经离开纽卡斯尔。已经绕道经过赫克瑟姆了。现在他正前往坎博。他就快到这儿了，奎妮。几乎就快到了。你想看看图片吗？"

我看了，但我得承认，眼前只有一片模糊不清，我看不到。

我只看到露西修女粉红色的手，充满生机。

像叶子的狗

出现了一只狗。长得还凑合,有钢丝般的毛发和卷曲的尾巴,是秋叶的颜色。它一直带石头给我。它把石头放在我的床上,等着我扔。走开,我告诉它。我不要玩。但之后我动了一下,一颗石头掉到床下,落到地板上,滚过房间。狗一路小跑去捡石头。它用嘴叼起来,回到我的床边。它用后腿站立,很小心地把石头放在我的手指旁。它又坐下了,看着我的手,它的嘴有一点喘,头歪到一边,就好像等一颗石头也需要仔细聆听一样。

"你看,你喜欢我的游戏,"狗说,"你一旦掌握窍门,就会发现乐趣无穷。"狗抬起一个爪子。

去,我说。回家去。要不就去跟那边那匹马玩。它就知道吃窗帘。我不想要你。

狗摇摇尾巴。

"随你喜欢,我可以一直等,"它说,"只要你掌握了窍门,等待的乐趣无穷。归根结底都只是游戏的一部分。"

一堆麻烦事

我正在太阳下面小睡，被一阵唱诗和军乐队的声音吵醒了。听起来不像修女们干的事，也不像是音乐疗程。其他病人开始注意到嘈杂声了，他们朝疗养院大门的方向望去。他们的亲朋好友为了看得更清楚些，踩过草地朝车道走去。大门外，似乎有一群人拿着横幅、旗帜和广告板聚集在人行道上。有很多亮色、戏剧化的服装和乐器。似乎还有一个热狗摊，有只大猩猩在和一个穿泳衣的女人跳舞。

我估计又是药物的作用。

"那里到底在搞什么？"菲洛米娜修女从她埋头读的书里抬眼一瞥，问道。我把手举到眼睛旁边遮太阳。

外面的人行道上，一个戴帽子的男人对着扩音器喊，让大家安静。之后他大部分的话我都没听到，因为花园里刮起了一阵风，所有的树木都在吱呀作响。我主要听到一句："我们做到了，大家伙儿。我们到这儿了。"我听到那句话好几次。

然后，再奇怪不过了，他们开始念我的名字："奎——妮。

奎——妮。"

"失陪一下。"菲洛米娜修女说。她摘掉老花镜,从折叠式躺椅里站起来。

我看着她快步沿着车道朝大门走去。人群一发现她的身影,马上都转向她,就和等待医生的家属预期听到扭转人生的消息时一样,满脸堆笑,就好像那能影响判决。尽管她抬起手来示意安静,并且摇头表示不要乱来,还是有更多的掌声响起。她"吱"一声把门推开,跨步出去,又小心地关好身后的门。一堆闪光灯突然朝着她闪个不停。

我不知道她对人群都说了些什么,但我能看到高个子男人握住她的手,黯然地点了点头。他开始领头缓慢地拍手,我没想明白是怎么回事,但那似乎演变成了一轮给他自己的掌声。又有更多的闪光灯,更多对着扩音器的喊话,更多轮掌声。人群开始解散,一些朝海滨走去,其他人朝镇上的方向去了。我看到他们离开时对彼此挥手,互相拍拍肩膀,举手击掌,彼此祝愿回家的路途平安。其他人则漫无目的地晃开,手臂扣在头顶上,摆出胜利的姿势。

等菲洛米娜修女回到花园里,到我们这边时,她又拎了一个礼品篮子,装着玛芬蛋糕和一束百合。她的脸涨得通红,就好像刚跑完很长一段路。

"那个男人就是一坨傲慢的狗屎,"她说着看了我一眼,使了个眼色,"当然,我刚刚没有那么说。"

当晚,露西修女把我推进娱乐室里收看电视新闻。我们都聚集一堂,病人和他们的亲朋好友,义工和修女。戴帽子的男人在对着镜头演讲,之后有菲洛米娜修女在门口的镜头。

"是你啊!"其中一个病人说,"你出名了!"

"我真心希望没有。"菲洛米娜修女默默地说。

她的身后,给出花园的画面,一个男人在给草地浇水。

"那是我!"一个义工喊道。

有人欢呼,然后一个你的画面突然闪现在屏幕上。现在只剩寂静。你正走在一条繁忙的马路上,但肩膀都垮了下来,就好像你正承受着看不见的重负,看起来累得要命。汽车都在急转弯避让你。

戴帽子的男人又回来了,他正告诉采访记者,实在很遗憾。哈罗德·弗莱已经不得已放弃了,实在很遗憾。"出于疲劳,还有,比如复杂的情绪原因。但奎妮仍活着,那才是最重要的事。很幸运有我和其他人介入进来。"两个男孩从他手边大摇大摆走过,这个男人俯身把他们举到空中,就像举起活人奖杯。

"哦,听够他的胡说八道了。"菲洛米娜修女突然用遥控器关掉电视机。

没人发话。我们变得非常忙碌,忙着研究我们的手、窗外的风景那一类的东西。病人开始陆续和他们的亲人走开。连修女和义工也把注意力转移到其他事情上。只剩我留在房间的中央,盯着电视机黑漆漆的空屏。我还能看到你的脸,你眼里的难色,你凹陷的两颊,你疯长的胡子。

一个义工带着疲倦的无奈走向"哈罗德·弗莱之角",开始拆图钉。他把明信片一张张地拿下来,开始卷起芬缇的"欢迎"横幅。

露西修女跪在我的身旁。她从我的脸上拭去眼泪。

"你愿意帮我拼完拼图吗?"她说。

我们沿着苏格兰的国界放入最后几块拼图。她说,她不知道接下来会选什么来拼。过了一小会儿,她说:"他仍在走,奎妮。我骨子里能感觉到。"

　　守夜的人已经散了。今夜我只能听到瑟瑟的树叶声和海声。

　　现在只剩你和我。我在等。你在走。看情形，哈罗德，我们返璞归真了。

无路可退

"你以为你是全世界唯一在等的人吗?"玛丽·安贡努修女说。她在踱着步子。我真希望她能停下来,因为窗外的光太强,有时要跟上一个踱步的修女很难。我发现老是把她跟丢。她说:"满世界都是你这样的人,等待变化。等一份工作。一个爱人。等一口吃的。一口水喝。等待彩票中奖。所以别去考虑结局了。想想那些人吧。想想他们等待的样子。"

我得承认我叹了口气。我摇摇头。这有什么帮助?我用眼睛说。

她坐下来。至少她坐下了。然后她说:"因为如果你想象那些和你一样的人,就不会再感觉孤单。你若分享,就会发现你个人的悲痛没那么重大,也不特殊。你不过是另一个伤心人,很快悲伤就会过去,你也会焕然一新,感到快活。我发现,当你意识到自己并不孤独时,生活就好过多了。"

玛丽·安贡努修女从口袋里掏出一包红色糖果,一颗吮了好久。一定很好吃吧,因为她一直在晃脚。最后她说:"哈罗德过来还要几天。你还有时间写完你的信。但你知道为了达到目标,得怎么做吗?为了能坚持等下去?"

我叹息一声。我不知道,但已经感觉到我不会喜欢。

她往前靠近一点,口气有股茴香的味道:"展望终点没什么好处。以为你有一部新电视或者一份新工作,生活就会变好,空想这些也没什么好处。你必须不再企盼变化。你必须成为它。"

成为变化?这太扯了。

玛丽·安贡努修女捡起纸,用涂改液做了一点改动。

"我在这里。你在这里。树上有只鸽子。是的,没错,今天是艰难的一天。"

夜晚寂静。它在听。一只鸟在嘶喊,或许是只猫头鹰。一个值班护士说这一夜太长了。有人想来杯茶吗?"我等不及要把脚跷起来了。"另一个护士说。

我想象那个想跷脚的护士。在我的脑海里,我给她拿来一把椅子,然后走去我的海滩小屋烧水,准备为她沏茶,如果她在我的海上花园逗留的话,我就会这么做,我们开始聊天,她和我。

在我的脑海里,我们紧挨着坐下,那个等着跷脚的护士和我,这个在等哈罗德·弗莱的女人。然后,在我的脑海里,其他人也加入我们。一个等待好消息的男人。一个在等考试结果的学生。一个等待孩子降临的女人。都坐。都坐。看看我的海上花园吧,既然我们都在这儿了。

我们等着。我们等着。不再那么艰难了。玛丽·安贡努修女是对的。

我不知道我是谁了

"你不是奎妮·轩尼斯吗?"娱乐室里一个女人说,"那个哈罗德·弗莱用走路来拯救的人?"

这个女人是来看望一个病人的。她带来一个蓝色的泰迪熊。

诗意的间奏

曾经有个好人叫弗莱
他不想让他的朋友闭眼。
他告诉她等着,
二话不说迈出门外,
他妈的地图也没拿,只打了条领带。

以前我认识一个可爱男孩
他的朋友一只手数得过来。
他脑子里装满异想天开
于是他去了棚屋
吊死自己,红唇变蓝。

曾经有个修女戴顶小头巾
她告诉我等待很容易

只要在你的本子里写——

"下猛药就是会这样，"玛丽·安贡努修女说，"让你完全失去理智。"

她把打字机收好，开始吃一个橘子。

一只苍蝇

我听到一只苍蝇的嗡嗡声。

它的飞行路径既短又直,就好像被困在我头顶上方一个隐形的盒子里。它向北嗡嗡地飞一条直线,戛然停下,转而向东,又再次朝南飞去,在某个点,它又一次转向,嗡嗡地沿着一条朝西的路径飞去,直到抵达它最初的出发点。它这一整天都在做这件事。似乎不知疲倦。只是在一片静寂中嗡嗡作响。

欢笑的树

这是个暖和的早晨,露西修女提示我或许愿意到室外坐一坐,感受照在脸上的一点阳光。

她说,对我会有好处。她轻轻地把我抬进轮椅里,带我去花园。她拿来一张椅子,和我一起坐在树荫下,拉着我的手。

露西修女开始跟我讲她的童年。我非常努力地听,但有时,我承认,我闭上眼睛,从脑海深处听她讲。如果没有被召唤到上帝身边,她会成为一名美容师。我睁开眼睛微笑,她也笑了。

她说:"你可以同时爱着上帝,并有美丽的发型。"

然后她告诉我,周二是她的生日,我心想,我不在这儿了。周二我就不在这儿了。我已经命悬一线。周二似乎有几个月那么远。几乎是另一个季节。

等我睁开眼时,太阳已经挪开,玛丽·安贡努修女替代了露西修女的位置。

我们像那样待了一会儿。什么都没说。只是看着花园,坐在一棵巨树的树荫下。

玛丽·安贡努修女突然打了一个嗝。她一巴掌捂住嘴,但一声又一声地嗝个不停。我意识到,她其实是在大笑。

"怎么了?"我问。大概是那样。

她上气不接下气地爆发出更多笑声,不得不捂住肚子,抬起脚来。她这样那样地摇来晃去,朝上指去。吼吼吼,她叫道,同时仍往上指着大树。她只能用这种方式沟通了。

哪里好笑了?大树吗?但就在我那样想着,往上瞥一眼时,我也开始看到好笑的一面了。

"你看那些树枝。那些树叶。好好看的话,你就能看出它有多奇妙了。它那么完美,让你忍不住大笑!"她在狂笑。

听她这么一说,我真不知道我之前怎么没注意到。我们头顶是一片明亮的黄绿色树冠,每一片叶子都是眼睛的形状,都有完美的曲状边缘。阳光照上去时,它们都灿烂发光,暗处悬着的那些则愈显深绿。我充分领略了树干结实的块头,灰色树皮上的卷纹和褶皱,阳光照不到的地方覆盖的乳白色苔藓。我凝视着五个被压弯下来的茂盛主干,像壮实的肩膀,又看向错综纠缠的细枝与树叶。玛丽·安贡努修女是对的。现在我们坐下来留意它,那棵树,它就是最最绝妙的东西。让人喜不自禁。

我们坐着,笑中带泪。起了一阵风,大树干微微震颤,树叶都哗啦啦作响。哈哈,树笑起来,看看这两位好笑的女士。一个顶着白布帽。一个坐在轮椅里。看看她们的美。

玛丽·安贡努修女用手帕抹着眼睛:"哎哟,我的老天。我们真应该多坐下来,对着树木开怀大笑。"

糟糕的一夜

我睡不着。我躺着不动,却静不下来,不得不起来。但等起来后,感觉也不对劲。都不是我要的东西。

昨晚很混乱。我一定是深更半夜起来了,因为值班护士在走廊里发现了我。她扶我躺回床上,我心里一度想的是:睡觉。现在睡意就要来了。

但我错了。根本不可能安静躺着。就像你本应该双脚着地,却被头朝下吊起来一样,我马上又起来了。我说我得找到玛丽·安贡努修女。

这时我已经在开我的橱柜。这么有力气,把我自己也吓了一跳。或许我好点了,我想,或许这是一点进步。我拼了老命也想不起来,玛丽·安贡努修女到哪里去了。

值班护士拉住我的胳膊。她说:"你需要睡觉,奎妮。记住,哈罗德·弗莱马上就来了。我们估计他明天就到。"

我必须承认,我不知道她在说什么。我一心只想着要把信写完,你看。

值班护士把我领回床上。她用新绷带重新给我包扎了伤口,清洗了紧闭的那只眼睛,还清洁了口腔,拿来一片止痛贴。

一小会儿后,玛丽·安贡努修女过来帮忙。她躺在我身边的床垫上,我试图起身时,她整个人就呈"大"字形压在我身上,胳膊和腿都大大伸开,和我脸贴着脸。

我心想,救命啊,救命,救命。我要被一个头戴扎人小帽的六尺修女压死了。

然后我感觉到她的亲近,她的呼吸,我睡着了。

访客

今天早上醒来时,我感觉到有个爪子扣住我的胳膊,然后我意识到,那是我自己的手。玛丽·安贡努修女给我揉搓手指,对着关节吹气,但还是没用。我试着写话给她看,但太费劲了,我一直抓不住铅笔。我还怎么可能继续写信?

我不想让哈·弗看到我这副样子。毕竟,我已经做了应该做的事。我等过了。

"但他得见到你。那是他旅程的终点。见不到你就不算完整。"

你就不能告诉他我死了吗?

她读了我的话,哈哈大笑。"不能,"她说,"你这个可笑的丫头,我不能。而且,你都没写完你的信,也没有完成你的旅程,奎妮·轩尼斯。"

我就要哭出来了,但我不想让她看见。在写信的整个过程中,一部分的我非常平静,因为只要我还有其他事情告诉你,就不用去碰那个结尾。但现在,除了我忏悔的最后一部分,没有其他东西要写了，而我以为自己不会再害怕，但还是怕，哈罗德。对不起。

玛丽·安贡努修女把铅笔放回我的手里，但它从我的指间直接溜下去了。她又试一次。还是一样。我感觉到一阵释然。我想，我做不到。我太虚弱，写不到结尾。她自己现在看到了。

我们被走廊上一阵急促的脚步声打断。我的门猛然打开。

"哈罗德·弗莱要来了！他到了！"露西修女闯进房间，"我刚看见他！"

"嗯，给我们一点时间。"玛丽·安贡努修女说，她有点愠怒，但年轻修女过于激动，直接从她身旁跑过，冲向我的窗户，拉开窗帘。金属环在横杆上摩擦出微小的尖锐响声。她踮起脚尖，朝下方的车道张望，五指张开，撑在窗台上："没错，奎妮！就是他！他终于到了！"

我的皮肤一阵阵刺痛，就好像被卷进了北海的大风中。不，不，我还没准备好，我想。这也太快了。我的信。我的信还没写完——

露西修女开始站在她窗口汇报你的进度："他走得很慢。但是——他有一把胡子。他的头发蛮长的。他的鞋——"她把眼睛眯成一条细缝，"哦，我的天哪。他的鞋——他的鞋，它们——它们是用胶带绑在脚上的，是用这个蓝色的东西绑上的。可怜的人儿。我真想知道为什么。"每说出一处观察，她的声音就变得更静一些。就像听着一个人的电池慢慢耗尽。"哦，我的天哪，"她的低语声也只剩一半的音量，"他看起来糟透了。"有那么片刻，她不再说话。我们陷入沉默，我们三个人都是，等待门上的蜂鸣器响起，等待你的到来。

玛丽·安贡努修女昂起头。我听到旧水管的叽叽声，颐乐花园里一只鸟时而发出的啾啾声。甚至还有一个孩子的大笑声。但是没有蜂鸣器的信号。

露西修女用手一把捂住嘴:"哦,不。他在干吗?他要走了。"

走了?我看向玛丽·安贡努修女,但她只是点点头,就好像这并不稀奇,事实上反而是正确的做法,或者至少能够预见。"为什么?"露西修女说,"他为什么不进来?"

露西修女抖抖长袍上的折痕,尽管里面没粘东西。"好吧,他很快会回来的,"她说,"我敢肯定他会回来。我会去调查一下。你在这里等着,奎妮。"

就好像我能去哪儿一样。玛丽·安贡努修女和我交换了一个体谅的眼神。

因为现在我知道了。我知道你为什么不能进来。这对我们俩是一样的,不是吗?我们都和对方一样恐惧。而且,你知道,要是我能掉转回头,沿着我来时的路走回去多好,我很可能会那么做。我已经等了这么久,你也走了这么远,结果我们俩都不着急到达了。看来,终点,并不总像人们说得那么好。

"你得迈出第一步,奎妮。"玛丽·安贡努修女说。我皱起眉头,假装听不懂,但她根本不理我。"是时候讲出你最后一个戴维的故事了。"

晚上露西修女来给我拉窗帘时,没有提起你的来访。也没提你又走了。我指向我的手,指向床头柜上的新绷带和敷药。我指向铅笔。

露西修女皱起眉头。她瞧了瞧房门,就好像在担心有人进来一样。"不行,"她说,"不行,奎妮。我不能那么做。"

值班护士中途进来检查我的脸。她清洁了病变位置，还给我洗了眼。她问我需不需要吗啡或者止痛贴，但我摇摇头。我需要清醒的神志。

值班护士走后，露西修女坐在我身旁。她干净的白袍发出微小的嘎吱声。"好吧，奎妮，"她说，"我做。"

露西修女拿过我的手和铅笔，就在她拉开长长的绷带时，我观察起她的脸。她耳朵上方刮过的乌发，眼睛下面苍白的眼袋。她看起来很累。她用绷带把我的手和铅笔一圈圈地缠在一起，同时仔细地理平它，那样就不会有褶皱挤压我，给我带来更多疼痛。

"我很久以来一直想理解你，奎妮，"她说，"今晚我真有点希望我不理解你。你需要笔记本吗？"她递过来，翻到新的一页。

我写给她看：生日快乐。要适应铅笔捆在手指上需要一段时间。

凝视着我的话，露西修女皱了一下眉头。"但不是今天，"她说，"是下个星期，记得吧？"

我用左手打手势，示意她撕掉这一页。我折起这张纸，塞进她的手里。露西修女咽了一口口水，轻轻摇了摇头，就好像她在阻止什么东西泛上喉咙。

她问我还需不需要别的东西，需不需要给我梳头，帮我入睡，但我摇摇头。"要我和你坐在一起吗？"她说，"你想让我坐多久，我就坐多久。"

我又一次摇摇头。

窗外的光变得厚重。夜幕就要降临。我必须一直写下去。

奎·轩尼斯小姐的最后告白

二十年前,哈罗德,你埋葬了你的儿子。这不是一个父亲该做的事。都怪我。都怪我。

我这一生做过许多事情来赦免我的罪过。我保住你的工作。我逃跑。我独自生活。我为你建造一座海上花园。确实,也有时候,痛苦没有那么强烈。它只是依稀存在着,像大厅里的一枚低能耗灯泡。但是,还有一些天,一些黑夜,无论我做什么,都无法摆脱我真正想逃避的那一个东西——而我永远也无法摆脱它了,因为,当然,那个东西就是我。

戴维死的那晚和我在一起。

你不知道这件事。

要不是我,他或许——

我甚至下不了笔。

二十年来我都没法说这件事。为什么现在我应该说呢?但玛丽·安贡努修女坐在旁边,每当我推开我的笔记本,我的铅笔,她就微微一笑,低语道:"继续。"我必须把这个故事的最后一篇给你,她说。是时候把我的事宜安排好,放下了。

  原谅我,哈罗德·弗莱。

奎·轩尼斯小姐的最后告白
（第二次尝试）

那是夏末。戴维二十一岁。

他已经去过湖区回来了。

一周过去，没有探望。没有电话。我甚至怀疑他是不是又背包上路了。我问过你一次。我说："戴维怎么样？"你对着手皱眉头，说："不错。不错。"

一个傍晚，走廊里的电话铃响了。我去接时，听到了嘎吱嘎吱的声音，就像有人在试图赶时间把硬币塞进公用电话里。大概半小时后，前门响起一阵吵闹的拳头砸门声。他似乎想踢门而入。我得承认，我不想见到戴维。上班忙了一天，我很累。我并不是在试图给我那晚的作为找借口。我只是在非常努力地解释到底是怎么一回事。咚咚的响声又来了。我扭动锁孔里的钥匙，拉开前门。

戴维瘦了更多，但让我震惊的是他的头发。他把头发剪得那么短，看起来就好像被人袭击过一样。看起来很疼。有鲜红的切口，是剃刀划破头皮留下的。我说，见到他真好。我在试图保持礼貌，让谈话留在安全区域。他问能不能进屋说话。

戴维的手在抖。他有一个金酒瓶子,但几乎拿不住。我从他手上拿过瓶子。已空了一半。

等戴维跟跄地来到走廊的灯光下,我才注意到他的眼睛有多糟糕,那么红肿酸胀,眼周围的皮肤都像有轻微的瘀伤。他一定哭了很久。"现在我能不能拿回我的瓶子了?"他说。

那一晚的大多数时间他都非常安静,几乎悄无声息,像一个支支吾吾的人。他坐在暖气旁的扶手椅里,没有脱掉外套,而是缩在里面。他说,他希望参军,因此理了个发。看起来不像那么回事。他连直线都走不了。

戴维告诉我,他从医生那里开了一些药。那种医生?我问。嗯,他说。那种医生。他告诉我别盯着他看,让他毛骨悚然,我说我只是放心了,仅此而已。我很高兴他去看医生了。

我一度在谈论音乐——我刚从图书馆借来珀塞尔的专辑唱片——他说:"你介意我现在吃药吗?我抑郁了。"他说起抑郁,那样轻描淡写的方式,让它听起来就像一场感冒。他问我了不了解抑郁,我说,嗯,有时我也会情绪低落。每个人都会,我告诉他。我吃药吗?他问。

"没有,"我说,"我的情况不是那样的。"我试图保护自己,不想让他逼得太近。实际上,我从来不需要吃药。每个人的接线方式都不同。有时我觉得,抑郁一定像你脑海里的一支舞,如果你知道那支舞的话,随便什么都能触发它。

戴维从外套口袋里拽出三个药瓶。他读出标签,告诉我它们都是做什么用的。他把药片全部倒在腿上,又用金酒把它们冲下去。

"你不需要水吗?"我说。

他大笑。我在担忧药片的数量。

"你父母知道你在吃这些药吗?"

他告诉我,是莫琳陪他去看的医生,尽管他叫她不要跟进去。"母亲喜欢我开心。"他说。他试图把药瓶塞回口袋里,但似乎找不到开口,最后我帮他塞了回去。

一小会儿之后,他又问我对抑郁了解多少,还有我认为他应该怎么应对它,我说了些类似"嗯,你知道,总会过去的"的话。我希望我没说"有因必有果,有起必有落",但我已经接近那个意思了。

"嗯。"他说。他显然没在听,很长时间都一言不发。我在收拾房间、洗刷碗碟的时候,他只是坐在椅子里,每次经过他身边,他都在喝他带进屋来的那瓶酒。我放上一张唱片。

戴维猛一抬头,就像小狗听到外面有动静那样。

"那是什么音乐?"

那是《哦,孤独》那首歌。他让我重放一次。一次又一次。在那之前,我都没有真正听过它。我只是把它作为不错的优雅的背景音乐来放。

戴维跷起膝盖,把头埋进去。"那家伙怎么能让孤独听起来这么干净利落？"他说，"对我来说，它就像真空。无处不在。"

"你还要别的东西吗？"我这么问是因为，我现在想让他离开了。

但戴维站了起来。他开始跟着音乐摇摆。他让我跟他一起时，我说不，我不知道那种音乐要怎么跳舞。这是首巴洛克式的歌曲，我说，不是华尔兹。嗯，你只要听着调子然后动就行了，他大吼。他已经从漠然过渡到更恼怒的状态了。他摇头晃脑，就好像他仍有一头像样的长发，能把它从一边甩到另一边。他一边动的时候，一边在对着瓶子喝酒，只不过因为他现在是站着的，摇摆的时候，酒都洒在了外套和地毯上。

"我觉得你不应该再喝了。"我说。

我试图去拿瓶子，但他把它高举在我的头顶上方，哈哈大笑，就像他去上大学之前读我的信，还拿走我的诗和搅蛋器那样。然后他不笑了，撇了撇嘴。"给我跳。"他吼我。

我向后退，很恐惧。我在房间的另一侧跳了一小支华尔兹。迷迷糊糊中，出于对你的需要，我架起手臂，假装你在那里。我把手臂放在你的肩上。我看进你那么蓝的眼睛里。

唱片停下时，我意识到自己仍像那样站着，在抬头看你。

戴维发出的是一声尖利的号叫。我扭过身来面对他。他正用手指着我，讥讽地大笑。身体全都窝成了一团。

"你这个可悲的老婊子，"他咆哮道，"父亲永远不会爱你。"

一切似乎都融化了。地板，墙壁。我甩开两手，扶住厨房的门框来稳住自己。

"我不明白你什么意思。"

"你明白。你爱他。你一直爱。"他喷出那些字眼。

我撑在那里，心脏狂跳，天旋地转，试图厘清自己是什么感受。愤怒，有。被辜负，也有。傻。太傻，傻到家了。但最重要的是，我感到剧痛。戴维知道我的秘密。他当然知道，一直以来都知道。当他打听我的诗，我回答它们是写给过去的一个男人时，他只不过是在耍我。他是个聪明的年轻人。尽管自私，也精明得像一把匕首。他当然猜出了真相。我的回答及不自在只是证实了他的怀疑。我以为我看透了戴维是什么样的人。但戴维也看透了我。

而且他是对的。他说你永远不会爱我，他是对的。不管我做什么，不管我缄口不言多少年，我都一直会是那个坐在你的车里、讲圣诞薄脆饼干里的谜语、倒着唱歌、给你薄荷糖的女人。几乎四年的时间，我告诉自己这样就已足够，我可以这样过活。我可以留在你的身边，不求任何回报，但当你儿子大笑的时候，我从他的眼中看到我自己，我从你的眼中看到我自己，一个穿棕色羊毛套装的女人，我知道我没法继续了。再也不能了。突如其来的打击。惨烈的、痛苦的打击。我一直希望爱着你能找到安全感，但你看看我。我就是个笑话。

我摸索着穿过厨房门，走向水池，把水灌进一个玻璃杯里。我得远离他。有时我们拒绝说真话的人，不是因为他们说得不对。是因为我们听不进去。

我开着水龙头任它流淌。我看着水漫过我的杯沿，在手上吱吱冒泡。水变得越来越冷。冰冷。我的手指被冷意冻得生疼。但什么也压不过我心里的痛。

"你在干什么？"戴维堵住门口，把我困在屋里。他抽出一根烟，点着，两团烟雾从他的鼻子里喷出。他就像一场风暴，压迫着我。在那之后，我在我的海上花园里干活时观察过风暴。我注意过，积雨云像一块石板色的桌布蒙住大地，风拍打黑色的大海，把海鸥上下翻动得像一团团白纸。我在那样的风暴里伫立过，浑身湿透，我想起戴维。

我说："请你现在离开我吧，戴维。我感觉不太好。"

但他不。他靠得更近，伸手来抓我，紧扣住我的肩膀，低下了头。他的手指掐进我的皮肤。我不想让他这么抓着我的肩膀，散发出痛苦的气味。我不知道他下一步要做什么。

"戴维？"我说，"你弄疼我了。"

"我感觉也不好。"他的声音很低。

我深吸一口气，温柔地说："那是因为你喝醉了。你得回家去。你吃了那么些药，很可能根本不该喝酒。"

"哦，省省吧。你听起来就像我父母。"戴维从我身边晃开，撞上了桌子，然后他站直，蹒跚地走出厨房。

我跟上去，因为我为他担惊受怕。他攻击我的墙壁，用手砸它，他穿着靴子的脚疯狂地踢飞了我的椅子，旋即又落在地上，椅腿四脚朝天，像个倒在地上的怪兽。他的眼睛很黑，瞳孔放大，就好像正站在什么东西的边缘，向下凝视。我的手提包敞开着放在桌上；他又翻过我的钱包了。

"我今晚想留下过夜。"他说。

"在这儿？"

"我睡在那张椅子里，行不行？"

我本可以说行。对我什么损失也没有。我本可以去上床睡觉，随他在椅子里睡，然后仍然会有第二天。自他问出那个问题，已经过去二十年，你不知道我在脑海里多少次重现那个场景，又给出了多少不同的回答。我看到他在我的椅子里睡熟，我怕他着凉，给他盖上一床毯子,他像我一样变老,但我保护他安然无恙。行,戴维,我在我的梦里大喊。行,行,行。

但我不知道之后将要发生的事,我是这么做的:

我看着你的儿子,他晃进我的客厅。我看着打开的手提包,四脚朝天的椅子。我热血沸腾。

我大吼:"不行!"我大吼:"给我走!"我大吼:"我受够了!"我的头突突直跳。喉咙感觉像被切开了。句子一直往外蹦,所有我从没对戴维说过的东西。这些话语就像我身体里的洞。我止不住。

"你撒谎。你一直在撒谎。你索取。你索取。你只知道索取。你从我这里索取。你从你父亲那里索取。你把你母亲逼得发疯,让她操心。你到底在做什么?你活着是为了什么?"我几乎喘不上气。

我抖得太厉害,不得不退回厨房里。这次不用喝水了。我给自己倒了一杯白兰地。等我回去时,椅子已经回到它在火炉边的位置。椅子里是空的,只有我的红色羊毛手套,它不是被撂下的,而是被仔细并排摆好。那么寂静,房间都在呼喊。

"戴维?"

他已经走了。我甚至没听到前门响。

即使现在,我也能看到那张椅子的画面,他没坐在椅子里,就好像他融化了,什么也没给我留下,除了曾经属于我的那件微不足道的东西。

第二天我坐在办公桌旁时,听到一个秘书提起你的名字。弗莱先生打电话来请了病假,我只听到这个。你一辈子从没打过电话请病假。

戴维从我的公寓走后,吊死在你的花园棚屋里。

最后的赦免

吸溜,吸溜。

你还好吗,奎妮?你能听见我们说话吗?如果你疼,能不能抬起手?

吸溜,吸溜。

我睡过去了。

马儿回来了。顶着葡萄柚的女士也是。狗还带着石头,不过已经不再把它拿来给我了。狗只是盯着石头,歪着头,一只耳朵立着,有永恒的耐心。

我曾经有过一双舞(?)舞(?)你穿在脚上的那叫什么来着?我记不起来了。反正我有过一双。

美丽的小玩意儿。我喜爱那种东西。

玛丽·安贡努修女从打字机里抬眼一瞥。

"你知道不是你的错吧?"

她在说什么,我毫无头绪。

"那么些年来,你一直自责,但戴维的死不是你的错。你阻止不了他的。人们想做什么还是会做。"

我开始哭。不是痛苦的哭。是一种解脱。既然现在我的脑海里已然成歌,已付诸纸上,现在我的铅笔把它们变成了线条、尾巴和小卷,我就可以放手了。我的头脑安安静静。悲伤还未过去,但它不再作痛。

玛丽·安贡努修女微微一笑。"好,"她说,"那很好。"

窗户的另一边,光线透过树间的叶片洒下银色的涟漪,投向白色的墙壁。这是新的一天。

一个修女追求的出口

"我们有一位访客,"菲洛米娜修女宣布,并把我的房门敞开,似乎希望整个人都趴上去,"多激动啊。"

二十年的等待。十二个半星期在疗养院。当你终于抵达时,我是怎么做的?我先是几乎从床上滚下来,然后,就在场面达到最高潮时,我打瞌睡了。

你在房间的入口处徘徊,站在菲洛米娜修女身旁往里张望。你满面风霜,目光矍铄。(我之前讲鸢尾时说错了,哈罗德。还是蓝罂粟最能为你传神。)没有络腮胡的迹象,除了嘴边有一圈灰白的印痕,还有一两丛零星的胡楂。你脚上的不是帆船鞋,只有袜子,其中一只破了个洞,露出你的大脚趾,肿胀乌青。帆布背包的背带松松垮垮地挂在你佝偻的肩上。你的手里不像有我的信。只看你一眼就已经难以承受。我不得不趁你的目光找到我的眼睛之前看向别处。

我把头一直扭向窗户,希望你看不到我。我不知道玛丽·安贡努修女有没有给你看我的信。我不知道你恨不恨我。我的心在胸腔里怦怦直跳。

"但她人不在这里。"我听到你在说话。从你声音中轻快的语气听来,我能辨出你如释重负。我想,现在就走。看到你站在门口就足够了。知道你愿意为我做这件事就足够了。

菲洛米娜修女大笑:"她当然在这儿。"她还说了别的话,但我没听到。我只听到自己粗重的呼吸声。

我记得我信上的开场白,记得要告诉你一切的承诺。没有谎言。

当菲洛米娜修女的脚步声在走廊渐行渐远时,你开始悄悄向前潜行。即使不用看,我也能感觉到你的前进。我太害怕,都不敢动。轻轻的一步,又一步。然后你的眼睛一定是偶然发现了我的脸,或许是难以自抑,你发出一声低沉的呻吟:"不。"

我转过脸来和你面对面,但我试着把最糟的一面避开你。

哦,我都看到了,哈罗德。震惊的表情。恐惧。也有怜悯。还有因为看见我而引起这些情绪的歉疚。你不远千里走来,还以为我会很漂亮吗?对不起,哈罗德,真相这样给你错觉。这时你已经把帆布包从背上扯下来了,把它抱在胸前,就好像它能保护你一样。我试图挪动我的手,让你不要紧张,但很抱歉,写了那么多的字,我没法抬起手来。

"你好,奎妮。"你说。很勇敢。

你好,哈罗德,我说。没有话语。

"我是哈罗德,"你说,"哈罗德·弗莱。我们很久以前在一起共事的。你记得吗?"

*我怎样地爱你？让我一一细数*①。一滴泪从我紧闭的眼中挤出来。

"你收到我的信了吗？"你说。

你收到我的了吗？

"你收到我的明信片了吗？"

你能原谅我吗？

你开始忙着把帆布包里的东西掏出来。"我有一些小纪念品。是我一路走来顺手买的。有一座石英挂钟，挂在你的窗上会很好看。只是我得找到它。"你展示出各种物品，我觉得你提到了蜂蜜和钢笔，但我始终在想：给我一个迹象吧。告诉我你原谅我了。你从帆布包里拉出一个皱纹纸的纸袋，你往里看时，脸庞一亮。你把袋子放在我手指的左边一点，它就像你和我之间一颗小小的垫脚石，然后你又往后站。我没有动。你的手向前一伸，友好地拍了拍那个袋子，仿佛在说，别怕，小纸袋。没关系的，真的。

我明白过来。或许没有人把我的信交给你？或许你没碰到玛丽·安贡努修女？或许你还不知道真相？我感觉脑袋里搏动得厉害，因为说好了的，还记得吧。你必须知道每件事。

我试图用手去指床底那一箱纸，但麻木的身体开始向侧边滑去。我控制不了。你一脸惊慌。你举起手来似乎想帮忙，但这时你正贴着窗户站；站在那边根本帮不上忙。我对你的感觉除了爱，没有其他，因为我看到，你去看望一个人却发现自己宁可离开，这有多难。我记得以前我坐进你的车里时，你常常看向别处，就好像你害怕我会让自己难堪。我真希望自己能端正地坐起来，像任何有尊

---

① 出自 19 世纪英国女诗人伊丽莎白·巴雷特·布朗宁的一首十四行诗。

严的人一样，这比什么都重要。

"打扰一下！她——"

你呼叫求助，一开始很轻声，然后更加激烈。亲爱的露西修女来了，不过我能看出她也很慌乱，因为她整个人变成了深粉色，一直在胡言乱语太平间和访客的事。我心想：很快，这可怜的姑娘就要提出帮你涂指甲了。她用宽厚的手臂把我抬起来放成坐姿。我从来没有听她说话这么大声过。惊惶失措中，她的鼻子下方出现了一小汪湿汗的胡须。她似乎也临时叫错了你的名字。

"显然亨利是走路来的。大老远从——你从哪儿来，亨利？"

（你知道这地方的，露西修女，我心想。你真的知道这个地方。）

你张开嘴来似乎想要回答，又闭上了，因为露西修女已经记起来了。"多赛特。"她得意地说。我们得真心希望没人叫露西修女去领队做徒步探险。

现在你也在嚷嚷了。你似乎在表示同意，对，你住在多赛特，还有，对，你的名字是亨利。这一次露西修女太过疲惫，她问，我们能不能为你沏一杯茶。其实她提议的是"来上一杯"。我以前从来没听过她把"喝茶"说成"来一杯"。"有太多的信件和卡片，"她大喊大叫，"上周有个女士甚至从珀斯[①]写信过来。"

（她的本意是潘吉[②]。）

"她能听到你说话。"露西修女边说边指着我，匆忙地走出了房间。我们再次独处一室。你和我。你拿来玛丽·安贡努修女的椅子，坐下。你把手塞进膝盖之间，把自己收拾成整洁的形象。

---

① 澳大利亚城市。
② 英国大伦敦布罗姆利自治市的郊区。

"你好，"你再次开始，"我必须得说，你做得很棒。我的妻子——你记得莫琳吗？——她向你致意问好。"

听到她的名字，我觉得自己就像是空气做的。她原谅我了，我想。

但你仍在说话。你回头去看门，我知道你在盼望露西修女过来，盼望有人打扰。之后你就忙着从纸袋里往外掏东西。然后你跳起来冲向窗户。你似乎在那里待了很久，我看到你抬起手来扶着窗台，就好像要稳住自己。你望向外面披着绿色斗篷的树木，眺望花园，然后轻轻地，轻轻地，你开始哭。

二十年的放逐悄悄溜走，我看到把我带来这里的一切。窗边有什么粉色的东西在闪。你又一次转身看我，我抬起脸来与你对视。没有躲闪。

这一次我们之间没有雪。没有街道。没有窗户。看我，哈罗德，我说。你就看着我。你看，你看，你看到了我。你没有走开，没有喘气。你靠得更近。

你在我身边的床沿坐下，一言不发，伸出你的手，拿起我的手。要我说，我感觉到一阵电流的刺痛，但不是吸引力；现在是更深的东西。我握住你的手。

你在那里，坐在我的右边，目视前方，而我坐在你的左边。你坐在驾驶座上，我坐在你的身旁。我能看到阳光穿透挡风玻璃的画面。我听到你伸手去拿驾驶手套。我闻到你的柠檬咖啡香。我从手提包里拿出薄荷糖来尝。"去哪儿，轩尼斯小姐？"你把钥匙插进点火孔里说。我感觉到心在鼓胀。

这么些年，哈罗德，我一直在等着告诉你，我爱你。这么些年，我以为我生命中有一块缺失了。但它一直都在。我坐在你的车里，你的身旁，当你开车时，它在。我倒着唱歌，你哈哈大笑，或者我准备野餐，而你吃到渣都不剩时，它在。你说你喜欢我的棕色套装时，你为我开门时，你曾经问我愿不愿兜远路回家时，它都在。后来它出现在我的花园里。我看着太阳，看它照耀在我的手上。之前没有玫瑰花蕾的地方冒出花蕾来。它还在那些驻足停留、隔着花园围墙谈天说地的人身上。就在我以为我的生命画上句号时，它又不时地出现在疗养院里。它无处不在，我的幸福——母亲唱歌伴我跳舞，父亲拉起我的手保护我安全——但都是这么微小、平实的东西，我错把它当作普通，视而不见。我们预期幸福会敲锣打鼓伴着迹象地到来，但它不会。我爱你而你不知道。我爱你而那已足够。

"自从我在文具柜里发现你，距今似乎已经很久了。"你最后说，还发出一声哈罗德·弗莱式的笑。

食堂，我心想。我们是在食堂遇见的。

但那又何妨？我在信的开头写道，你必须知道每一件事。坦白真相的需要已经在我的心里憋太久，它本身已是一种病患。但现在我在这里等待，讲完了我的全部故事，再也看不到任何浪费。我只看到生命中的不同部分。就好像我是个河堤上的孩子，每一部分任其漂流，小得就像水上的花。

我紧紧地握住你的手指，合上了眼睛。我笑了。希望你看到了。我笑得那么深，整个人都充满笑意。连骨头里面都在笑。然后我只想睡觉。我不再恐惧了。

哐啷，哐啷。亲爱的露西修女和她的"那一杯"来了。我有种糟糕的感觉，她又要把你叫成亨利。她举着托盘还要开门很困难，于是她先用肘推，之后用屁股，最后干脆就用托盘了。

"你介意我把茶留下吗?"你没有特别在对谁说话,"现在我得走了。"

我睁开眼睛,良久,发现了你在门口的高大身影。房间开始融化,等我再看时,你已经消失,露西修女也是。

你已经走得足够远了。我的朋友,请你:回家去吧。

幸福的结局

玛丽·安贡努修女坐在我的椅子里。她没有走门进来。也没有打字机。

我在做笔记,但很迟钝。我发现很难提——?而且我一直忘字。

我记得她本应该帮忙的,于是指指她的膝头。

"但我们已经完成了。"她说。

很难找到她的脸,因为我只能看到窗边的台灯。墙壁都没了,我闻到大海。我听到树叶声和苍蝇的嗡嗡声。

玛丽·安贡努修女说:"你痛苦吗,亲爱的奎妮?"

我记得我以前一直都痛苦。但现在没有了——就算有,也不再疼了。

她说:"如果你想写完这页纸的话,我可以一直等着,随你喜欢。"

我点点头。还剩一小点了,小得就像呼吸。我再看她的时候,她正站在窗边。我想要触摸她。

"你做到了,"她说,"人们以为得行走才能上路旅行。但你看,你不用。你躺在床上也可以完成一次旅行。什么东西这么好笑?"

我忍不住。我在听,但就是哈哈哈个不停。

树,我说。我说了树吗?我不确定。毕竟也没有必要。她已经知道了。

"哦,对,"她的微笑绽放开来,"树!"她捂住肚子,欢笑起来。

我看到玛丽·安贡努修女,也看到其他东西。疗养院。颐乐花园。那片叫作大海的水面。还有很多人在营营役役地生活,几百万的人,普普通通地存在,做着普普通通的事情,没人留意,没人歌颂,但他们依旧活在那里,充满生机。我看到我的父亲、母亲。我看到戴维。我看到芬缇、芭芭拉、珠母纽王和亨德森先生。我从不知道姓名的病人们。在海滩上我看到你,我看到莫琳。我看到娱乐室,露西修女飞奔过走廊,朝我的门口奔来。我看到送葬人取来灵车的钥匙,妻子递给他一份打包午餐。

回头见,他说。

一天愉快,她答道。

我感受到海上花园里的风,我听到一千片贝壳风铃叮当作响。都在,都在我的心里。

奎妮?你在哪儿?那个丫头呢?

这儿呢!我在这儿!我一直在这儿。从最开始我就在这儿。

一缕光在窗外扭曲变形,一阵星雨填满了空气。有好多的颜色。粉的、黄的、蓝的、绿的。啊,太多的美丽。在一个小东西里。

"准备好了吗？"玛丽·安贡努修女说着递出一只手。就像在触碰光。

放下铅笔。放下笔记本。现在睡吧。

好了。就是这样了。

第三封信

圣伯纳丁疗养院

特威德河畔贝里克

七月十二日

亲爱的弗莱先生：

我随信附上奎妮·轩尼斯在她生命中最后十二个星期写过的纸。她从第一次听说你走路时开始写，到去世前最后一小时写完。

你能看出，这些纸上写的东西并不成文，主要是一连串的涂鸦、破折号和标记。我有一个同事相信这些天书都是速记，另一个同事认为它们是摩斯密码，但我本人恐怕既不会读速记、也不懂摩斯密码，所以还是一无所知。仅有几个词语可以辨认，你的名字是其中之一。我们的病人经常留下卡片和口信给亲朋好友，尽管这还是我第一次见到这么大量的纸页。

我想让你知道，我相信奎妮过世时非常安详。她过世前的片刻，露西修女经过房门，听到一阵欢快的大笑，就好像有另一个人陪她一起，讲了一些好笑的事情。露西修女敢肯定，她听到了"我在这里"这句话。她把我叫来。等我们几分钟后再进去，奎妮独自一人，已经平静下来。没有访客的迹象。

后来露西修女告诉我，奎妮几次要求找一个义工，一个有法语名字的修女，她说这个人在帮她写信。但我们疗养院没有哪个义工有法语名字。

我打消露西修女的疑虑，说她一定是听错了。要理解奎妮确实很难。这位年轻女士也对我们的病人产生了强烈的依恋感——这会干扰一个人的客观性。露西修女现在中止了疗养院的工作，正在休假，为了探索她作为美容理疗师的技能。（她是个很有天赋的女士。）她的同事凯瑟琳修女正在走圣地亚哥·德·孔波斯特拉的朝圣之路。

不过，我一直念念不忘露西修女的观察评论，还有你那不可能的朝圣之旅，更重要的，是那个默默坐着等你的女人的勇气。这些东西引发我更深地反思我个人信仰的本质。

这就是我得出的结论：对于不理解的东西，如果我们努力去找的话，总有可能找到一个合理的解释。但或许，偶尔那么一次，去接受我们不理解的东西并就此打住，反而更加明智。做出解释有时就是缩减可能。如果我相信一样事物，而你相信另一样，那又有什么关系呢？我们都殊途同归。

奎妮的骨灰会按照她的要求，撒到她的海上花园里。她把它连同海滩小屋一起，遗赠给恩布尔顿湾的居民们。

请代我向你妻子献上最好的祝福。我猜我们的路途不再会有交集，但遇见你我很高兴，哈罗德·弗莱。

圣伯纳丁疗养院院长菲洛米娜修女

Queenie's Sea Garden

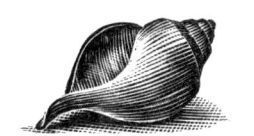

这些是值得记取的。

一抹上扬的微笑。

一只鞋上的磨损。

一道散落的阳光。